à toi Gisèle, amie de

cheminement personnel

Marie-Reine

MARIE-REINE TURCOTTE

Paula

roman

La Plume d'Oie
ÉDITION

La Plume d'Oie Édition

Marie-Reine Turcotte

© Tous droits de reproduction réservés.

ISBN : 2-922183-60-2

Dépôt légal – Bibliothèque nationale du Québec, 1999
Dépôt légal – Bibliothèque nationale du Canada, 1999

Page couverture : Morna (Anne-Marie Morin, artiste-peintre)

Conception et mise en pages : Micheline Pelletier
Première révision linguistique : Sylvie Lucas

Cette publication est dirigée par :

La Plume d'Oie
É D I T I O N

199, des Pionniers Ouest
Cap-Saint-Ignace
(Québec) G0R 1H0
Tél. et télécop. : 418-246-3643

Remerciements

Un grand merci à mes parents qui ont su répondre avec patience à mes nombreuses questions.

Merci à mon conjoint d'avoir accepté de passer des heures et encore des heures, seul. En raison du temps accordé à l'écriture ou devant l'ordinateur.

Merci aux personnes qui ont bien voulu se prêter à la critique dont : Réjeanne, Brigitte, Marie-Jeanne, Guilaine et naturellement plus particulièrement mes deux filles : Maryse et Suzie.

Chapitre 1

« *P*au... la! Pau... la ! Veux-tu ben m'dire où qu'est passée ? »

Claude est fin prêt à partir. Et les enfants aussi. Ces derniers sont impatients de retrouver le camp, de courir dans les bois pour amadouer ou chasser les petits animaux dont regorge la forêt d'automne, dégarnie de ses belles feuilles. L'homme fait le tour de toutes les pièces de la maison en appelant son épouse. Lorsqu'il arrive dans la chambre des garçons, il aperçoit Paula qui pleure silencieusement.

« Que-cé qu'y a, ma femme ? T'es malade ?

— Non, non. Fais-toé-z-en pas, c'est juste la mélancolie comme à toutes les automnes, quand c'est l'temps de partir aux bois. »

Claude s'assoit près d'elle et passe un bras autour de ses épaules :

« Te rappelles-tu la première fois qu'on a dansé ensemble ? Y avait une soirée su Auguste Brochu. Y en avait du monde ce soir-là ! Pis des filles astheure, une pis une autre ! Mais moé, j'avais rien qu'une idée en tête : c'tait de te d'mander pour danser. J'savais pas comment m'y prendre parce qu'i faut dire que j'tais ben gêné pis que j'tais pas tu seul. La p'tite voisine m'accompagnait, c'tait pas facile d'la laisser là pis d'aller t'chercher. Ça fait que j'me sus arrangé avec Antoine Dugas pour organiser un *set* pis du même coup qu'i aille te d'mander. T'as accepté ! J'me sus dit : " Ça y est, j'ai ma chance. " Mais j'me sus fait jouer un sale tour : les musiciens ont arrêté juste avant qu'on danse ensemble.

— J't'avais r'marqué moé itou. Tes yeux m'disaient quèque chose de bon.

— Comment ça s'fait d'abord que j'faisais toute pour accrocher ton regard pis qu'tu r'gardais partout pis tout l'monde, sauf moé ?

— Aujourd'hui, j'peux ben te l'dire... Tu peux pas savoir l'effort que ça m'demandait, parce que ces yeux-là m'troublaient pis pas juste un peu, cré-moé ! »

Lorsque Claude et Paula s'étaient vus pour la première fois, la jeune fille n'avait que quatorze ans. Bien développée malgré son jeune âge, mince et élancée, elle avait les cheveux bruns, coupés juste sous les oreilles et légèrement bouclés. Son visage plutôt en longueur affichait des pommettes prononcées. Elle était à vrai dire assez jolie, excepté pour Claude qui, fasciné, la trouvait d'une beauté exceptionnelle. L'amour si fort qu'il éprouvait à son égard l'aveuglait sans doute.

Lorsqu'elle était en compagnie de ses frères et sœurs, Paula aimait prendre la situation en main et même commander, il faut bien le dire. Son fort caractère laissait présager qu'elle deviendrait avec les années une femme fière et assez sévère. Elle avait aussi un atout de taille : sa voix savait charmer. Consciente de l'effet qu'elle pouvait produire sur les autres, la jeune et digne Paula se permettait parfois de se donner de petits airs pompeux.

Claude, lui, avait dix-sept ans lors de la soirée chez les Brochu. Grand, mince, un peu maigre même, il ne figurait pas parmi les plus beaux hommes de la paroisse. Cependant, son visage était orné des plus beaux yeux du monde. Gare à celles qui osaient s'y mirer un peu trop longtemps ! Étant l'aîné d'une famille de quatorze enfants, il n'avait pas toujours eu le choix d'être sage. Il avait dû commencer très jeune à travailler sur la ferme et à la forge. Son père avait reçu un coup de sabot en pleine figure en ferrant un cheval rétif. Six mois après cet horrible accident, il était mort, laissant sa famille dans une grande misère. On était alors en période d'avant-guerre 14-18. La plupart des familles vivaient difficilement. Claude voyait souvent sa mère pleurer et se décourager en se demandant comment elle arriverait à nourrir ses enfants. Se sentant responsable de sa famille, il avait pris les cordeaux en main. Il avait à peine seize ans à la mort de son père, mais déjà, à douze ans, il avait commencé à l'aider à la ferme. Il aimait les animaux, et trimer dur à la forge lui donnait l'impression de devenir homme plus vite que les autres gamins du village. Malgré tout, il aurait bien aimé quelquefois aller courir et jouer avec eux...

Lorsqu'il avait rencontré Paula, son attirance pour elle était plus forte que la gêne qui l'habitait. Après cette fameuse soirée chez les Brochu, il avait fait des démarches pour revoir la jeune fille.

« Là, on a continué de s'fréquenter, pis ç'a pas été long qu'on savait qu'on allait s'marier.

— Ouais », poursuit Paula d'une voix douce.

Sur ces tendres souvenirs, Claude prend le visage de sa femme entre ses mains et lui donne un baiser avant d'ajouter :

« Eh ben ! là, si on y va pas, les enfants vont décharger la voiture, pis pas d'chantier pour c't'hiver !

— Non, i faudrait pas, parce que même si c'est dur, faut y aller !

— Pis tu sais, ma femme, comme on a pus d'animaux, la nourriture s'rait pas facile à trouver pour passer la saison. »

Au début de leur mariage, Claude et Paula avaient eu droit à un lot de colonisation donné par le gouvernement. Il fallait travailler dur pour défricher un peu de terrain afin d'y garder quelques animaux. La culture des légumes et des céréales était aussi importante, car il fallait prévoir suffisamment de victuailles pour la saison froide. On devait attendre la venue des premiers froids pour abattre les animaux et faire geler la viande. Tous étaient de corvée pour faire cuire la viande, la désosser et la mettre en pots qu'on stérilisait en les faisant chauffer dans des cuves sur le poêle à bois. Avec tous les petits fruits cueillis l'été, on faisait des confitures. De plus, les céréales récoltées à l'automne, avoine, sarrasin, orge et blé, permettaient d'affronter l'hiver sans trop d'appréhension.

« Moé, Claude, c'est qu'avec ces hivers passés au chantier, les enfants pourront pas aller à l'école. L'année prochaine, Anita va déjà être en âge.

— On a pensé, pis r'pensé encore, pis on s'est dit qu'i était plus important de manger ses trois r'pas par jour que d'avoir l'ventre vide sus les bancs d'école.

— N'empêche que c'est loin d'être facile pareil... », réplique Paula d'un air triste.

Le jeune couple avait décidé d'abandonner la culture lorsque Adolphe, le frère de Claude, leur avait offert d'aller au chantier avec la famille. Ils en étaient alors à leur sixième année de mariage et avaient cinq enfants : Anita, Victor, Bernise, Maurice et Baptiste. De la fin de septembre à la fin d'avril, Claude était maintenant *foreman* et sa femme, cuisinière.

« C'est déjà la troisième automne qu'on va aux bois. C'est vrai que quand chus rendue, chus contente. Mais c'est pour me décider à partir que c'est dur !

— Bon, i faut que quequ'un dise *on y va.* Eh ben ! j'te l'dis, viens-t'en, ma femme !

— Oui, oui, j'arrive. Va voir si les enfants sont pas trop découragés d'attendre. Je jette un dernier coup d'œil pis j'm'en viens.

— J't'attends. »

Claude rejoint les enfants à la voiture. Le petit dernier est dans tous ses états. Il faut dire qu'on l'a réveillé plus de bonne heure que d'habitude. Il fallait bien faire les derniers préparatifs avant le grand départ pour le chantier. Les chevaux, eux, attendent patiemment tout en mangeant leur ration de foin.

« Bon yeu ! Anita, veux-tu prendre soin d'Baptiste ? Que-cé qu'i a à tant brailler ? »

Victor prend la parole :

« Mais pôpa, i est fatiqué ; ça fait quasiment une heure qu'on attend après vous. Que-cé qu'a fait donc môman ?

— Ça s'ra pas long astheure. Vous savez, c'est pas toujours facile de r'commencer à toutes les automnes pis à toutes les printemps. »

Claude prend le bébé dans ses bras.

« Braille pas, mon bébé. »

Mais le petit Baptiste n'a qu'un an et ne comprend rien, lui, à tout ce chambardement. Alors, il pleure, car sa mère n'est pas là.

« Que-cé qu'y a ? Viens m'voir. Bon, bon, c't'assez », lui dit doucement Paula qui arrive à la voiture.

Elle le colle contre sa poitrine pour lui donner le sein en prenant bien soin de recouvrir son épaule et l'enfant avec son chandail.

« C'est juste ça qu'i voulait. Bon, si tout l'monde est prêt, on y va ! reprend-elle.

— Non, chus pas prêt, moé, s'écrie Maurice.

— Pis pourquoi d'abord ?

— Ben, j'ai envie d'caca, c'est pas d'ma faute.

– Ben, grouille-toé ! La chiotte est pas barrée à c'que j'sache. Pis les autres, avez-vous envie ?

– Non, répondent en chœur les enfants. On a juste hâte de saprer not'camp. »

Maurice revient en courant tout en remontant ses bretelles.

Le joyeux cortège se met en branle vers cinq heures du matin. Il leur faut quitter Saint-Narcisse bien de bonne heure pour arriver à la brunante dans le rang du Cenellier. Il leur faudra arrêter pour manger, se dégourdir et donner la pitance aux chevaux pour qu'ils puissent continuer de traîner la lourde charge.

« Bon, allez mes *gued-up* ! C'est l'heure. »

La voiture avance lentement, car la route est étroite et pleine de cailloux avec des côtes qui n'en finissent plus.

« Claude, i faudrait ben arrêter un peu. Ça fait déjà quatre heures qu'on roule pis j'ai les reins en compote. L'trajet est plus dur quand chus en famille.

– Eh là, toé ! Tu m'avais pas dit ça !

– C'est parce que j'voulais pas t'inquiéter pour rien.

– Tu parles d'un plan, voir si c'est pour rien ! Dans ces conditions-là, on va s'arranger pour arrêter plus souvent. I faut pas trop t'fatiguer parce que rendu au campe, l'ouvrage dur va commencer.

– Te fais pas d'soucis, est endurcie à l'ouvrage ta Paula, commente la jeune mère.

– Bon ! Les enfants, on arrête pour manger, chacun fait sa part. On a une surprise à vous annoncer, môman pis moé.

– C'est quoi ? demande Bernise.

– D'abord, on mange pis on vous l'dira au dessert. Maurice, viens ! Saute dans les bras à pôpa. Pis hop ! À terre, mon garçon.

– Pis c'est pas l'temps de courir partout tusuite, sermone Paula. Tout l'monde fait sa part. Anita, étends le tapis d'table à terre, va chercher l'pain pis le p'tit lard. Avant, j'oubliais, tous au lavage des mains. Claude, veux-tu apporter un bidon d'eau ? Pis toé, Bernise, quèques serviettes. »

Étant cuisinière dans les chantiers, Paula prépare toujours de bons repas, même pour le voyage. Claude prend le temps d'allumer un feu afin de faire chauffer l'eau pour le thé et quelques pots de viande. On y fait aussi rôtir du pain. Comme dessert : de bonnes galettes de chantier. Les senteurs agréables des aliments qui cuisent stimulent les appétits. Tous se servent à volonté et sont vite rassasiés.

« Bon, annonce Claude, si on veut arriver avant la noirceur au campe, faudrait s'dépêcher un peu. En voiture !

– C'est quoi la surprise ? questionne à nouveau Bernise.

– Môman va avoir un autre p'tit bébé », répond simplement le père.

« I est presque sept heures et d'mie, j'ai pas mal hâte d'arriver ! Les enfants s'ront pas durs à coucher à soir, hein mon mari ?

– Moé non plus. Chus tanné de m'faire escouer ! »

Huit heures et quart, le camp est enfin en vue.

« Allez, brassez-vous un peu ! On arrive. Pour à soir, on va dételer les jouaux, leur donner à manger pis décharger juste c'qu'i faut pour la nuite. J'vas mettre la voiture dans le hâvel, comme ça les bêtes sauvages pourront pas y toucher », précise Claude.

Paula entre dans le camp avec Baptiste endormi dans ses bras.

« Bonté divine ! Mais que-cé qui s'est passé icitte ? Quand chus partie au printemps, c'était dans l'ordre. C'est décourageant, tout est sens d'ssus d'ssous. »

La cuisine représente la principale pièce du camp : à gauche de la porte d'entrée, les cuves, habituellement installées sur le grand comptoir de bois rude, ont été jetées sur le sol. Elles servent pour tout : laver le linge et les gens. Il suffit de les nettoyer avec du caustique pour y faire ensuite la vaisselle. La fournaise, communément appelée la truie et qu'on utilise pour réchauffer le bâtiment par temps très froid, est restée intacte. De même que le poêle de cuisine, à sa droite. Mais les quelques chaises berçantes près du mur du fond sont renversées. Paula, désœuvrée, se promène dans la pièce. Entre les poêles et les berçantes, elle aperçoit la grande table sur laquelle elle prépare ses repas. Elle pousse doucement la porte qui mène aux chambres à coucher. D'un côté de la première chambre trône un lit pour deux qu'Adolphe a fait exprès pour le couple. Il a fallu aménager toute la pièce, car il est assez rare de retrouver une famille entière dans ce type de camp. Deux petits lits superposés y ont donc été installés. Une seconde porte, fermée par un morceau de tissu qui a été déchiré, cache deux autres grands lits, eux aussi placés l'un au-dessus de l'autre. Tous ces lits se sont ajoutés au fil des ans, à mesure que la famille grandissait.

Quelques fenêtres, très petites, donnent un peu de clarté. Au mur, des tablettes pour y ranger les vêtements. Le plancher est rugueux et fait de bois franc équarri à la hache. On y a inséré du crin de cheval entre les fentes pour isoler.

Paula revient lentement sur ses pas. À droite de la porte d'entrée, les tables à bancs où mangent les travailleurs ont été déplacées. Une autre porte mène cette fois au logis des bûcherons. De nombreux lits à deux étages sont alignés dans cette grande pièce qui, dans quelques semaines, sentira le sapin, mais aussi la transpiration d'hommes qui travaillent dur. Au centre de cette salle, une autre truie, mais celle-ci est énorme si on la compare à celle de la cuisine. Juste au-dessus, une corde y est tendue pour que chacun y suspende bas, mitaines et autres vêtements à faire sécher. À l'extrémité du camp, dans une autre petite pièce, les grandes cuves et le baril d'eau pour se laver roulent sur le sol, de même que les chaudières dont on se sert pour faire ses besoins la nuit.

« Ben, ma femme, si t'es de mon avis... pour à soir, on mange pis on fait un coin pour dormir. À demain pour le reste.

— Avec plus d'enfants d'année en année, j'cré qu'i faudrait envisager autre chose pour vivre.

— Tu dis ça à soir parce que t'es à boutte. Demain, ça va aller mieux. Tracasse-toé pas trop dans ton état.

— C'est vrai qu'on a deux s'maines avant qu'les bûcheux arrivent. »

Le lendemain matin, dès cinq heures, Claude et Paula sont debout. Après avoir déjeuné presque en silence pour ne pas réveiller les petits, ils se mettent à la tâche. Il y a beaucoup à faire pour tout remettre en ordre.

« Ça s'peut pas ! C'est certain qu'y a des bêtes qui sont entrées icitte pour tout virer à l'envers de même, s'écrie Paula.

— Ça doit être des ours pour faire d'la pareille cochonnerie. »

Vers neuf heures, les enfants arrivent à la cuisine un après l'autre, les yeux rougis et bouffis par la fatigue de la veille. Mais dès que leur ventre est plein, ils sont prêts à jouer.

« Môman, on peut-tu aller à rivière ?

— J'aime pas ben ça. Vot'père me disait tout à l'heure qu'y a des ours par icitte. D'mandez-i pour aller avec vous.

— Ben sûr, ma femme, que j'vas y aller pis plus que ça : j'emmène des serviettes pis du savon. On va en profiter pour se débarbouiller un brin.

— C'est donc une bonne idée, mon mari, ça f'ra pas tort. Victor, apporte une chemise. Comme de raison, i fallait encore que tu fasses à part des autres pis que tu t'salisses.

— J'sais pas, mais i m'semble que t'ambitionnes un brin, Paula, lui réplique son mari. I est pas si pire que ça.

— Bon, i faut qu'tu prennes pour lui, ben sûr.

— R'pose-toé un peu durant c'temps-là. Après, on va t'aider.

— Je r'fuserai pas. J'me sens pas mal affadie. À betôt. »

Lorsque Paula n'est pas enceinte, rien ne peut l'arrêter. Mais sa grossesse lui pèse lourd et il ne faut surtout pas lâcher avant la fin du chantier. Alors elle s'allonge, se disant qu'elle reprendra son ouvrage dans une demi-heure. Mais voilà que la jeune femme s'endort...

Pendant ce temps, à la rivière, les enfants s'amusent même s'ils trouvent l'eau bien froide. Le soleil est tellement beau que l'on oublie que c'est la fin de septembre.

« Envoyez ! On s'dépêche de s'laver. Après, on s'essuie en frottant ben fort pis on s'habille en vitesse. On va être ben, vous allez voir. Mais toé, Baptiste, t'es pas mal petit pour te laver à l'eau frette de même. Quand on va r'venir au campe, pôpa va faire chauffer d'l'eau juste pour toé.

— Môman va être contente, on est tout propres, constate Bernise.

— Oui, on va aller la trouver pour i aider un peu. »

L'arrivée de la marmaille fait sursauter Paula qui dormait profondément.

« Mon Dieu ! Mais j'ai dormi une heure ! Ça s'peut-tu être paresseuse de même !

— Voyons, Paula, c'est pas d'la paresse. C't'un besoin pis c'est toute. Arrête donc d'être ordilleuse de même ! »

Claude doit voir à ce que tout soit prêt pour le retour des hommes au chantier. Il s'assure que les *beds* sont en bon état, remplaçant les perches brisées qui soutiennent les branches de sapin. Il calfeutre les fentes, répare les portes et remplace les vitres cassées. Il lui faut aussi nettoyer les tuyaux des fournaises et vérifier qu'il n'y ait pas de fuites.

Paula, dans la cuisine, astique les gros chaudrons et nettoie la huche à pain. À l'automne, le partage se fait de chantier en chantier. On y distribue beaucoup de nourriture ; la farine, les céréales et les légumineuses sont livrées en sacs de cent livres. Pour ce qui est de la viande, les animaux y montent vivants pour être ensuite abattus le moment venu. Paula travaille très fort tout en ayant à l'œil ses enfants qui jouent aussi bien dehors que dans le camp.

« Les enfants, allez pas trop loin que j'vous voie.

— On va corder du bois avec pôpa.

— Anita, reste avec moé, tu vas m'aider un peu, pis prendre soin de Maurice.

— Môman, bonyienne, j'veux y aller ! réplique Anita.

— Je l'sais ben, mais que-cé qu'tu veux, Baptiste va s'réveiller betôt. I faut qu'tu t'occupes de lui, moé j'ai pas l'temps. »

La fillette rechigne encore un peu, mais sait fort bien que si sa mère dit non, ce n'est pas pour changer d'idée l'instant d'après. Alors elle prend son mal en patience et s'amuse avec la poupée de chiffon que Paula lui a fabriquée au dernier Noël.

« Bonjour, sa mère. Eh ! qu'ça sent bon icitte ! »

Claude vient de terminer sa longue journée de travail. Il se dirige vers le poêle et fait mine de lever le couvercle d'une marmite.

« Hé là ! J't'ai dit pas d'senteux dans mes chaudrons.

– J't'ai eue encore une fois, j'te connais. C'tait juste pour t'faire parler pis ça réussit, ça marche tout l'temps.

– T'es ben malcommode ! T'as pas assez travaillé pour rester tranquille ?

– Ben, c'est que quand j'te vois, la fatigue, j'la sens pus.

– Ton ouvrage, ça avance-tu ?

– Oui, oui. C'est pas pire pantoute. Une couple de jours encore pis ça va être fini en d'dans. I va rester à vérifier les couvertures, pourvu qu'les maudites mites les aient pas mangées.

– Si t'as mis des branches de cèdre comme j't'ai dit, i est pas supposé en avoir.

– J'souhaite que t'aies raison, ma femme, parce que ça en prend pour tous les hommes. Sans ça, les nuites vont être longues pis dures, sans compter que j'vas me faire parler dans l'portrait.

– Ah ! Pour sûr que c'est toé, l'jobbeur. I faut qu'tu t'occupes de tes affaires. Moé, la cuisine pis les jeunes, c'est toute c'que j'peux faire.

– J't'en d'mande pas tant non plus. »

Sept heures trente, les petits sont couchés. Paula et Claude se bercent dans la cuisine.

« Quand j'pense que t'es encore partie pour la famille. Le sixième... Tu penses pas que l'chantier, ça va devenir trop dur pour toé ?

– Non, j'crairais pas, chus habituée astheure. Ben, pour te dire franchement... avant de commencer, j'ai toujours un peu d'hésitation. Mais après que tout est installé, ça va mieux. Pis j'aime tellement l'atmosphère !

– En tout cas, si jamais qu'ça marche pus, tu m'promets de l'dire.

– Oui, oui, t'en fais pas pour moé. Bon, viens t'coucher astheure, parce que demain, l'barda va commencer d'bonne heure ! »

Claude éteint une lampe et Paula apporte l'autre dans la chambre, non sans faire auparavant une tournée auprès des enfants.

« I dorment comme des anges. À c't'âge-là, i ont pas de soucis.

– Ça va commencer en masse vite les troubles. I faut qu'i en profitent, tu penses pas ?

– J'sais pas, mais on dirait que t'as pas réussi à mettre les branches de sapin comme d'habitude. Me semble qu'on est moins ben.

– Tu trouves ça, toé ? Ça doit être juste sus ton bord, parce que moé, chus ben correct.

– Manquablement, comme de raison.

– T'as pas besoin d'inventer des histoires pour te coller, tu sais. Au fait, tu m'as pas dit c'tait pour quand l'nouveau bébé.

– C'est pour l'mois d'âvri. Au moins, celui-là, i viendra pas au monde durant l'hiver. C'est pas drôle quand ça arrive au chantier comme pour Bernise. Une chance, c'tait la première dans l'bois, mais pas l'premier bébé.

– Ça, tu peux l'dire ! Ça s'est ben passé. Le p'tit Réal était vaillant pis habitué. »

Bernise était née un 26 janvier. Il n'était pas question d'aller chercher la sage-femme ou le médecin, le chantier était beaucoup trop loin. Paula avait dû accoucher avec l'aide de son époux. Bernise était petite, elle ne pesait que six livres et trois onces. L'accouchement s'était donc bien passé. La jeune femme avait guidé son mari pour l'arrivée du bébé, lui avait fait couper le cordon et nettoyer l'enfant. Après, elle s'en était occupée elle-même. Le lendemain, Claude était resté à la cuisine avec Réal, le *cookie*. Le deuxième jour, Paula recommençait à donner des ordres de son lit, et deux semaines plus tard, elle retournait à sa besogne.

« J'voudrais jamais r'passer par là. Mais pour le moment, i s'rait temps de dormir.

– Oui, c'est ça, ma femme, bonne nuite ! Pis en passant, ça arrivera pus des affaires de même, parce que quand tu s'ras partie pour la famille, on va laisser faire le chantier. »

Paula se colle contre son mari qui passe son bras autour de sa taille. Le sommeil ne tarde pas à les gagner tous deux.

Une semaine plus tard, en fin d'après-midi, les bûcherons commencent à arriver. La plupart sont très fatigués, car ils ont marché de quinze à vingt milles par jour avec, sur le dos, un *packsack* chargé de vêtements et de serviettes. Déchargés de leurs bagages, ils se rendent à la *cookroom* pour prendre un bon repas.

« Môman, môman ! Les bûcheux, les v'là ! J'ai dans mon idée qu'i s'en viennent manger, s'exclame la jeune Anita.

— Les enfants, i faut pas rester d'vant la porte. Allez jouer un peu plus loin. Anita, prends soin de Baptiste, i faut pas qu'i s'approche des poêles. La nourriture est chaude, faut faire attention aux accidents.

— Bonjour, madame Rioux ! Batêche que chus content qu'ça soye vous qui faites la grobe encore c't'hiver ! Ça veut dire qu'on va ben manger.

— Ben oui, Armand, c'est moé pis l'même *cookie* en plus. On fait toujours not'gros possible.

— Vous pouvez l'dire. Ça en fait des chantiers que j'cours, rendu à mon âge, mais c'est l'premier où qu'on mange aussi ben. Pis vot' pâtisserie astheure, a nous laisse toujours un p'tit goût de r'venez-y.

— Bon là, Armand, si tu continues de jacasser, ça s'ra p'tête pas aussi bon, parce que ça va être frette.

— Oui, c'est vrai ! Pis i faut s'dépêcher un peu, parce qu'après, on va couper des branches pour nos *beds*. J'cré qu'on aura pas besoin de s'faire cajoler pour dormir, hein les gars ?

— I faut pas parce que t'aurais d'la misère à trouver quequ'un icitte pour ça », ajoute Claude à la blague.

Tous se mettent à rire. Armand se dirige vers une table et s'assoit au bout en ayant l'air de dire que ce sera là sa place pour la durée du chantier. Chacun se choisit un coin qu'il gardera effectivement durant tout l'hiver. Soudain, un gaillard entre dans la pièce. Solitaire, il se dirige vers une table où personne n'est encore assis. Un inconfort semble avoir pénétré dans la pièce en même temps que lui, mais cela ne dure que quelques instants, et la conversation reprend de plus belle.

Paula se retourne vers Réal.

« Celui-là, j'espérais ben pas le revoir c't'automne. J'aime pas ses manières.

– Moé non plus, madame Paula. Mais on peut pas choisir. I faut qu'on serve tout l'monde qui s'présente icitte.

– T'as raison, j'sais pas c'qui m'a pris d'parler d'même.

– N'empêche que vous avez pas tort pareil. »

Réal, le *cookie*, s'était présenté au chantier il y a trois ans comme bûcheron. Il n'avait ni le physique ni la santé pour faire ce métier-là. Un jour, il était revenu au camp avec une blessure à la jambe droite. Claude, venu pour faire du feu, entendait quelqu'un gémir. Il s'était dirigé vers le fond de la pièce et avait aperçu le jeune garçon qui pleurait et se lamentait. S'approchant du lit, il s'était informé :

« Hé ! Mon garçon ! Que-cé qui s'passe ?

– Monsieur Rioux, j'en peux pus. L'métier de bûcheux, j'cré qu'c'est pas pour moé.

– I faut dire que t'as pas une ben grosse équarriture, mon gars... »

Réal avait tenté de se déplacer, mais il s'était aussitôt retourné pour camoufler une grimace et pousser un juron entre les dents. Claude, intrigué, s'était avancé un peu plus et avait remarqué le sang sur le pantalon du jeune homme.

« Toé, t'es blessé en plus !

– C'est pas grave, ma hache a passé tout drette en natchant un arbre.

– Viens par icitte que je r'garde ça. »

Claude, aidé de son couteau, avait fendu le pantalon du garçon.

« Oh *boys* ! Tu t'es pas manqué, c'est pas c'qu'y a d'plus beau à voir. Viens, on va aller voir ma femme, est bonne là-d'dans, les estropiures.

Claude avait soutenu Réal et tous deux s'étaient rendus à la *cookerie.*

« Paula, viens par icitte ! On a besoin d'toé.

– Mais veux-tu ben m'dire de quoi-cé qui t'est arrivé, mon garçon ! s'était exclamée la jeune femme en les apercevant.

– I s'est estropié avec sa hache. »

La cuisinière avait regardé la jambe de Réal, ennuyée.

« Ouais ! Faudrait commencer par nettoyer. T'es encore chanceux, ça r'gardait pour être pire. Ç'a pas l'air trop creux... »

Elle avait désinfecté la plaie et l'avait refermée du mieux qu'elle avait pu. Réal avait passé deux semaines à voyager à la cuisine pour que Paula puisse lui faire tous les jours des pansements propres. Claude avait informé sa femme que lorsque le garçon serait guéri, il s'en retournerait chez lui parce qu'il ne pouvait suffire à la tâche.

« Que-cé qu'tu vas faire astheure ? avait-elle demandé un jour au jeune homme.

– J'sais pas... Monsieur Rioux est ben d'accord avec moé que l'bûchage, j'ferais mieux d'oublier ça. D'autant plus que j'boite astheure.

– De travailler dans la cuisine avec moé, que-cé qu't'en dirais ? Ça m'prend justement un bon *cookie*.

– Moé, dans la cuisine ? Vous y pensez pas ! J'ai jamais fait cuire une pétaque.

– Fais-toé-z-en pas avec ça. Tu sais, ça s'apprend par du monde.

– Je d'manderais pas mieux, si vous êtes assez bonne pour me montrer.

– Ben aujourd'hui, on est jeudi. Lundi matin, si ça t'va, tu peux commencer.

– J'vous jure que vous le r'gretterez pas !

– Jure pas, chus certaine que tu vas faire l'affaire. Mon mari m'a dit que t'étais ben vaillant. I en faut pas plus. Encore quèques jours pis ta jambe va être correcte. Ça fait que, marché conclu ! Pis à lundi, lui avait-elle dit en lui tendant la main.

– Mais j'y pense, madame Paula, pour le salaire, comment ça marche ?

– Eh ben ! icitte, tu s'ras nourri pis t'auras vingt piastres par mois en apprenant ton nouveau gagne-pain. Que-cé qu't'en penses ?

– Oh oui ! Ça m'va ! Bonjour, pis à lundi. Pis marci encore une fois. »

Le jeune Réal n'a jamais regretté sa décision. Depuis ce temps, tous les automnes, il arrive avec les autres et repart au printemps, très heureux de pouvoir gagner sa vie malgré son léger handicap.

Apportant à la hâte les plats que Paula prépare, le jeune *cookie* les dispose de place en place et chacun se sert à sa guise. Ces hommes de chantier ont de féroces appétits et un petit faible pour les bonnes galettes ou les grosses pointes de tartes préparées par la cuisinière. Lorsqu'ils ont bien mangé à leur faim, tous apportent leur couvert près des cuves où Réal a déjà commencé à laver la vaisselle. Puis les bûcherons regagnent la partie du camp qui leur est réservée afin de préparer les lits pour la nuit.

« Hé ! Ovide ! Si t'enlèves pas l'coton du milieu, t'as des chances d'avoir mal au reinqué d'main matin.

– C'est la première fois que j'fais ça, peux-tu me montrer comment ?

– Mais ben sûr ! répond Armand. Tu vois, faut enlever la grosse tige du milieu. Tu coupes toutes les p'tites branches pis tu piles une bonne épaisseur pour être ben.

– J'comprends astheure pourquoi qu'tu disais qu'j'allais être raide.

– C'est ben ça, pis en plus, tu sens la bonne odeur, on dirait qu'on est déjà dans l'bois. Ça donne un avant-goût du chantier.

– J'me d'mande avec qui j'vas bûcher, s'interroge Ovide, songeur.

– J'cré qu'c'est ta première saison dans l'bois.

– Oui, t'as compris.

– T'en fais pas avant l'temps. Si l'*foreman* est d'adon, on pourrait p'tête bûcher ensemble.

– J'en s'rais content si ça pouvait marcher d'même.

– J'crairé ben parce que celui qui bûchait avec moé, i r'vient pas c't'année. Viens-tu faire un tour dehors avant de canter ?

– Oui, ça f'rait du bien une bouffée d'air frais. »

Armand et Ovide s'installent sur une bûche et fument une cigarette. Au loin, les loups hurlent et Ovide ne peut retenir un frisson.
Armand s'en aperçoit.

« T'as jamais entendu d'loups ?

— Ouais ! Mais j'ai jamais ben aimé ça. J'peux pas m'en cacher,
même si ç'a l'air chieux.

— I va falloir que tu t'habitues, parce qu'icitte, c'est comme ça
tout l'temps. Même que là, j'trouve qu'i sont loin. Bon, moé, j'vas
m'coucher, parce que demain, si le horseleur est arrivé, les jouaux
vont pas tarder. Va falloir s'tenir proche pour en avoir des bons.
C'est pas mal à cause d'eux autres si on fait un bon chantier.

— C'est correct, dormez ben. »

Armand, pour sa part, est un habitué des chantiers. Mais ce soir
encore, il a le cœur gros. Tous les bûcherons sont à peu près dans le
même état d'âme, mais tous, même Armand, le camouflent, de peur
de se faire traiter de « pissous ». Assez souvent, ceux qui semblent
ne pas avoir de sentiments ou qui rient des autres sont les plus
sensibles. Les plus vieux ont laissé derrière eux, à la maison, une
femme et des enfants, et les plus jeunes, une amie ou encore des
parents, tristes de les voir partir pour si longtemps. La majorité
d'entre eux resteront au chantier de six à huit mois. Seules quelques lettres échangées durant l'hiver aideront à panser les plaies...
pour les rares qui savent écrire.

Durant plus d'une semaine, les bûcherons continuent d'arriver
au camp. Quelques-uns ont la chance de choisir un cheval, mais la
plupart doivent se contenter de ceux qu'on leur attribue. Les ha-
ches, les sciottes et les godendards sont arrivés avec le portage. La
plupart des bûcherons avaient un trop long chemin à parcourir pour
tout transporter sur leur dos.

Le moment est arrivé où Claude va aux bois pour désigner aux
hommes les parties de terres à bûcher.

« Claude, avant d'commencer... Ovide, j'peux l'prendre avec
moé, tu sais, propose Armand.

— Moé, ça m'dérange pas, mais i est pas habitué. Faudra pas
t'lamenter que l'hiver a pas été bon.

– T'inquiète pas. Donne-nous une bonne pointe, pis l'reste, j'm'en charge.

– En tout cas, j't'aurai averti.

– Le jeune a l'air d'être vaillant, i est assez musclé. Avec un bon joual, on devrait ben s'en sortir. »

Les hommes s'enfoncent dans le bois et entreprennent une seconde marche d'une bonne heure environ.

« Vu qu't'es pas nouveau, j'peux ben te d'mander si c'te pointe-là, ça fait ton affaire, s'informe Claude.

– Ç'a l'air pas pire pantoute. *Thank you* ben », le remercie Armand.

Tandis qu'Armand et Ovide se préparent à nettoyer le terrain, Claude continue de délimiter les pointes de bois propres à chacun.

« Bon, les gars, on va dîner icitte, i est déjà onze heures, ordonne le *foreman*. Le temps d'allumer un feu et d'chauffer l'eau, ça va être le temps d'manger. »

Le grand gaillard, toujours aussi distant, commence à ramasser du bois sec. Pas un mot ne sort de sa bouche. Claude s'approche et engage un brin de conversation.

« T'as vite compris, Luc. Faut craire que ton estomac commence à crier.

– Ouais !

– Depuis que chus jobbeur que tu viens icitte, ça doit être parce que ça fait ton affaire.

– Ouais ! »

Claude se sent un peu mal à l'aise devant le détachement du jeune homme, mais tente quand même de continuer le rapprochement.

« C'est-tu parce que t'aimes pas l'monde que tu parles pas plus que ça ?

– Vous savez, monsieur Rioux, moé la jasette, j'ai jamais été fort là-d'ssus.

– Ça fait belle lurette que j'l'ai r'marqué, mais si l'envie t'en prenait... C'tait juste pour te dire que j'pourrais te r'cevoir.

— Ça m'surprendrait, mais merci quand même. »

Le grand Luc, costaud et tout en muscles, est dans la trentaine. Ses sourcils prononcés surplombent ses grands yeux verts. Son nez plutôt large, encadré d'une barbe mi-longue et très dense, contribue à lui donner un air imposant. Sous son regard froid, on parvient à déceler chez lui une certaine douceur, malheureusement cachée derrière une immense tristesse.

La conversation entre les deux hommes s'arrête là, car les autres bûcherons reviennent avec du bois pour alimenter le feu.

« L'eau commence à bouillir, faudrait ben ajouter le thé », dit un des gars.

Chacun s'installe avec sa boîte à lunch sur les genoux. Au menu : du pain, de la mélasse, du lard et des galettes. Après avoir bien mangé, les hommes poursuivent leurs travaux jusqu'à cinq heures puis reviennent au camp.

« Ouf ! s'exclame Claude, c'est toujours des grosses journées, les premières.

— Oh oui ! J'sais, reconnaît Paula. Les hommes ont-tu l'air contents au moins ?

— Ouais ! Ç'a l'air pas si pire. Quèques-uns ont chiâlé comme d'habitude, toujours les mêmes.

— Veux-tu une bonne tasse de thé, mon mari ?

— Maudit qu't'es fine ! Une chance que t'es là.

— Oui, mais faudrait pas oublier que t'es l'seul homme icitte à avoir c'te chance-là, comme tu dis. Les autres vont r'trouver leur famille juste au printemps pour la plupart.

— C'est ben vrai, on oublie vite. Les premières années, j'tais tu seul moé itou, pis j'trouvais l'hiver long en pas pour rire. »

Claude regarde sa femme aller et venir dans la cuisine et ne peut s'empêcher de la complimenter une fois de plus :

« Sapristi ! que t'es belle, ma femme !

— Veux-tu rire de moé ? Avec le sixième bébé qui s'en vient, j'me trouve pas ravigotante pantoute.

— Enlève-toé ces idées-là d'dans tête parce que si j'avais l'temps... »

Paula lève les bras, les paumes des mains tournées vers son mari, et ordonne :

— Oh ! oh ! Toé, tu peux changer d'idée parce que, justement, tu l'as pas l'temps, pis moé non plus de toute façon.

— Voyez-vous ça ! Madame fait son indifférente.

— C'est pas l'moment. À soir, p'tête...

— C'est ça, p'tête. Parce qu'après les journées qu'tu fais, c'est pas facile pis j'comprends.

— Merci de ta compréhension... J't'aime. »

Claude serre sa Paula contre lui et l'embrasse doucement. Puis, d'un geste brusque, il s'éloigne.

« Bon ! Avant qu'ça force trop, j'm'en vas travailler.

— C'est bon, ça chasse les mauvaises pensées.

— Tu peux être certaine que tu perds rien pour attendre ! »

L'automne se passe assez bien, malgré le travail dur. Le soir, tout le monde tombe de fatigue et ne pense qu'à dormir après avoir pris un bon souper. Mais le dimanche, c'est jour de congé pour les bûcherons et la journée s'étire plus doucement. Les hommes se rendent quand même à la *cookerie* de bon matin, c'est-à-dire vers les sept heures. Le déjeuner a quelque chose de différent en ce jour béni de la semaine, à commencer par le café fait de croûtes de pain que Paula a pris soin de bien faire brûler pour ensuite les ébouillanter et les couler dans ce qu'on appelle un coton à fromage. C'est avec ravissement qu'elle et Réal surveillent les hommes pénétrer dans la *cookroom* en se tortillant le nez avec plaisir. Sur la table, du jus de tomates, du jambon, des œufs et du pain que l'on a fait rôtir sur le poêle. Le déjeuner dominical se veut plus raffiné que celui de la semaine, où le menu se compose alors de fèves au lard, de pain et de mélasse. Il faut préciser ici que la mélasse fait partie de tous les repas, de même que le thé, le lard ou le porc froid.

« Bonjour, Paula. Les enfants, v'nez un peu ! J'vous vois pas souvent de c'temps icitte. »

Tous se précipitent, heureux que leur père s'occupe d'eux.

« Pôpa, ça va être Noël betôt. On va-tu aller voir pépère pis mémère ? questionne Anita.

— Non, on pourra pas. C'est trop loin, y a trop d'neige pis vot'mère file pas assez ben pour ça.

— Moé, j'veux y aller bon ! réplique Bernise, contrariée.

— J'sais tout ça, mais que-cé qu'vous voulez, on arrange pas toujours les affaires comme on veut dans la vie. »

Paula, qui s'apprête à faire des pâtisseries pour la période des fêtes, semble épuisée. Soudain, elle s'appuie sur le bord de la table, s'essuyant le front avec la manche de sa robe. Claude se lève d'un bond et se dirige vers elle.

« Paula, ça s'rait-tu que ça va pas ben ? demande-t-il d'une voix inquiète à son épouse.

— Rien qu'un peu fatiquée, ça va passer », le rassure-t-elle.

Et la jeune femme se remet au travail comme si de rien n'était.

« I est juste trois heures. J'ai le reste de l'après-midi, y aurait-tu quèque chose que j'pourrais faire ?

— Ouais ! Ça se r'fuse pas. Tu peux t'occuper des enfants, ça m'rendrait un sapré service.

— Hop ! Les mousses, habillez-vous, on va dehors !

— Eh ! que chus content ! dit Victor. Môman veut pas qu'on s'éloigne pour aller glisser. Avec vous, pôpa, on va pouvoir, hein ?

— Pour aujourd'hui, on va aller trouver l'*chaud-boy*, i doit s'apprêter pour aller chercher de l'eau à rivière. »

Le petit Maurice, qui n'a que deux ans, se plaint tout énervé :

« Pôpa, pôpa ! Chus pas *apabe* de mettre mes bottes. »

Paula le reprend aussi vite.

« Maurice, c'est pas *apabe* qu'on dit, c'est *capable*. »

Claude se met à rire.

« Viens, mon bonhomme. Pôpa va t'aider. »

Et les voilà partis ! Tous se dépêchent pour rejoindre Wilfrid, le *chaud-boy*, qui a attelé les chevaux à la grosse traîne chargée de lourds tonneaux bien enchaînés.

« Wilfrid ! crie le père d'une voix forte. Pas si vite ! On amène les p'tits avec nous autres.

— Monsieur Rioux, pensez-vous que c'est une bonne idée de passer en avant de su Fernando avec les enfants dans l'traîneau ?

— La s'maine, les bûcheux sont pas là, y a juste le *cook*. De c'temps icitte, y a pas personne pour l'aider. J'cré ben qu'i doit pas avoir le temps de faire le yâbe aux autres.

— Ouais, vous avez p'tête raison. Embarquez ! Les jouaux sont fringants sans bon sens aujourd'hui.

— I sont-tu pires que d'habitude ?

— Pas mal, oui.

— Le horseleur se s'rait-tu trompé dans les portions d'avoine, coudon ?

— J'sais pas si c'est ça ou bedon l'avoine qui a ranci.

— J'vas aller tchéquer ça pas plus tard qu'à soir.

— Ça s'rait p'tête mieux. »

Le joyeux groupe approche du camp de Fernando. Wilfrid se sent nerveux, il n'aime pas ce trajet. Il le fait souvent pourtant, mais il sait que le cuisinier est toujours au rendez-vous pour lui chanter pouilles. Il essaie de se convaincre que monsieur Rioux a peut-être raison et qu'aujourd'hui, il ne le verra pas. Mais à sa grande déception, le cuisinier s'amène.

« Le voyez-vous ? I est là ! s'empresse-t-il de faire remarquer.

— Mais coudon, i a le nez ben long ! I nous a sentis avant d'nous voir. Ça va p'tête le ralentir quand i va s'apercevoir que les jeunes sont dans la traîne.

— Je l'souhaite ben, mais ça m'surprendrait. Y a pas grand-chose pour l'arrêter. C'est d'valeur qu'on puisse pas faire un chemin plus proche du campe. »

D'un air songeur, il reprend :

« I faudrait qu'on r'garde ça...

— Tu l'sais, Wilfrid, qu'on a déjà essayé pis qu'c'est trop à pic. Les jouaux vont s'casser la gueule pis nous autres avec du même coup.

— Ouais ! C'est vrai qu'les quarts pleins d'eau, ça fait pas mal pesant.

— Aïe ! vous autres ! s'exclame le cuisinier qui vient vers eux en gesticulant. Que-cé qu'vous faites encore dans les parages ?

— Tu l'sais qu'i faut passer par icitte pour aller à la rivière, lui répond Claude sans hésiter.

— On vous a dit qu'on voulait pas vous voir.

— Wilfrid, arrête les jouaux, j'vas essayer d'i faire entendre raison à c't'épais-là !

— C'est pas vot'chemin icitte !

— T'apprendras que l'chemin, c't'à tout l'monde.

— Y a assez que vous avez du plus beau bois qu'nous autres. Y a des limites à s'faire manger la laine sus l'dos !

— Me semblait ben qu'y avait d'autres raisons que l'chemin. C'est la jalousie qui vous fait dire des bêtises, conclut Claude.

— J'ai pus rien à vous dire pis décampez avant qu'les gars arrivent, parce que ça pourrait barder !

— J'voudrais ben voir ça ! C'est la seule place qui a d'l'adon pis on va passer tant qu'ça va faire not'affaire.

— T'es brave parce que chus tu seul. Attends ! Une bonne fois, on va t'chauffer les fesses, à toé pis ton à maudit innocent d'*chaud-boy.*

— Arrête de chiâler pis va faire tes tartes ! »

Claude et Wilfrid continuent leur chemin. Maurice se colle contre son père en bougonnant. L'enfant n'a pas tellement apprécié l'engueulade.

« I peut s'compter chanceux qu'les enfants soyent avec nous autres !

— Oui, c'est certain ! C't'un chercheux d'troubles, lui pis toute sa chibagne. »

Les deux hommes éclatent de rire et se mettent à chanter en poursuivant leur chemin.

« V'la l'bon vent, v'la l'joli vent... »

À la rivière, Wilfrid place le traîneau de façon à faciliter le remplissage des barils.

– Ji, ma noire, ji ! C'est ça, ma grosse, bec, bec comé-ha, wo !

– J'pense que j'vas les attacher. La noire est habituée, mais l'poulain, i est en l'air sans bon sens.

– Prends pas d'chance. Tu vas voir qu'i va s'tranquilliser quand i va arriver au campe après avoir transporté la charge. »

Claude jette un coup d'œil du côté des enfants.

« Victor, fais attention ! Faut pas tumber à l'eau. La glace est loin d'être solide par icitte, y a du courant. »

Claude et Wilfrid achèvent de faire le plein. Soudain, ils entendent un drôle de bruit.

« Pôpa, pôpa ! V'nez vite ! Victor est tumbé dans l'eau.

– Que-cé que j't'avais dit ? D'faire attention ! crie Claude en colère.

– Vite ! C'est frette, j'ai des crampes, se plaint le garçon.

– Accroche-toé à c't'e perche-là ! » lui conseille son père.

Claude tire son fils vers lui, attrape son bras et le sort de l'eau à toute vitesse.

« Laisse-moé t'dire que ta mère s'ra pas contente ! »

Victor se met à pleurer. Voyant bien que le temps n'est pas aux remontrances, l'homme tente de se calmer et presse son fils contre sa poitrine.

« Tenez, monsieur Rioux, j'ai enlevé une paire de bas. Enfilez-i, suggère Wilfrid qui a été témoin de toute la scène.

– J'vas faire la même chose ! I est mouillé jusqu'aux g'noux, ç'a-tu d'l'allure ! Va falloir s'dépêcher de r'tourner au campe. »

Tous remontent à la hâte dans la voiture. Wilfrid détache les chevaux et crie d'une voix puissante :

« Allez-y ! C'est l'temps d'montrer c'que vous pouvez faire. »

Arrivé au camp, Claude porte Victor qui grelotte. Il donne un coup de pied dans la porte pour la refermer derrière lui.

« Veux-tu ben m'dire...

— Dépêche-toé, Paula ! Le p'tit est tumbé dans la rivière.

— Comment i a fait son compte ? I s'arrange tout l'temps pour avoir du trouble, celui-là !

— C'est pas l'temps de disputer, apporte-moé des couvartes chaudes. Pis on va i faire des mouches de moutarde.

— Des affaires pour attraper une peumonie ! I doit pas avoir écouté encore, c'est toujours pareil avec lui », commente Paula, fâchée.

La jeune femme s'en retourne à la cuisine, visiblement furieuse.

« Ben non, mon gars, faut pas t'en faire. Tu sais, môman est fatiquée. Ça va aller. Dors, mon bonhomme. Es-tu ben de même ?

— Oui. T'es-tu choqué à plein après moé ? » s'inquiète l'enfant.

Claude serre son fils dans ses bras avant de lui répondre :

« C'est passé astheure, reste couché pour garder ta chaleur. »

L'homme lui passe doucement la main dans les cheveux et va rejoindre Paula.

« As-tu fait entrer les p'tits ? lui demande-t-il.

— Ouais... Tu l'dorlotes trop !

— Mais voyons, c't'un enfant !

— Tu prends toujours sa défense. I veut pas écouter, i fait à sa tête.

— I fait pas plus à sa tête que les autres. À son âge, c'est normal de pas écouter des fois. »

Le père, songeur, sort du campement.

« J'sais pas c'qu'elle a, ma Paula. A change, on dirait qu'elle a de la misère à supporter Victor. Pourtant, i est pas pire que les autres », se dit-il dans son for intérieur. Puis, reprenant ses esprits, il s'informe :

« Vas-tu avoir assez d'eau, Wilfrid ? On a pas pu remplir comme d'habitude...

— Oui, ça va faire. J'vas en vider un pour madame Rioux pis l'autre dans l'*washroom*.

– Ouais ! C'est vendredi, demain y en a quèques-uns qui vont s'laver pis laver leur linge. En tout cas, si y en a pas assez, on y r'tournera dimanche.

– Si i faut y aller dimanche, j'pense pas faire le trajet tu seul, réplique Wilfrid, peu rassuré. Les bûcheux du campe à Fernando vont être là.

– C'est vrai, j'y avais pas pensé. On va essayer de toffer à lundi, mais chus ben tanné de c't'histoire-là. I va falloir que j'me décide pis que j'i parle, à Fernando, lui en personne !

– Ouais ! Parce qu'à tous les automnes, c'est la même maudite histoire !

Chapitre 2

$\mathcal{Q}$uinze décembre, il neige très fort. La nostalgie du temps des fêtes s'installe lentement dans la famille et parmi les bûcherons.

« L'partage devrait arriver ces jours icitte. J'espère qu'i va tout apporter c'que j'ai d'mandé.

– I faut ! Es-tu au courant, ma femme, qu'y a des bûcheux qui ont d'mandé d'la boisson ?

– J'cré qu'on va passer par-dessus ça, parce que l'temps des fêtes au chantier, c'est triste.

– Y en a une dizaine qui vont chez eux, les autres aiment mieux pas descendre. L'aumônier va monter avec le *boss* d'la compagnie.

– I devrait dire une messe comme à chaque année », répond Paula simplement.

La jeune femme jette un coup d'œil du côté de la grande croix en bois noire accrochée au mur, derrière la table. « I faudrait ben que j'l'époussette un brin », se propose-t-elle.

« I va passer deux jours dans l'campe. On va pouvoir aller à la confesse, poursuit-elle à haute voix.

– Pour c'qu'on peut faire de péchés icitte ! s'exclame le jeune homme.

– J'entends parler les gars, pis des fois, j'trouve que ça sacre pas mal fort, ajoute Paula.

– C'est juste des habitudes ! Dans l'bois, c'est pas toujours com-mode, pis les gars i sacrent pour s'venger un peu.

– J'comprends, mais d'vant les enfants, j'aime pas ben ben ça.

– I font ça sans s'en rendre compte, reprend Claude, comme pour excuser les bûcherons.

– C'est pas une raison. »

Les enfants couchés, Claude et Paula se bercent. La jeune femme tricote des bas pour sa petite famille.

« Va falloir que tu m'tricotes une autre combinaison. Celle-là est pas mal usée, lui commande Claude en désignant le vêtement qu'il porte.

— J'sais, mais ça s'ra pas avant les fêtes, parce qu'i faut préparer des surprises pour les p'tits.

— Pour ma part, j'achève les p'tits jouaux d'bois pour Victor et Maurice. Baptiste, lui, i est plus jeune ; j'ai fait une belle *waguine* qu'i va pouvoir traîner en arrière de lui.

— Moé, pour Anita pis Bernise, j'ai fabriqué deux belles catins. Ça devrait les contenter. »

À Noël, rien d'extraordinaire ne se passe. Paula fait juste un peu plus de fantaisie pour le dessert : elle prépare des galettes en forme de sapins ou d'animaux, ce qui fait la joie des petits et arrache même un sourire aux grands.

La famille se joint aux bûcherons en ce matin du 25 décembre pour une prière un peu plus longue que d'habitude. Après le dîner, les travailleurs se retirent dans le dortoir. À la surprise de tous, Luc sort de sa poche un harmonica et entame un air de circonstance.

« Môman, entends-tu ?

— Oui, Bernise. J'me d'mande ben qui c'est qui joue d'la musique à bouche de même...

— On peut-tu y aller ? »

Claude, qui revient à l'instant du dortoir, les renseigne sans tarder :

« C'est Luc ! J'aurais jamais pensé ça d'lui... Faut pas s'fier aux apparences.

— Tu peux l'dire ! C'est beau à entendre, mais ça fait ennuyer en tit-pépère.

— Môman, on veut aller écouter. Dites oui ! supplie la jeune Bernise.

— J'vous l'permets, mais oubliez pas : c'est rien que pour le temps des fêtes.

— Oui, m'man ! » s'écrient en chœur les aînés.

Chacun se dépêche pour arriver le premier du côté du dortoir, de peur que Paula change d'idée. Les enfants savent bien que ce n'est là qu'une exception. En temps ordinaire, il leur est bien défendu de traverser de l'autre côté.

« Claude, va donc avec eux. Y a d'la boisson pis j'aime pas ça.

– À une condition, c'est qu'tu viennes toé aussi. D'la musique, c'est beau pis ça fait du bien !

– T'as p'tête raison à ben y penser... Ça va m'faire voir Luc d'un autre œil. »

Claude l'entoure de ses bras.

« Tu sais, i est pas si pire que ça.

– Ça s'peut.

– I doit avoir eu quèque chose certain quand i était jeune. I va p'tête m'en parler un d'ces jours. »

Et c'est ainsi que se passe le reste de la journée : de la musique, un peu de boisson et beaucoup de jasette. Le lendemain, c'est jour de travail, comme d'habitude.

Réal étant parti visiter sa famille, Claude donne un coup de main à Paula. Il s'occupe de la marmaille, pèle les patates, passe le balai.

Paula en profite pour s'occuper davantage des bambins. Elle leur chante quelques berceuses de sa voie mélodieuse et prend le temps de se reposer puisqu'elle a moins de besogne. C'est dans cette atmosphère de douce tranquillité que s'écoule la semaine qui sépare Noël du premier jour de l'année. Anita et Bernise ont accroché leurs bas près des berçantes, car il n'y a ni escalier ni sapin décoré pour les y suspendre. Elles espèrent bien que le bon saint Nicolas ne les oubliera pas en se donnant comme excuse qu'ils sont trop isolés pour qu'il aille leur rendre visite. Avant de se coucher, elles appellent leurs jeunes frères :

« Victor, Maurice ! V'nez, on va étendre nos bas. P'tête que saint Nicolas i va passer par icitte aussi.

– Môman, pensez-vous qu'i va v'nir jusqu'au chantier ? questionne Bernise.

– Ça s'pourrait, ma fille ! I faut surtout pas prendre de chance. Oubliez pas celui d'Baptiste aussi.

– Oui, oui », répondent les fillettes, enthousiastes.

Tout excités, les enfants vont se coucher en pensant au lendemain. Lorsque leurs parents sont certains que les petits dorment, ils sortent de leur cachette les jouets fabriqués avec amour et persévérance. Paula s'empresse de glisser, dans les bas tendus avec tant d'espoir, les bonbons, pommes et oranges qu'elle avait bien recommandé au marchand de lui expédier et qu'elle avait si soigneusement cachés sous le lit.

« Les p'tits devraient être contents quand i vont vider leurs bas », pense-t-elle.

« Les bébelles, on va les donner juste après. J'les ai enveloppées avec d'la gâzette. C'est pas ben beau, mais ça va les rendre heureux pareil.

— J'avais pas pensé à ça. D'la gâzette, ça s'peut-tu ! T'en as d'la jarnigoine. Bon là, on va-tu s'coucher, ma femme ? »

En passant près d'elle, Claude laisse balader ses mains sur son ventre qui commence à grossir.

« Tu t'en viens avec une belle bedaine.

— Oui, ça rondit plus vite que d'habitude, me semble. J'ai quatre mois de faits pis on dirait que j'en ai sept. Ça r'garde mal !

— Pourquoi ? Y a-tu quèque chose de pas correct ?

— Non, non. J'veux juste dire que j'm'en viens grosse. Bon, viens-tu t'coucher ? »

Paula se dirige vers la chambre après avoir fait un brin de toilette et brossé ses longs cheveux.

« Pouah ! s'exclame-t-elle, va vider c'maudit pot-là, ça pue icitte ! J'aguis ça l'hiver ! La senteur reste dans les chambres pis ça s'étend partout.

— Impatiente-toé pas d'même, ma femme. J'vas y aller tusuite. Le temps de mettre un capot, parce qu'i fait frette en batêche dehors.

— C'est vrai que chus moins patiente. J'aimerais ben que ça s'arrête là pour les enfants. La famille s'rait assez grande de même pour ma part.

— Si monsieur l'curé t'entendait !

— Monsieur l'curé, c'est pas lui qui les a.

– Je l'sais ben, mais que-cé qu'tu veux, c'est comme ça. Faut faire not'devoir conjugal.

– Ouais ! Pour vous autres, les hommes, ça fait ben vot'affaire.

– Mais voyons donc, si j't'ai mariée, c'est parce que j'voulais vivre avec toé.

– Ah ! fais pas attention ! À soir, on dirait que chus pas dans mon assiette. »

Paula éteint la lampe et tourne le dos à son mari pour dormir au plus vite. Elle a bien deviné les intentions de son époux : faire son devoir conjugal, comme il dit. Mais elle en a de moins en moins souvent envie. Elle commence à se lasser de toutes ces grossesses l'une après l'autre. Après avoir tenté de se rapprocher un peu de son épouse, Claude comprend que ça ne sera pas pour cette fois...

Chapitre 3

*L*e premier de l'an 1920, quatre heures du matin. Claude ouvre lentement les yeux et distingue, à travers la petite fenêtre toute gelée, un soleil resplendissant.

« I doit pas faire chaud à matin », se dit-il.

Il se lève tout en faisant attention pour ne pas réveiller Paula et les enfants, puis s'habille et va mettre dans le poêle une grosse bûche de bois d'érable.

« Une chance que j'me sus levé c't'e nuite pour faire du feu ! » se félicite-t-il intérieurement.

Paula arrive derrière lui ; elle passe son bras sous celui de son mari tout en appuyant sa tête sur son épaule. Sa robe de nuit légèrement entrouverte laisse voir le galbe de ses seins bien gonflés. Amoureusement, elle presse son corps contre celui de son époux. Elle est très jolie malgré l'ouvrage dur et les grossesses répétées.

« Hé ! qu't'es belle à matin !

— Plus qu'hier, hein ? répond-elle d'un air taquin.

— Ah ! tu sais, j'te comprends d'en avoir assez, des bouttes. »

Claude se tourne alors vers elle, la prend dans ses bras et commence à lui donner de petits baisers dans le cou. Il devient de plus en plus ardent et se met à la serrer encore plus fort. Paula, qui depuis quelque temps montrait peu d'empressement envers son mari, se laisse embrasser et cajoler. Elle se rend bien compte que les attouchements de Claude sont loin de la laisser indifférente. Elle se colle alors très fort contre lui et répond avidement à ses avances. D'un commun et muet accord, ils se dirigent vers le lit.

Mais Paula se ressaisit soudain :

« Claude, on a pas l'temps, les bûcheux vont arriver pour déjeuner.

— I attendront ! réplique le mari enflammé.

— Les enfants vont s'réveiller, ajoute-t-elle.

— On va faire attention. J'ai envie d'toé, j'en peux pus, s'excite Claude.

— C'est vrai que ça fait longtemps... Au diable tout l'reste ! Mon Dieu qu'ça fait du bien un peu d'temps rien que pour nous autres... » finit-elle par reconnaître.

Les deux amants se laissent entraîner dans une vague de désirs et font l'amour tendrement.

« Restons couchés encore un peu, on est si ben d'même, propose le mari, contenté.

— Oui, c'est vrai. C't'e manière de faire ça à dernière minute aussi ! En plus, faut faire attention pour pas trop faire de bruit.

— Quand l'occasion s'présente, i faut pas la manquer !

— J'avais des remords pour hier soir. Je m'étais ben aperçue que t'en avais envie, mais ça m'tentait pas.

— Tu t'es r'pris à matin. C'tait-tu bon au moins ?

— Ah oui ! J'sens qu'on va passer une bonne journée, pis en plus, ça commence ben la nouvelle année. J't'aime.

— Moé aussi, j't'aime. Bon, on y va. J'm'occupe de faire cuire le bacon pis j't'e laisse les œufs, parce que y en a pas deux pour les faire bons comme toé.

— Voyons ! Des œufs, c'est des œufs ! J'vas détremper des crêpes. Tout l'monde va être content. Oh ! oh ! On entend des p'tits pas... »

Maurice s'approche du lit, pleurant à chaudes larmes. Il est tout mouillé et grelotte.

« Viens, môman va t'aider à changer de combinaison. Vite, i fait frette ! »

Tout à coup, Maurice semble avoir oublié qu'il avait si froid la minute d'avant. Avec de grands yeux, il regarde les bas de Noël accrochés au mur, espérant qu'ils soient remplis de surprises. Il s'arrache des bras de sa mère et se précipite dans les chambres en courant.

« Aïe ! v'nez voir, y a des surprises pour nous. Réveillez-vous ! »

Abasourdis par ce réveil brutal, les enfants ne comprennent rien de ce que le petit essaie de leur dire. Agacé de ne pouvoir se faire comprendre, Maurice se dirige vers le lit de Bernise et d'Anita, et les prend par la main.

« V'nez, v'nez voir ! » s'écrie-t-il d'une voix pressante.

À force de gesticuler, il finit par leur faire comprendre la raison de tout ce branle-bas. Tous se précipitent dans la cuisine, décrochent les bas et se dépêchent de les vider.

« J'ai une orange pis une pomme ! s'exclame Anita.

– J'ai une canne en bonbon pis des *peanuts* en écales », ajoute Victor.

Chacun est réjoui de tant de friandises.

« J'cré ben que personne va vouloir déjeuner », fait remarquer Paula.

Les enfants n'ont aucunement le temps de répondre, trop occupés qu'ils sont à déguster toutes ces bonnes choses. Les oranges recueillent la faveur de tous. Il faut dire qu'ils n'ont le privilège de goûter ce fruit coloré que durant la période des fêtes.

« Bonjour, madame Paula, monsieur Rioux ! Une bonne année à vous autres pis l'paradis à la fin de vos jours ! s'exclame Armand qui, suivi des autres bûcherons, tend la main en se dirigeant vers le jeune couple.

– À vous autres aussi, bonne année, bonne santé, pis comme de raison, le paradis à la fin de vos jours ! » dit Claude à son tour.

Paula s'approche et fait de même tout en invitant les enfants à joindre le groupe.

« V'nez, les enfants, dire bonjour aux messieurs. »

Nullement gênée d'habitude, toute la petite famille s'approche avec réserve.

« Tiens, ma p'tite, j'ai fait v'nir des nanannes pour toé. T'en donneras aux autres. T'es ben belle, tu r'ssembles à ta mère.

– Vous êtes ben smat, monsieur Veilleux, d'avoir pensé à ça. Viens dire merci, Bernise », ordonne Paula d'un ton ému.

L'enfant se cache derrière sa mère, refusant d'approcher, tant pour prendre le sac que pour dire merci.

« A pas l'habitude d'être sauvage de même ! Merci ben pareil, s'empresse de dire Paula en prenant le colis des mains de l'homme afin de le partager entre les enfants.

— Ça sent l'bon café icitte à matin, fait remarquer l'un des bûcherons.

— C'est toujours nouveau le café. Pour le dimanche pis les jours spéciaux, ben entendu », ajoute Claude.

Le déjeuner terminé, les bûcherons se dirigent de l'autre côté du camp, tandis que Paula et Claude s'apprêtent à faire la vaisselle.

« Ça s'rait le temps qu'on leur donne les bébelles, propose Paula. V'nez, on a quèque chose pour vous autres.

— Tiens, Baptiste, t'es tout p'tit, toé ; après Maurice, Bernise, Victor et Anita. »

Euphoriques, les enfants déchirent le papier journal, et chacun découvre un jouet fabriqué juste pour lui. Du reste de l'avant-midi, on ne les entend plus, jusqu'à ce que Baptiste commence à pleurer, épuisé. Paula le prend dans ses bras et va se coucher avec lui. Claude, pour sa part, s'amuse avec les autres, très heureux de passer de bons moments avec ses enfants. Soudain, de l'autre côté du camp, une musique douce s'élève, transportant avec elle un peu de nostalgie, celle de ne pas être en famille. La mélodie ayant réveillé Paula, celle-ci rejoint le groupe. La jeune femme se sent triste elle aussi de ne pas être avec les siens pour les fêtes.

« On peut traverser de l'autre bord. Les gars vont être contents pis nous, ben, ça va nous changer les idées.

— Chus ben d'accord avec toé, mon Claude. On va se sentir moins seuls. C'est quasiment une famille.

— On peut-tu aller danser, môman ? demande Bernise qui s'est vite dégênée.

— Oui, oui, allez-y ! »

Se donnant la main, les petits s'en vont en sautillant au son de la musique. Luc, debout, le pied sur une chaise, gratte sa guitare.

« Eh ben ! tu parles d'une surprise ! T'avais jamais dit que tu jouais d'la guitare en plus d'la musique à bouche, mon Luc, fait remarquer Claude d'un air ébahi.

– Ça aurait pas changé grand-chose que j'vous l'dise, monsieur Rioux.

– Ah ! Si tu veux, mais astheure qu'on l'sait, on va pouvoir demander à Paula d'chanter.

– Là vous parlez ! On savait pas qu'a chantait, vot'femme, note Ovide.

– Oh oui ! Pis a chante ben à part de ça ! »

Paula, toute fière que Claude ait pensé à elle, tente quand même de se faire prier et dit en levant le nez :

« Tu pourrais me d'mander si j'veux avant.

– Fais-toé pas prier ! J'sais que t'aimes trop chanter pour refuser », rétorque son mari qui a très vite deviné son jeu.

Tout l'après-midi se passe à jouer de la musique, à chanter et à boire.

« Bon, i faut que j'prépare le souper, déclare Paula. Continuez sans moé.

– C'est ben dommage. I a raison, monsieur Rioux ! Vous avez une saprée belle voix, madame Paula.

– Merci ben ! »

Le corps droit, la tête haute, elle retourne à ses chaudrons en continuant à fredonner. Mais la tristesse l'envahit peu à peu. Paula pense à nouveau à sa mère, à son père, à ses frères et sœurs, et aimerait bien être avec eux en ce jour de fête. Elle sait qu'ils s'amusent sûrement beaucoup eux aussi, même si elle a la certitude qu'ils pensent tous bien fort à elle et à sa petite famille.

« Envoye, ma Paula ! I faut pas trop penser. C'est comme ça, pis c'est toute ! lui dit Claude qui l'a suivie jusqu'à la cuisine. Tiens, on n'entend plus le son de la guitare », constate-t-il avec étonnement.

Il retourne vérifier ce qui se passe. Claude a beau promener ses yeux partout autour de la salle en tentant d'y apercevoir Luc, mais ce dernier n'est plus là. Il se dirige alors vers la salle de lavage. Dans le fond de la pièce, il l'aperçoit qui regarde par la petite fenêtre. Luc, se sentant sans doute épié, se retourne brusquement.

« On voit rien dans ces maudits châssis-là, c'est tout g'lé ! » dit-il comme pour se donner une certaine contenance.

Voyant bien que des larmes coulent sur les joues du supposé homme dur et ne voulant surtout pas le blesser, Claude fait mine de rien et ajoute :

« J'me d'mandais aussi c'que tu pouvais ben voir à travers. C'est vrai qu'c'est g'lé en pas pour rire. »

Maintenant que les larmes ont commencé à couler, Luc ne peut plus les retenir.

« Vous savez, monsieur Rioux, c'est l'plus beau jour de l'An de toute ma vie !

— Pourtant, i s'est pas passé grand-chose. Pis à part de ça, gêne-toé pas pour m'appeler Claude. Tu sais, on est presque du même âge.

— Ah ! si ça vous dérange pas, j'aimerais ben ! Ça f'rait comme un frère que j'ai jamais eu.

— Tu sais, mon offre, ça tient toujours. Si ça t'tente de jaser, un moment donné...

— Y a pas grand-chose à dire, tu sais, Claude. J'ai réussi à dire Claude pis tu, que déjà ça fait du bien.

— Tes parents ont-tu eu juste toé d'enfant, coudon ?

— Mon vrai père, j'l'ai pas connu.

— À cause ?

— Ma mère en a jamais parlé. C'est une de mes tantes qui m'a tout dit après que môman soit morte.

— J'savais pas que ta mère était pus de c'bas monde.

— Ça fait quinze ans déjà qu'est partie, pis c'lui-là que j'pensais qu'i était mon père l'était pas pantoute.

— C'est-tu des menteries que tu m'dis là, toé ?

— Ah non ! C'est toute vrai, j'te l'jure sus la tête de ma pauvre mère.

— Ça s'peut-tu des affaires de même !

— Ma tante m'a dit que l'père de môman i buvait à plein. Pis quand i avait pas d'argent pour s'acheter d'la boisson... »

Luc s'arrête. C'est la première fois, depuis les révélations de sa tante, que le jeune homme se confie. Il a de la difficulté à trouver les mots nécessaires, mais une force intérieure le pousse à continuer. Claude respecte son silence.

« Quand i avait pas d'argent, i permettait aux *bums* qui s'tenaient avec lui de coucher avec ses filles, pis en échange, ils lui donnaient quèque chose à boire.

— Maudit cochon, j'peux pas dire autrement !

— C'est comme ça qu'un beau jour, môman est partie pour la famille. Pis là, tout d'un coup, i s'inquiétait pour l'honneur, l'hypocrite !

— J'te comprends d'i en vouloir.

— I s'est arrangé pour qu'un des *bums* la marie. C'est sûr qu'i pouvait pas savoir qui était mon père.

— Ç'a pas dû être facile pour ta mère.

— Non, parce qu'i a toujours été dur pour elle pis avec moé aussi. En plus, on a pâti d'la faim pis du frette.

— J'comprends astheure que tu parles pas gros pis que tu t'tiens pas avec personne. Tu peux pas avoir confiance, c'est comme rien.

— J'ai ben d'la misère avec ça parce qu'à chaque fois que j'voulais parler, i m'disait : " Farme ta gueule, crisse de bâtard ! " Pis quand ça marchait pas à son goût, i nous battait.

— I vit-tu encore ?

— Ça doit ben, mais depuis qu'ma mère est morte, chus pas r'tourné là-bas pis j'crérais pas qu'ça s'rait pour betôt.

— C'est mieux d'même.

— J'cré qu'oui parce que j'l'aguis assez pour le tuer.

— Sais-tu, j'ai une idée ! Tu devrais v'nir t'installer par chez nous au printemps.

— Donne-moé pas des illusions d'même.

— Pourquoi qu'ça s'rait des illusions ? Tu pourrais d'mander un lot de colonisation au gouvernement. J'te l'dirais comment t'y prendre. Pis tu sais, y a encore des belles filles à marier.

— Y a pas d'filles qui vont vouloir de moé, chus pas assez intelligent pour ça.

— J'veux pus jamais t'entendre prononcer ces mots-là ! Ça fait plusieurs années que tu viens bûcher icitte. T'étais là ben avant moé.

— Ouais ! Déjà cinq ans. Bonté divine que ça passe vite !

— Oui, pis j'ai souvent lorgné d'ton côté, pis j'peux t'dire que t'es intelligent. Un tabarnouche de bon gars à part de ça, pis j'rajouterai même, pas laite pantoute.

— Fais-moé pas des accraires.

— C'est pas des accraires, c'est vrai ! »

Au bout d'un instant de silence, Claude s'informe :

« Pis, t'acceptes-tu ?

— J'vas y songer dans l'sérieux, j't'en donne des nouvelles.

— C'est diguidou !

— Marci, Claude. C'est comme si j'tais v'nu au monde après-midi. Une famille, une vraie, j'ai jamais su c'était quoi. Pis là, ben, j'me sens ben riche tout d'un coup.

— Pas d'gêne, j'serai toujours là pour toé. »

Laissant Luc à ses réflexions, Claude s'en retourne, songeur, près de Paula. Il ne peut s'imaginer, lui qui est d'une extrême bonté, que des gens puissent être aussi méchants.

« Faut qu'i aille de quoi dans la tête qui marche pas rond pour faire des choses pareilles », se dit-il.

Il remarque qu'un silence presque complet règne dans le dortoir. Tournant la tête du côté des lits, il y aperçoit chacun vivant sa peine et son ennui à sa façon. Certains regardent de vieilles photos floues, d'autres relisent les dernières lettres reçues. Dans le grand silence, quelques reniflements. À l'instant, il comprend combien il est difficile pour tous ces hommes de ne revoir les leurs qu'au printemps.

« C'est triste, tu sais, dit-il à son épouse qui s'est bien rendu compte elle aussi que tout était devenu très silencieux du côté des bûcherons.

– Te rappelles-tu c'que j'te disais l'autre jour ? Malgré toute, on est dans les plus chanceux.

– As-tu préparé un bon souper du jour de l'An ? Ça devrait les r'mettre sus l'piton un peu.

– Tu peux en être sûr, i vont au moins s'remplir le ventre !

– J'vas t'aider d'abord. Les enfants s'amusent, on les a pas entendus depuis belle lurette. Ça doit être parce qu'i sont heureux. As-tu compris d'quoi à l'attitude de Bernise, toé, quand monsieur Veilleux i a donné des *candies* ?

– T'es ben smat, mon Claude. Ça va aller plus vite à deux. Pour la p'tite, j't'avoue que j'ai pas plus compris qu'toé. Mais faut pas s'en faire avec des niaiseries.

– Es-tu trop fatiquée pour chanter en travaillant ? Tu sais, on s'tanne pas de t'entendre. »

Affairés à préparer le repas, Claude et Paula ne voient pas le temps passer. La jeune femme s'ambitionne : aussitôt finie une mélodie, elle en commence une autre.

« Hé ! Entends-tu ?

– Oui, c'est Luc qui a repris sa guitare. Chus ben content !

– À propos, j'pense qu'i est pas si mauvais qu'i l'fait voir.

– J'te dirais même qu'i est pas mauvais pantoute. I s'est décidé à jaser un brin.

– Coudon, s'rais-tu son confident, toé ?

– Sans prétention, j'pense que oui, pis si ça peut i faire du bien, ce s'rait tant mieux. J'te l'dis, i faut jamais s'fier aux apparences.

– Encore une fois, t'as raison, mon mari.

– C'est pas crayable la misère que c'gars-là pis sa mère ont eue.

– Nous autres, on est pas riches, mais on s'arrange. Pis t'es tellement bon, j'sais pas comment t'es faite.

– P'tête, mais quand j'me choque, chus pas beau à voir !

– Oui, j'm'en sus aperçue une couple de fois, mais ça prend une mosusse de bonne raison pour que tu t'fâches.

– Bon, là on est fin prêts. J'sers les p'tits pis j'appelle les hommes. »

Lorsque les enfants sont attablés et se régalent, Claude traverse et crie :

« Hé ! les gars ! V'nez manger, attendez pas qu'ça soye frette.

– Que ça sent bon icitte ! » s'exclament deux ou trois bûcherons en s'approchant de la grande table.

Chacun se dirige vers sa place habituelle, excepté Luc qui passe tout droit et se rend près de Paula.

« Madame Rioux, ça vous dérangerait-tu d'manger avec nous autres à soir ? »

Paula, très surprise par la demande du jeune homme, le regarde bien en face sans savoir quoi répondre. Il reprend :

« I m'semble que ça f'rait comme une famille si vous étiez à même table que nous. Les gars, que-cé qu'vous en pensez ? »

D'abord surpris par cette démarche de la part de Luc, tous se mettent à taper dans les mains en signe d'approbation. Chacun apprécie Paula, que ce soit pour sa table ou sa discrétion. Alors, émue par tant d'attention, elle jette un œil vers Claude qui soutient son regard plein d'amour, lui signifiant qu'il en serait aussi très heureux. Elle suit Luc qui lui présente une chaise afin qu'elle s'assoie tout au bout de la table. Elle comprend l'importance de ce petit geste. Avant le repas, discrètement, Armand a versé dans chaque tasse un peu d'alcool. Le voilà maintenant qui se lève :

« On a pas de verres, mais ça nous empêche pas de dire à santé de tout l'monde avec nos tasses de granite.

– Santé, santé et bonne fin de chantier ! » enchaîne Claude.

Sur cette invitation, tous se lèvent et l'on entend presque une musique lorsque les tasses s'entrechoquent les unes contre les autres. Les hommes ont tous le cœur réchauffé par cet événement imprévu.

Le repas se déroule dans la joie et les discussions de toutes sortes. Tous les sujets sont bons à la condition qu'ils permettent d'oublier un peu l'éloignement.

Le six-pâtes de Paula n'a pas son pareil. Même les plus raisonnables en prennent une deuxième fois. Et que dire de la tourtière et des pâtisseries !

« On a assez mangé, i va falloir grouiller parce qu'on va crever »,
s'exclame un bûcheron.

D'un regard complice, Luc et Armand quittent la table.

« Moé pis Luc, on s'est entendus avant l'souper, madame Rioux.
À soir, on vous donne un *slack*. C'est nous autres qui fait la vaisselle !

— Ben voyons donc ! s'exclame la cuisinière avec surprise.

— Y a pas d'voyons, on vous dit que c'est d'même pis vous, allez
vous bercer.

— J'vas toujours ben ramasser l'reste du manger.

— Ça, c'est correct, parce que c'est rien pour nous de mettre le
rôti d'bœu avec les galettes. Ha ! ha ! ha ! »

Tous éclatent de rire. Quelques-uns mettent la main à la pâte,
c'est le cas de le dire. D'autres sortent les jeux de cartes. Claude,
pour sa part, enfile son manteau.

« Ben dans c'cas-là, moé, j'vas aller faire boire les jouaux tusuite.
Le horseleur arrive demain, i s'rait pas content si i s'enfargeait dans
l'fumier en rentrant dans le hâvel. Sa mère, viens-tu avec moé ?
Ça t'f'rait prendre un peu d'air, tu mets jamais l'nez dehors.

— Vous avez jamais si ben dit, monsieur Rioux. C'est une saprée
bonne idée ! Allez-y, madame Paula, vous le r'gretterez pas. Allez
profiter du beau clair de lune ! »

Le lendemain matin, tout est revenu à la normale. Ceux qui sont
restés au camp durant les fêtes retournent bûcher dans les bois et
les autres arrivent les jours suivants.

« Claude, ferme donc la porte. Ça jase fort à soir, se plaint Paula.

— Ça paraît qu'y en a qui sont allés chez eux, y a des nouvelles
fraîches.

— En as-tu eu de par chez nous ?

— Oui, un peu. Wilfrid a vu tes parents à messe de minuit. Ta
mère s'est informée de toé.

— J'espère qu'est pas trop inquiète.

– A l'savait-tu qu't'étais partie pour la famille ?

– Oui, j'i avais dit, j'aurais p'tête pas dû...

– C'est vrai ! J'tais en train d'oublier, a t'a envoyé une lettre.

– A doit l'avoir fait écrire par Angèle. Elle, y a pas d'soin, est maîtresse d'école. Môman sait pas écrire assez.

– Ça veut dire qu'Angèle est allée chez vous aux fêtes ?

– J'vois pas autrement. »

La jeune femme s'empresse de s'installer confortablement dans une berçante afin de lire cette lettre qui lui fait tant de bien.

« Pis, les nouvelles sont-tu bonnes ? la questionne son mari.

– C'est pas si pire. Y a mon père qui file pas ben ben.

– Ça fait longtemps qui s'lamente du mal de rein, ton père. Ça m'surprendrait qu'i vive jusqu'à cent ans, celui-là.

– Voyons, Claude ! I est pas si pire que ça. J'espère qu'i va prendre du mieux. J'voudrais pas être obligée de descendre c't'hiver. Avec la bedaine que j'ai, ça s'rait pas facile.

– Bon, c't'assez les idées noires. Viens t'coucher !

– Va ben falloir. Demain, c'est la grosse besogne qui r'commence. »

Chapitre 4

Wilfrid pénètre dans la bâtisse, les bras chargés de bois d'érable.

« Aïe ! le jeune ! Dépêche-toé d'fermer la porte, osti ! On gèle icitte, se plaint Veilleux.

— J'fais mon possible, mais a veut pus fermer, est pleine de glace.

— Vous autres, les jeunes d'aujourd'hui, ça vous prend pas grand-chose pour que vous sachiez pus quoi faire.

— Si vous êtes si fin qu'ça, v'nez donc la fermer au lieu d'chiâler après moé.

— C'est pas à moé c't'e *job*-là, ça fait que farme ta gueule pis fais-la, jeune morveux ! »

Armand se lève et va aider Wilfrid qui ne sait trop comment s'y prendre pour enlever la glace sans que le froid pénètre dans tout le camp.

« Va remplir la truie, mon gars. J'vas tchéquer ça, propose Armand.

— J'l'ai ben remplie, i manquerait pus rien que ça flamberait.

— Ça m'surprendrait, le jobbeur change les tuyaux quand i sont pus bons.

— Comment vous allez faire ?

— Va falloir qu'on ouvre la porte un peu pour déglacer avec la hache. »

S'adressant aux hommes d'une voix forte, Armand lance un avertissement :

« Hé ! les gars ! Ça va r'frédir un peu. On va essayer d'faire vite, mais i faut qu'on laisse la porte ouverte. A clenche pus. »

Il s'écoule une bonne vingtaine de minutes avant qu'Armand et Wilfrid viennent à bout d'enlever toute cette foutue glace qui s'est infiltrée jusque dans les moindres recoins. Il fait tellement froid en ce mois de février 1920 que, malgré un bon feu, les hommes se plaignent.

« T'aurais pas pu voir ça aujourd'hui ? Non, i fallait qu'ça soye à soir !

— C'tait pas d'même, c'est juste quand vous êtes rentrés que ça s'est mis à g'ler.

— C'est ça, trouve-toé des défaites. On a pas assez d'bûcher avec c'te maudit frette-là, en plus, i faut qu'on gèle dans l'campe !

— Ç'a pas l'habitude. »

Armand, fatigué d'entendre chialer, hausse le ton :

« Là, ferme ta gueule, Veilleux ! Couche-toé pis dors. Tu vas t'réchauffer pis en même temps, tu vas arrêter d'nous chauffer les oreilles. »

Veilleux se déchausse, étend ses bas sur la corde au-dessus de la fournaise, va se coucher en grognant un peu, mais finit par se taire. Le calme est revenu. Il est sept heures trente, bien des bûcherons dorment déjà. Il circule dans la pièce une forte odeur de vêtements imbibés de sueur. Certains profitent du dimanche pour laver leur linge, mais plusieurs passent des mois sans le faire et sans même se laver. D'autres ne se coupent ni les cheveux ni la barbe avant la fin des chantiers. Les poux prolifèrent donc à une vitesse folle. Les couvertures de laine épaisse et les culottes en étoffe ne sont lavées qu'au printemps, car elles mettent beaucoup de temps à sécher. Les pantalons sont lavés par leurs propriétaires, mais les couvertures sont la responsabilité de la compagnie. L'odeur des branches de sapin, qui était si agréable à l'automne, s'est depuis longtemps estompée.

« Ça pue en simonaque icitte à soir ! se lamente Luc.

— Oui ! Même si i fait frette, on sue pareil à travailler, réplique Armand.

— Wilfrid, viens-tu jouer une p'tite partie d'cartes ?

— Ouais ! Ça calmerait les narfs.

— T'en fais pas, mon gars. L'père Veilleux, i chiâle toujours pour rien.

— I est tout l'temps sus mon dos, chus tanné.

— Viens jouer, ça va t'faire du bien. »

Après quelques parties de cartes, l'homme qui s'occupe des chevaux s'absente pour aller donner de l'eau à ses bêtes avant la nuit et vérifier si tout va bien dans l'écurie. Vers les huit heures, la fournaise est réattisée. On éteint donc les lampes et le silence de la nuit pourrait être complet si ce n'était des petits et des très gros ronflements qui se font entendre. Toutes sortes d'autres sons incongrus sont émis. Ici, c'est la toux ; là, c'est un rot ; et puis ailleurs, il faut bien le dire, c'est un pet. Si quelqu'un est réveillé, il en profite bien sûr pour passer ses réflexions. Et comme s'il n'y en avait pas assez, les petits rongeurs se mettent de la partie pour fouiner partout.

Chapitre 5

$\mathcal{V}$ingt-deux avril 1920. La section des bûcherons est presque vide, il n'en reste que quelques-uns. Claude et Wilfrid s'affairent à nettoyer l'endroit. Ils sortent les branches de sapin aplaties et séchées, éparpillant leurs brindilles un peu partout. Ils ont beaucoup d'ouvrage à abattre. Il faut entre autres balayer le plancher, boucher les fenêtres et rouler et attacher les couvertures afin de les laisser à la compagnie sur le chemin du retour. Celle-ci s'occupera de les laver, de les repriser et de remplacer celles qui sont trop usées. Comme chaque printemps, les hommes feront la file pour recevoir la balance de leur paye. Durant l'hiver, plusieurs ont reçu des avances qu'ils ont expédiées à leur famille. Par contre, d'autres ne sont payés en totalité qu'une fois le chantier fini.

« Pis, Luc, as-tu pensé à c'que j't'ai dit ? s'enquiert Claude auprès de son protégé.

— J'me d'mandais si t'avais oublié.

— Moé, j'ai juste une parole. T'en viens-tu par chez nous ?

— Où c'est qu'vous restez ?

— À Saint-Narcisse. C't'une belle p'tite place, j'penserais pas qu'tu r'grettes.

— Ouais ! C'est décidé, j'm'en viens avec vous autres.

— Ça va ben faire, ça prend des gars solides comme toé pour descendre les jouaux. Moé pis ma famille, c'est pas mal de stock.

— Chus paré à donner un coup d'main. Mais où c'est que j'vas rester en attendant de m'trouver une terre pis de construire mon campe ?

— Moé, ma maison est pas grande. J'vas en parler à Wilfrid. Chez eux, les enfants sont quasiment tous partis pis la maison est grande en masse. I te chargeront pas cher, chus sûr de mon coup.

— C'est gênant un peu... Wilfrid, j'm'adonne ben avec par exemple, i est smat sans bon sens. Pis i pose pas trop d'questions.

« — Ses parents sont comme lui. J'te l'dis, c'est du bon monde. À not'gang, on va t'en faire une famille, mon Luc ! Mais c'est juste en attendant que tu t'fasses une blonde. J'm'en vas t'en présenter des belles créatures, moé, tu vas voir ! Sais-tu danser un peu au moins ?

— Pas ben gros, mais chus paré à apprendre.

— À grandeur pis à grosseur que t'as, faudrait pas trop piler sur les pieds de ces demoiselles. »

Ils éclatent tous deux de rire. Luc est tellement heureux qu'il ne peut croire que cela lui arrive, à lui. Il se donne une bonne tape sur le front en disant :

« C'est-tu un rêve ou ben chus réveillé ? Non, chus ben réveillé... »

Puis, levant les yeux vers le ciel, il ajoute :

« M'man, tu sais, ça fait longtemps que j'me dis qu'tu vas m'aider. Ben là, j'pense que t'as donné un bon coup. Moé, j'cré à ces choses-là. »

Paula, aidée de Victor, s'affaire à empaqueter le linge et la nourriture qui reste pour apporter le tout à la maison. Il faut aussi vider les chambres des branches, balayer et ranger.

« J'me d'mande pourquoi on fait tout ça. De toute façon, faut r'commencer quand on r'vient.

— Pour sûr, ma femme. Mais c'est moins décourageant de même.

— Toujours à condition qu'i rentre pas d'autres animaux durant l'été.

— C'tait la première fois que ça arrivait. Mais tu peux t'fier à moé, ça va être barré assez solide c't'année, j'pense pas qu'i défoncent.

— Bon, i est déjà dix heures. Tu peux aller atteler. L'temps d'charger les voitures, au bout du compte, on va partir pas mal tard.

— Faudrait pas partir plus tard que midi, reprend Claude, soucieux de ne pas arriver trop tard à Saint-Narcisse.

— Non, non, j'ai préparé d'la grobe pour manger en descendant. De toute façon, i faut arrêter de temps en temps aussi ben pour nous autres que pour les jouaux. »

Comme d'habitude, le trajet se fait lentement. La grande noirceur est de la partie lorsqu'ils arrivent à Saint-Narcisse. Les enfants sont endormis, les grandes personnes, très fatiguées, et les chevaux, épuisés. Comme tous les printemps, c'est la même rengaine : on décharge la voiture et on replace tout dans la maison. La nourriture est transportée à la dépense ou à la cave pour rester bien au frais.

Après s'être installée à nouveau pour l'été, Paula organise la venue du bébé qui devrait arriver d'une semaine à l'autre. Claude, lui, s'occupe à réparer les petits dégâts causés par les longs mois d'hiver.

« Hé ! les enfants ! R'gardez c'que j'ai trouvé dans la grange. »

Bernise s'approche doucement, enchantée par ce qu'elle voit.

« Un tit minou ! Pôpa, donnez-moé-lé, j'vas en prendre soin !

— Pas si vite, ma p'tite. I est trop jeune, faut le laisser avec sa mère parce que sinon, i va mourir.

— De même, j'vas aller le porter, pis j'vas donner du lait à minoune.

— Ça m'surprendrait que tu peuves l'approcher. A m'a l'air d'en avoir cinq ou six, est pas mal sauvage.

— J'vas faire attention. Môman, quand i vont être plus gros, on va-tu pouvoir les apporter dans la maison ?

— J'penserais pas, moé. P'tête un, les autres, vous les laisserez dans la grange. Vous irez les flatter là. »

Anita, qui n'a pas encore parlé, s'inquiète pour la survie des chatons :

« Pis si on va au chantier l'hiver prochain, qui va en prendre soin ? »

Bernise s'empresse de répliquer :

« I resteront icitte ! Au printemps, on va les garder encore.

— On peut pas faire ça, Bernise. Si on commence à les nourrir, i va falloir continuer, lui apprend son père.

— Ben, on les apportera avec nous. Hein, pôpa ?

– On en r'parlera à l'automne. I va p'tête avoir du changement d'icitte à c'temps-là. Que-cé qu't'en dis, Paula ?

– J'pense moé aussi qu'on verra. Faites attention à la chatte, a peut être maline pour protéger ses p'tits. »

Chapitre 6

𝒱ingt-huit avril 1920, trois heures du matin.

« Claude, Claude ! Réveille-toé ! Va chercher Mme Thibeault. »

Tout endormi, le père bougonne un peu.

« Voyons voir.

— Le p'tit s'en vient. Dépêche-toé, j'pense que ça va aller vite, le presse Paula en le poussant.

— J'me grouille ! Mais les enfants, qui va s'en occuper ?

— Arrête su les Boucher pis dis à Wilfrid de v'nir les chercher, i sont habitués à lui.

— Ouais ! »

De retour chez lui avec la sage-femme, Claude constate que la mère de Wilfrid est déjà là en train de tout préparer pour l'événement.

« Bonjour, madame Thibeault, dit Mme Boucher en l'accueillant. C'est pas commode de s'faire réveiller en pleine nuit de même.

— Ah ! Vous savez, j'commence à être habituée. »

Un grand bassin d'eau a été déposé sur la table pour qu'elle puisse se laver les mains. Paula, impatiente, pousse un cri :

« Que-cé qu'vous faites ? Dépêchez-vous, bonté divine ! »

La sage-femme pénètre dans la chambre en vitesse.

« Voyons ! Ça s'rait-tu que tu s'rais moins patiente, ma Paula ? demande-t-elle à la mère en douleurs.

— À toutes les fois, c'est la même chose. J'peux pas craire qu'i faut que j'passe encore par là !

— Eh oui ! ma fille, c'est ça être mère ! On va r'garder ousséqu'i est rendu, ce p'tit-là. »

Après avoir examiné Paula, la sage-femme déclare :

« Mais c'est que ça s'en vient. T'avais raison de dire que ça irait vite. »

Paula se raidit.

« Ouf ! Mon Dieu que ça fait mal !

— Pousse, pousse ! I arrive, ton p'tit. »

Les traits tirés par la douleur, la jeune femme s'efforce de pousser du mieux qu'elle peut.

« Oui, ça y est ! Le v'là ! T'as faite ça comme une chatte c'te fois icitte. »

N'entendant pas le bébé pleurer, Paula s'inquiète :

« Que-cé qui s'passe ? I est-tu vivant ? I braille pas...

— Tracasse-toé pas pour rien. D'abord, c't'une fille, est toute petite, mais a l'air correcte.

— Mais a braille pas ! se lamente Paula en pleurant.

— Ça va v'nir, j'l'apporte à madame Boucher. A va la laver pis la langer. Je r'viens tusuite. »

La sage-femme tente de sortir de la chambre le plus rapidement possible tout en prenant quand même quelques précautions pour ne pas trop alarmer la mère. Claude et madame Boucher restent hébétés en voyant le bébé inerte dans les bras de madame Thibeault. Celle-ci se dépêche d'installer le poupon sur la table et de le frictionner vigoureusement.

Après que Paula ait enduré, un peu à contrecœur, les neuf longs mois de grossesse et les vives douleurs de l'enfantement, il serait vraiment tragique de ne pas réussir à sauver l'enfant.

« Braille, braille, bébé, le conjure la sage-femme.

— Mais voyons, i va-tu mourir ? questionne Claude, effrayé.

— D'abord, c't'une fille ! »

Madame Thibeault n'a même pas le temps de donner son explication que la petite se met à pleurer.

« Bonne sainte Anne que chus contente ! Faut aller rassurer Paula. A s'est ben rendu compte qu'i y avait quèque chose qui marchait pas ! reprend immédiatement la sage-femme. Claude, prends-la, va lui montrer ! J'prends une gorgée d'eau pis j'y vas. Les restes doivent être à veuille de sortir. »

Paula regarde son mari en silence ; elle n'ose pas lui demander comment va le bébé. Mais lorsqu'il s'approche du lit en souriant, elle se sent rassurée.

« Tiens, ma femme ! Est ben délicate, mais a l'air correcte.

— C'est vrai qu'est pas grosse, constate la mère, épuisée.

— Madame Thibeault dit qu'a l'air en bonne santé pareil. »

La sixième enfant de Claude et de Paula se prénommera Lucille. Le beau temps arrive avec l'été, une saison magnifique où le soleil alterne avec la pluie, comme si tout arrivait sur commande au moment opportun. Les potagers et les champs n'en sont que plus splendides.

Cependant, lorsque Claude apprend que le chantier débutera vers les mêmes dates que par les années précédentes, soit à la fin de septembre, le couple décide que Paula n'ira pas au chantier cet hiver-là, étant donné l'état de santé précaire de la petite Lucille.

« J'peux pas emmener c't'enfant-là dans l'bois, est malade trop souvent. Avec la besogne pis les autres, j'fournirai jamais !

— C'est vrai qu'est pas solide, not'p'tite Lucille, reconnaît Claude d'un air peiné. Va falloir que j'y aille tu seul. Pis pour la cuisine, la compagnie s'trouvera un autre *cook*.

— Ça s'rait plus raisonnable, avoue Paula.

— J'vas dire au grand *boss* qu'i t'envoye l'argent icitte pour que t'achètes c'qu'i faut.

— Ouais ! C't'une bonne idée. Pis j'pourrai faire marquer au magasin général, i devraient comprendre.

— J'vas aller voir les propriétaires avant d'partir.

— Tu s'rais ben smat.

— Pis en même temps, j'vas amener du stock d'avance, ça fait qu'de même, tu vas être bonne pour un boutte, offre Claude, toujours très attentionné.

— L'hiver va être plus longue que d'habitude, hein mon homme ?

— C'est pas arrivé souvent... J'vas descendre aux fêtes. Si entretemps y a quèque chose qui va pas, t'enverras quequ'un m'chercher.

— J'vas essayer de m'arranger. J'sais pas si j'pourrais avoir une de mes sœurs pour rester avec moé.

— Ça f'rait-tu ben un peu, ouais ! Pas plus tard que demain, on va aller voir tes parents. Que-cé qu't'en dis ?

— Ça fait un boutte que j'les ai pas vus ! I sont v'nus au baptême de Lucille au début de mai.

— Prépare-toé, ma femme. On greye la marmaille, pis on y va !

— On restera pas plus que deux jours.

— Ça va être assez. »

Paula a peine à contenir sa joie. Il y a déjà plus d'un an qu'elle est allée chez ses parents. Tous sont extrêmement excités par ce voyage, car les sorties se font très rares. Ce ne sont pas deux heures de trajet en voiture à cheval qui vont les arrêter !

« Dites-moé pas que vous vous êtes décidés à venir ! On est donc contents de vous voir », se réjouit la mère de Paula en apercevant toute la petite famille.

Les parents de Paula habitent encore la maison ancestrale, avec les deux dernières de la famille et le premier des garçons qui a pris possession du bien. Le frère de Paula est marié et père de huit enfants qui ont tous à peu près les mêmes âges que ceux de Paula.

« Les enfants, j'veux pas que vous alliez dans l'étable tu seuls, c'est trop dangereux. Vous viendrez juste quand ça s'ra l'heure de faire le train, ordonne le frère de Paula. Ernest, t'es l'plus vieux. J'me fie à toé !

— Oui, pôpa ! » répond le garçon, toujours très obéissant.

Paula, sa mère, ses sœurs et sa belle-sœur en placotent un bon coup. Claude regarde sa femme et comprend combien la vie doit parfois être difficile lorsqu'elle passe tous ces hivers dans les grands bois sans voir cette famille où règne l'harmonie.

« Môman, j'aimerais ça si Thérèse ou Aurore pourrait v'nir rester avec moé c't'hiver. J'irai pas au chantier à cause de Lucille.

– Ça s'améliore pas pour elle... Que c'est donc d'valeur ! Que-cé qu'vous en pensez, les filles ? Pour ma part, c'est diguidou. Arrangez ça entre vous autres, répond la mère de Paula, la voix chargée de compassion.

– J'veux pas vous forcer, mais ça f'rait ben mon affaire. Vous m'donnerez une réponse demain matin. On repart dans l'après-midi », précise la jeune femme.

Le lendemain, au déjeuner, Aurore prend la parole :

« J'vas y aller, moé, passer l'hiver chez vous, pis ça va m'faire plaisir ! C'est ben l'temps que j'sorte de la maison, rendue à mon âge. »

Thérèse en profite pour la taquiner un peu et ainsi cacher la peine qu'elle ressent de voir pour la première fois sa sœur partir de la maison.

« Oui, si tu veux pas rester vieille fille, i faut que tu t'grouilles !

– J'ai encore le temps, rétorque Aurore sur un ton faussement indigné.

– Ça f'ra pas une grosse famille, c'est certain...

– Tu peux parler, toé ! T'as pas l'air pressée non plus, reprend-elle.

– Parle pas trop vite ! J'ai p'tête des p'tites surprises pour vous autres avant longtemps.

– Ah oui ! Qui c'est ?

– Vous l'saurez assez vite, j't'écrirai pour te l'dire.

– T'as besoin ! la menace la jeune Aurore.

– Bon, on va commencer à s'préparer pour décoller tusuite après dîner, parce que moé, dans pas plus tard que deux jours, i faut que j'monte dans l'bois », prévient Claude qui a assisté à toute la scène avec amusement.

Le temps est venu pour Aurore et Thérèse de se séparer, ce qui s'avère bien difficile. L'une et l'autre pleurent à chaudes larmes, entraînant tous les autres dans leurs émotions.

« Au revoir, Aurore ! s'empresse de dire leur mère dans une accalmie. Prends soin de toé pis aussi de Paula. Elle en a besoin.

— J'vas faire mon possible, m'man.

— Pis toé, Paula, profites-en pour te reposer un brin. J'trouve que tu travailles pas mal fort.

— Inquiétez-vous pas, on va s'payer du bon temps toutes les deux ! Faites attention à vous autres itou. »

Chapitre 7

$\mathcal{T}$rois années passent. Trois années au cours desquelles Paula donne naissance, presque malgré elle, à trois nouveaux bébés. Le 3 octobre 1921, Ariane naît ; le 24 septembre 1922 arrive Jacques. Puis, le 13 septembre 1923, c'est au tour de Fleur-Ange de faire son entrée dans la famille Rioux. À chacune de ces grossesses, Aurore décide de prolonger son séjour chez sa sœur. Celle-ci a bien besoin d'aide : à vingt-quatre ans, elle a déjà neuf enfants.

« Claude, j'en veux pus d'enfants, c'est assez, gémit Paula d'une voix quasi désespérée.

— J'sais pas quoi te dire, on arrange pas ça comme on veut.

— Justement ! Si on veut, on peut l'empêcher la famille, tu l'sais aussi ben qu'moé.

— Si i fallait que monsieur l'curé t'entende !

— J't'ai déjà dit que c'tait pas lui qui les avait, les enfants, monsieur l'curé. Pis tanne-moé pus avec ça ! ordonne la jeune femme, irritée.

— Crie pas si fort, Paula, les enfants pis Aurore, i vont s'demander c'qui s'passe.

Hurlant presque, elle répète :

— J't'ai dit que j'en veux pus, c'est clair ? »

Puis elle éclate en sanglots tout en allant à sa chambre. Claude, désemparé, la suit de près.

« À toutes les fois que j'descends aux fêtes, tu pars pour la famille. C't'année, j'viendrai pas ! J'vas juste écrire, de même ça s'ra pas dangereux. »

Paula se retourne, furieuse, mais constatant la mine déconfite de son mari, elle ne peut que se radoucir. Se jetant dans les bras de Claude, elle sanglote de plus belle. Ils restent un bon moment à pleurer tous les deux, tentant de se consoler mutuellement.

« Viens t'coucher, tu vas être épuisée demain.

– Si Lucille peut dormir au moins c'te nuite.

– Aurore t'a dit qu'elle s'en occuperait. R'pose-toé un peu, ç'a pas d'allure ! Ça fait rien qu'une semaine que t'as acheté.

– J'aguis donc ça *acheter*, c'est *accoucher* qu'i faut dire, Claude. Ça fait une semaine que j'ai accouché de Fleur-Ange. C'est clair, ça ? » reprend-elle, agressive.

Début novembre, Claude décide avec amertume qu'il est temps pour lui de partir au chantier avant que l'hiver soit trop difficile financièrement.

« Encore une fois, si y a rien de spécial, j'te l'dis : j'viendrai pas aux fêtes. »

Paula est triste, mais rien qu'à la pensée d'avoir un autre enfant, elle n'ose pas ajouter un mot.

La prenant dans ses bras, Claude la serre très fort, espérant peut-être qu'elle lui demande de revenir. Mais elle répond en le serrant, en l'embrassant, en le regardant, sans plus.

Fleur-Ange est un bébé splendide et facile. Lucille, elle, a une santé toujours aussi fragile.

« J'sais pas si a va finir par prendre le dessus, pauv'p'tite ! se demande Aurore avec tristesse.

– En tout cas, c'est pas drôle de voir une enfant de trois ans toujours malade de même.

– L'docteur, i sait-tu c'est quoi qu'elle a ?

– I pense que c'est d'la faiblesse, mais i sait pas pourquoi, répond Paula.

– I va falloir être patients, a va p'tête finir par prendre des forces.

– T'es ben bonne, Aurore. Ça fait déjà trois ans que tu restes avec moé. Tu dois commencer à être tannée.

– Y a pas de danger ! On est ben toutes les deux. J'me plains pas pantoute.

— Tu dois commencer à penser à t'marier.

— Faudrait d'abord que j'me fasse un chum *steady*.

— Les hommes, i voyent pas clair... Une belle fille comme toé !

— Tu sais, moé, avec tes enfants que j'gâte, chus heureuse.

— Oui, pis t'as pas à les porter pis les avoir.

— T'as l'air fatiquée, ma grande sœur.

— Des fois, j'trouve que j'ai pas d'cœur. Pourvu que Claude prenne pas la décision de descendre. J'ai assez peur de partir encore pour la famille que j'en fais une maladie !

— I est ben bon pour toé.

— C'est c'que j'pense aussi. Tu comprends que j'me fais des r'proches, mais c'est plus fort que moé. J'en veux pus !

— C'est difficile des fois. Moé, y a une chose : c'est certain que j'en aurai pas autant, rendue à l'âge que j'ai pis pas encore de prétendant.

— C'est tout ce que tu peux dire. J'peux pas faire autrement que d'y penser. Quand y va r'venir au printemps, juste à l'idée, j'viens folle !

— Prends pas ça d'même, c'est p'tête fini pour toé.

— Ç'a besoin ! »

L'hiver défile lentement. Anita et Victor vont à l'école. Avril arrive enfin. Paula a bien hâte de revoir son amour, mais s'inquiète du résultat de son retour.

« Môman, c'est pôpa qui arrive ! s'écrie Bernise, enchantée.

— Mon Dieu ! C'est qui avec lui ? I en rapporte-tu un nouveau encore c't'année ? »

À mesure que la voiture approche, elle reconnaît Wilfrid, puis Luc qui s'est laissé pousser la barbe. Le jeune homme est toujours revenu à chaque printemps. Il a obtenu un lot du gouvernement et s'y est construit un camp, mais il vit toujours seul. Wilfrid, lui, est marié et a deux enfants. Lorsqu'il arrive près de l'entrée, Claude ne laisse pas le temps à la voiture d'arrêter ; il saute et court vers Paula qui vient à sa rencontre.

« Ma femme, mon amour, que ça fait longtemps ! » s'écrie-t-il, fou de joie.

Ils sont dans les bras l'un de l'autre, s'embrassent, n'arrivent plus à se lâcher. Ils reviennent à la réalité lorsque les enfants les séparent malgré eux.

« Mes p'tits enfants, mais que vous avez grandi ! Victor, t'es quasiment un homme, pis Anita, comme t'es belle, la vraie mère ! » dit-il en se retournant vers Paula pour lui adresser un clin d'œil.

Pendant ce temps, Luc et Wilfrid ont déchargé les bagages et se préparent à rentrer enfin chacun chez soi. Au moment de partir, Luc risque un œil à la sauvette vers Aurore, qui s'occupe des effets de son beau-frère.

« Salut, les gars ! lance Claude, toujours entouré de sa marmaille. Luc, t'as juste à garder les jouaux une couple de jours avant de les ramener.

— C'est ben correct de même.

— Luc a pas coupé sa barbe de l'hiver, fait remarquer Paula.

— Non, mais là j'pense qu'i va être pressé d'le faire.

— Pourquoi qu'ça presserait tout d'un coup ?

— J't'en parlerai, ma femme... Pour le moment, j'ai une de ces faims ! As-tu d'la bonne soupe ? J'me sus assez ennuyé de ta cuisine !

— T'es chanceux, j'en ai justement un bon chaudron. J'savais pas quelle journée que t'allais arriver.

— Les gars aussi i pensent tous à la bonne nourriture que tu fais. I te r'grettent ben gros.

— Après un hiver, i doivent s'avoir faites à l'idée.

— Pas avec le bouilleux qu'on avait, c'tait pas mangeable !

— C'pas drôle de travailler fort pis d'manger d'la cochonnerie d'même ! C'est pourtant pas si dur que ça de faire de quoi d'bon quand on a c'qu'i faut.

— Ç'a l'air que pour lui, c'est dur. Une chance que t'avais habitué Réal, i est meilleur que l'*cook* !

— C'est juste parce qu'i s'en donne la peine. Coudon, monsieur Veilleux, i bûche-tu encore ?

— Oui, pis i est aussi chiâleux. I change pas !

– Avez-vous encore du trouble avec les hommes à Fernando pour aller chercher de l'eau ?

– Ç'a été un peu moins pire c't'hiver. Y a plusieurs bûcherons de remplacés, ç'a sûrement pas nui.

– C'est toujours un trouble de moins. »

Puis Claude s'adresse à sa belle-sœur :

« Pis toé, Aurore, t'es-tu fait un cavalier ?

– J'ai ben dans mon idée que j'vas rester vieille fille.

– Si j'étais à ta place, j'en s'rais pas aussi sûr, dit-il en clignant de l'œil à nouveau vers Paula.

– Coudon, saurais-tu des choses qu'on sait pas, toé ? s'informe son épouse.

– Ah ! ça, vous allez l'voir avec le temps ! » reprend-il d'un air taquin.

Tous se dirigent vers la maison, les enfants tourbillonnant autour de leurs parents pour manifester leur joie de revoir leur père. Lorsque Baptiste passe près de lui, Claude l'attrape et lui caresse les cheveux.

« T'as donc grandi, toé aussi. J'en r'viens pas ! Rien qu'un hiver pis ces enfants-là ont changé, c'est pas crayabe. »

Bernise s'approche tranquillement de son père.

« Pôpa, on a gardé les tits minous, pis la chatte en a eu d'autres.

– Ça va finir par en faire trop. »

Sur ce, Paula reprend :

« Oui, pas mal ! J'en ai gardé deux dans la maison, y avait d'la vermine. J'te dis qu'i s'en ont occupé !

– Ouais ! Pour que tu gardes des chats dans la maison, i fallait que ça fasse ton affaire.

– J'me sus habituée parce que j'aime encore moins les souris. »

Les jours suivant le retour de Claude, les ardeurs des deux amoureux se sont un peu calmées...

« Que-cé qu't'as, ma femme ? T'étais plus chaude que ça quand chus arrivé.

— C'est que l'ennui m'a fait un peu oublier. Mais là, la raison me r'vient.

— J'me doute de quoi tu veux parler », répond Claude, sachant très bien ce qui la tracasse.

Paula le regarde droit dans les yeux et poursuit :

« Chus sérieuse quand j'te dis que j'en veux pus.

— Y a des fois que c'est ben difficile de faire autrement.

— C'est pas si dur que ça, tu sais quoi faire pour pas que ça arrive.

— C'est certain qu'avec neuf enfants... Pis Lucille qui est souvent malade...

— T'as rien qu'à te r'tirer à temps.

— La religion nous défend ben de l'faire !

— Si c'est ça qui dérange, j'm'organiserai avec. C'est moé qui en veux pus.

— Pis monsieur l'curé, que-cé qu'tu vas i dire ?

— En temps et lieu, j'saurai ! »

Il se passe évidemment quelques semaines avant que Claude ose aborder Paula de nouveau au sujet de leur devoir conjugal... Il sait qu'elle a raison, mais son désir et sa conscience lui dictent autre chose.

« Ma femme, ça te tenterait-tu un p'tit brin à soir ?

— Oui, mais à la même condition que j'ai dit l'autre fois.

— Bon, c'est correct, dit-il sur un ton impatient. Moé, j'en peux pus. Après un hiver à faire carême, ça tord les affaires pas mal d'être couché à côté d'toé sans pouvoir rien faire.

— Mais t'as besoin de pas t'oublier !

— Oui, oui... »

Ils font l'amour, mais Paula reste très réservée de peur de perdre la raison. Pourtant, cet acte d'union pourrait être merveilleux pour elle aussi si la peur de devenir enceinte ne la hantait pas.

« Ç'a-tu d'l'allure d'être mariés pis d'faire des cochonneries d'même ! s'indigne Claude, mécontent.

— C'est pas ben ben l'fun, mais c'est d'même pis j'changerai pas d'idée.

— J'te comprends, mais c'est tout juste.

— Bonne nuite. Faudrait pas trop m'en vouloir.

— J'en s'rais pas capable.

— Tu sais, c'est pas toé que j'veux pus, dit-elle pour le rassurer.

— Oui, ça j'l'ai compris, parce que betôt, si la peur s'était effacée, j'sais que ça aurait été l'explosion.

— Tu m'connais un peu trop, chus pas sûre d'en être contente, avoue-t-elle en se collant à nouveau contre son mari. Au fait, que-cé que tu voulais dire pour Aurore l'autre jour ?

— Me semblait que ça te tracasserait. Chus ben surpris que t'en ailles pas parlé avant. T'es pas trop curieuse... J'voulais pas en discuter d'vant elle pour pas qu'à s'fasse des illusions trop fortes. Luc a un œil dessus.

— Confidence pour confidence, sans rien inventer, j'pense qu'elle aussi.

— Que-cé qu'tu dirais si on faisait une veillée d'danse sam'di prochain ?

— C't'une bonne idée, ça leur permettrait de s'voir.

— Comme c'est arrivé pour nous autres...

— C'est ben trop vrai ! C'en est-tu des beaux souvenirs ça ! Tu sais, j'aurais jamais pensé qu'un jour, j'te dirais non pour des enfants.

— Ah ! i s'en passe des choses dans la vie !

— Bon, on dort-tu ? Demain, on va s'occuper de c'te veillée-là.

— J'sais pas si chez nous i viendraient... Aurore pis Thérèse s'raient heureuses de s'voir.

— Ça m'surprend qu'Aurore parle pas de s'en r'tourner.

— Sais-tu, astheure que j'y pense, c'est p'tête Luc qui la r'tient. Elle espère qu'i va s'décider de la r'marquer.

— C'est déjà fait. Mais elle, a le sait pas encore. Ouais ! Ben, ma femme, j'cré que c'est not'devoir d'arranger ça ! »

Le reste de la semaine, Claude et Paula s'occupent à préparer une soirée de danse qui ne s'oubliera pas de sitôt. La famille de Paula a donné sa réponse : elle sera présente. Même Angèle, l'aînée des filles, sera de la partie.

Malheureusement, la famille de Claude ne viendra pas, étant donné la distance. En revanche, à peu près toutes les familles du rang seront présentes à la fête. Les occasions de s'amuser sont rares, alors pas question d'en manquer une.

Samedi soir arrive enfin. Les enfants sont surexcités. Aurore s'est parée de ses plus beaux atours.

« Ouais ! ma p'tite sœur ! Si tu t'fais pas d'cavalier à soir, c'est comme rien. As-tu vu, mon mari ? Est-tu belle un peu !

— Si j'tais pas marié, tu m'f'rais loucher !

— Fais ben attention à toé ! le reprend Paula en s'approchant d'eux, sourire aux lèvres.

— Bon, êtes-vous prêtes ? J'entends du train. Pour moé, y en a qui commencent à arriver ! Ça cogne à porte, j'y vas, s'ordonne Claude, amusé par la situation. Bonjour, Luc ! Chus content de t'voir ! J'avais peur que tu manques d'audace, dit-il à l'oreille de son ami. Viens-t'en. As-tu apporté ta guitare pis ton ruine-babines ?

— Oui, mais j'joue pas des deux en même temps.

— C'est pas grave, le père de Paula i joue d'la musique, lui itou.

— Y a-tu quequ'un qui va jouer de l'accordéon ?

— Oui, oui ! Monsieur Thibeault, le mari d'la sage-femme, ça va juste i faire plaisir qu'on i d'mande.

— Ben, coudon, ça va être pas pire, avec madame Paula qui va p'tête chanter. »

Monsieur Proulx se présente avec un plateau de boisson.

« Y en a-tu qui veulent une p'tite *shot* de caribou ? »

La plupart des invités ne se font pas prier et prennent un verre. Même quelques femmes en profitent pour se tremper le bout des lèvres. Pour les autres, une limonade suffit. La maison est maintenant remplie à craquer, et comme elle n'est pas très grande, on trouve autant de gens en dehors qu'en dedans.

« Hé ! monsieur Proulx, vous allez nous câler ça, un bon *set* ! propose l'un des nombreux danseurs.

– On peut ben essayer... En avant la musique ! Seize mains en rond, tout l'monde balance pis tout l'monde danse, une p'tite promenade autour d'la salle ! »

Les danseurs et danseuses tourbillonnent depuis une vingtaine de minutes dans un sens et dans l'autre avec le plus grand des plaisirs, lorsque monsieur Proulx commande enfin à la troupe :

« Swingez chacun vot'compagnie pis domino les femmes ont chaud ! »

Pendant ce temps, Paula et Aurore font la jasette, réfugiées dans un coin de la cuisine :

« As-tu vu ? Luc a coupé sa barbe. I est pas laite pantoute ! commence Paula.

– J'avais pas r'marqué.

– Va dire ça à d'autres !

– Que-cé qu'tu veux dire ?

– Penses-tu que moé, j'ai pas r'marqué ? À toutes les fois qu'i te r'garde, tu rougis.

– Voyons donc ! s'offusque la jeune Aurore.

– Y a pas d'voyons donc, dis-le qu'i t'attire !

– Ben... oui ! Pis après ?

– Sais-tu que lui aussi, i te trouve de son goût ?

– C'est lui qui t'a dit ça ? questionne Aurore, le regard plein d'espoir.

– Pas à moé, mais à Claude. »

Au même instant, Claude s'approche d'elles.

« Ça t'tente-tu de danser la prochaine, ma femme ?

— Tu parles ! Pis toé, Aurore, c'est d'valeur, t'as pas d'cavalier...

— On va arranger ça, tu vas voir.

— Que-cé qu'tu vas faire ?

— T'occupe pas ! »

Aurore voit son beau-frère se diriger vers les musiciens et parler à Luc qui lève les yeux vers elle et suit Claude.

« Tu vas v'nir danser avec nous autres. Là, t'as pas de défaites, affirme Claude en s'adressant à son bon ami.

— J'vous avertis, mad'moiselle Aurore, c'est la première fois que j'danse.

— C'est pas grave, ça s'apprend vite avec d'la bonne musique, rétorque Claude qui ne veut pas voir le jeune homme se défiler. Je r'viens tusuite, le temps de te remplacer à guitare.

— Claude, j'pense que l'garçon du père Boucher i joue, lui glisse Paula en tirant son mari par la manche de chemise.

— C'est ben vrai, j'y avais pas pensé ! »

La danse reprend de plus belle. Les enfants comme les grands, tout le monde s'amuse. Luc fait quelques faux pas, écrase deux ou trois fois les orteils de sa partenaire, mais finit par prendre le rythme assez vite. Aurore, elle, se sent toute petite, mais tellement bien dans les bras de ce géant. Il n'en fallait pas plus pour confirmer l'attirance de l'un pour l'autre.

« Domino les femmes ont chaud ! s'exclame enfin le " câleur ".

— Bon yeu ! I fait chaud icitte !

— Ouvrez la porte un peu, ça va faire du bien ! » ordonne l'un des invités.

La soirée se poursuit sur cette lancée. Danse, rires, musique et alcool réchauffent l'atmosphère. Luc et Aurore se laissent sur un sourire et un regard qui en disent long...

Chapitre 8

Paula est d'une humeur massacrante. Depuis quelque temps, elle tempête pour des riens après les enfants. Aurore est abasourdie par son comportement. Claude, lui, se montre songeur. Il sait ce qui se passe et essaie de ne pas provoquer les colères de sa douce.

« Comprends-tu Paula d'être maline de même avec les enfants ? Moé, j'y arrive pas..., fait remarquer un jour Aurore à son beau-frère.

— J'vas essayer d'i parler à soir.

— Surtout pour Victor... Pauv'p'tit, i mange ça dur !

— Ouais ! J'sais. Avec lui, est pas toujours juste.

— C'est sûr, i a un peu la tête dure, mais c't'un enfant. »

Ils se taisent brusquement, ayant entendu des pas derrière eux.

« C'est ça, j'ai pas aussitôt l'dos tourné que vous placotez d'moé astheure !

— Voyons, Paula, fais-toé pas des idées pour rien, dit Claude pour la rassurer.

— C'est pas des idées, prenez-moé pas pour une folle ! Ça vous paraît dans la face.

— Ben, c'est qu'on comprend pas toujours tes sautes d'humeur », tente d'expliquer Aurore, un peu pour s'excuser.

Fusillant son mari du regard, la jeune femme reprend :

« Si Aurore a comprend pas, j'pourrais pas en dire autant pour toé.

— Si c'est à cause de moé, j'ai juste à m'en aller..., suggère Aurore d'un air déçu.

— Non, non, Aurore, c'est pas toé. C'est que même si Paula l'a pas dit, j'pense qu'est encore partie pour la famille.

— Tiens, t'as saisi tout d'un coup ! »

Claude, ébranlé, ne sait plus que penser ni que faire. Il lui semble pourtant avoir pris les précautions nécessaires pour éviter toute nouvelle grossesse à sa femme.

Aurore se dirige vers sa sœur et la prend dans ses bras.

« Mais voyons, Paula, tu sais ben que c'est pas la faute à Claude.

— Tu vas p'tête me dire que c'est la mienne ? questionne Paula sur un ton sec.

— Ben non... Quand on est marié, ça peut pas faire autrement.

— J'i avais dit que j'en voulais pus. »

Claude tente de s'approcher de sa femme.

« Touche-moé pas, j'veux pus t'voir.

— Paula, tu peux pas m'en vouloir, dit-il en pleurant.

— C'est donc d'valeur pour toé. J'vas m'en priver d'abord. Oui, j't'en veux !

— Aurore, laisse-nous un peu », demande Claude à sa belle-sœur.

Aurore sort de la maison en prenant soin d'amener avec elle les deux derniers qui s'amusaient dans la cuisine.

« Paula, t'es pas raisonnable.

— J'voudrais ben voir ça ! C'est moé qui les porte, qui les mets au monde ces enfants-là, pis en plus i faudrait que j'sois raisonnable !

— Y en a qui en ont quinze pis dix-huit pis même plus des fois, t'es pas la seule.

— Eux autres, c'est eux autres, pis moé, c'est moé. J't'ai dit que j'en voulais pus.

— Ben là, j'pense que t'as pas l'choix. Si t'es partie pour la famille, on peut pus rien faire.

— C'est c'qu'on va voir ! rétorque Paula, décidée.

— J'peux pas craire que tu fasses des affaires croches pour te débarrasser de c'te p'tit-là.

— Pis toé, tu peux ben parler ! J't'avais dit d'sortir à temps. Mais non, i fallait que tu laisses une maudite goutte pis comme de raison, i en fallait pas plus.

– J'te d'mande pardon, Paula. J'voulais pas que ça arrive.

– À l'automne, j'voulais r'tourner au chantier. J'sais que c'est dur, mais j'aime ça.

– Voyons, avec les neuf autres en plus !

– Anita pis Victor vont m'aider.

– On est déjà au commencement de septembre, tu vas accoucher quand ?

– C'est juste au mois d'mai, si je l'rends à terme.

– T'en as jamais perdu, pourquoi que ça arriverait autrement pour celui-là ?

– On sait jamais !

– J'pars juste dans trois s'maines, on en r'parlera.

– Si Aurore ça la dérange pas, a pourrait v'nir avec nous autres.

– Où qu'on va la coucher ?

– On s'arrangera ben ! Va voir au magasin pis fais la commande plus grosse.

– Ç'a pas d'bon sens des affaires de même ! conclut le mari.

– Au moins, l'hiver va passer plus vite que si je poireaute icitte.

– Attends encore un peu avant de te décider, ma femme. »

Claude se rend auprès d'Aurore qui se balance avec les enfants.

« Essaye d'i faire entendre raison, à ta sœur. A veut monter au chantier c't'hiver.

– Est malade !

– Non, est plutôt désespérée. J'sais pus quoi dire. J'me d'mande si a va l'rendre à terme d'la manière qu'a m'en veut, ajoute-t-il, tête baissée.

– C'te pauv'p'tit enfant, c'est pas de sa faute à lui.

– Ça donne rien d'i dire, a veut rien comprendre pour astheure. J'pense que ça va prendre ben gros d'patience à tout l'monde. J'me d'mande si j'irais voir monsieur l'curé que-cé qu'i dirait...

– Si j'étais à ta place, je l'f'rais pas, Claude. A pourrait ben jamais te l'pardonner.

– Ouais ! C'est vrai, mais qui tu penses qui pourrait i parler ?

– Y aurait selon moé rien que m'man pour i faire entendre raison.

– C't'une bonne idée, faudrait i faire savoir !

– J'vas en glisser un mot à Luc, p'tête qu'i pourrait s'en charger.

– Faudrait pas que ça r'tarde trop.

– Demain, c'est jeudi. I va v'nir pis j'm'en occupe.

– En attendant, on va la laisser tranquille. J'pense que c'est juste ça qu'a veut.

– Tu sais, d'habitude, est pas maline de même, ma sœur. Des fois, j'la comprends, mais rien qu'un peu.

– I m'semble que j'fais mon possible...

– Mais je l'sais, Claude ! C'est pas d'ta faute, j'te l'dis encore. T'es assez bon pour elle pis a le dit elle aussi. »

Paula, restée seule dans la cuisine, se dirige vers la chambre.

« Maudit que j'ai pas d'cœur des fois ! C'pauv'lui... I fait plus pitié que moé. Pourquoi que j'réagis d'même ? Y a pas juste moé qui en a, des enfants. Ça fait partie d'la vie des femmes, mais pourquoi qu'c'est faite de même ? J'essaye de comprendre pis j'y arrive pas. Pourquoi ? Pourquoi ? »

Assise sur le bord de son lit, Paula pleure sans retenue, comme elle le fait chaque fois qu'elle est seule. Comme le disait Claude à Aurore, c'est bien le désespoir qui l'habite. Elle ne se sent pas la force de s'occuper ce petit être qui, dans son ventre, commence à se manifester.

L'intérêt pour tout ce qui l'entoure s'estompe peu à peu. Elle s'isole de plus en plus. Malgré les tentatives de rapprochement de Claude et d'Aurore, qui font tout en leur pouvoir pour la consoler, son état s'aggrave de jour en jour. Ses yeux sont rouges et bouffis et elle ne mange presque plus.

« Môman, v'nez manger !

– Oui, Anita. Une tranche de pain avec de la soupe, ça va faire mon affaire.

– V'nez-vous-en, m'man, j'vas vous aider.

– T'es ben fine, ma fille. Ton père a raison quand i dit que t'es rendue une grande fille.

– Que-cé qui s'passe, êtes-vous malade ?

– Non, non, fais-toé-z-en pas.

– J'sais pas, mais y a pus rien de pareil icitte. »

Paula enlace sa fille et sent le remords qui monte en elle. La voix de sa conscience se fait entendre. « J'ai pas l'droit de faire pâtir ces enfants-là. J'vas essayer de prendre sus moé. »

Tous l'attendent pour commencer le repas. Elle lit clairement dans leurs yeux l'angoisse qu'elle engendre avec son attitude. Claude vient à sa rencontre :

« Viens-t'en, ma femme. Aurore a fait d'la soupe. Pour moé, tu i as donné ta recette, parce qu'est bonne en mosusse ! »

Elle lève la tête et voit les yeux bleus de son mari, si beaux, si doux, et qui l'ont tant émue jadis.

« Elle en a copié plusieurs de mes recettes. Y a p'tête quèque chose dans l'air, dit-elle en souriant.

– Que ça fait du bien de te voir rire un peu ! Faut craire que ça va mieux, se réjouit Claude.

– T'inquiète pas pour moé.

– Les enfants, môman va mieux, mais va falloir en prendre soin, avez-vous compris ?

– Oh ! oui, pôpa ! s'empresse d'ajouter Ariane, très heureuse de voir sa mère qui semble reprendre le dessus.

– Claude, j'vas laisser faire pour le chantier. C'est trop à dernière minute, le stock i s'rait long à préparer.

– J'pense que t'as pris une bonne décision.

– Aurore, j'ai été pas mal dure avec toé depuis un boutte de temps. Vas-tu rester avec moé pareil ?

– Ben sûr, Paula, tu peux compter sus moé. »

Deux semaines plus tard, Claude, Wilfrid et Luc s'apprêtent à partir pour le chantier. Les voitures sont beaucoup moins chargées que d'habitude. Luc et Aurore s'éloignent de la maison, la main dans la main.

« J'vas m'ennuyer, tu sais. Si Claude i descend aux fêtes, j'vas v'nir aussi, confirme le jeune amoureux.

— J'imagine qu'i va venir parce qu'i va être inquiet, reprend Aurore.

— Ça f'rait mon affaire, parce que moé, j'ai jamais eu d'raison de sortir du bois pour c'te période-là. Mais astheure que j'en ai une, l'hiver s'ra moins long.

— T'es l'bienvenu. »

Luc attire sa bien-aimée contre lui et la serre très fort contre son corps en cherchant avidement ses lèvres. Aurore lui répond avec autant d'empressement.

« J'comprends pourquoi astheure qu'j'ai jamais rencontré d'autres femmes. C'est toé qu'j'attendais. Aujourd'hui, je l'sais.

— Moé, j'croyais avoir aimé quequ'un, une fois, mais là j'sais que c'était pas d'l'amour.

— Accepterais-tu d'être ma femme ?

— Que j'ai eu peur que tu me l'demandes jamais !

— Ben là, j'te l'demande ! Pis si t'es d'accord, aux fêtes, je f'rais ma d'mande officielle à ton père.

— Oui, chus d'accord ! Pis on pourrait s'fiancer quand tu r'viendras au printemps.

— Ouais ! Pis s'marier à l'été, hein ? »

Aurore se jette au cou de son prétendant sans aucune retenue. Avec hardiesse, elle l'embrasse et se presse contre lui.

« J'sens qu'on va être heureux ensemble, prédit-elle, le cœur palpitant de joie.

— On aura pas attendu pour rien ! »

Toujours main dans la main, ils reviennent près de la maison où Wilfrid s'occupe des petits. Voyant leurs visages éclairés d'un large sourire, l'homme comprend très bien ce qui arrive aux deux tourtereaux. Il manifeste sa joie en faisant un clin d'œil à Luc.

« Hé ! mon Luc ! Pour moé, l'hiver va être ben ben longue...

— J'ai peur que oui ! » atteste le jeune bûcheron.

Claude sort de la maison, seul, tête baissée. Il s'essuie les yeux d'un mouvement rapide en espérant que personne ne remarque son geste, mais c'est peine perdue. Se retournant vers la maison, il fait un signe de la main à Paula qui le regarde de la fenêtre. Elle n'a pas le courage de le reconduire jusqu'à la voiture. Il prend un à un ses enfants, les embrasse, mais aucun son ne sort de sa bouche tant il est triste. Puis, serrant Aurore bien contre lui, il rassemble toutes ses forces pour arriver à dire enfin quelques mots :

« J'te la confie, elle a besoin d'toé.

— Pars en paix, cher beau-frère. J'vas ben m'en occuper.

— Pis vous autres, les enfants, i va falloir aider Aurore à prendre soin de vot'mère parce qu'elle attend un autre p'tit bébé. »

Luc et Wilfrid aimeraient encourager leur ami, mais ils savent que ce n'est pas le moment. Ils se reprendront. Pour l'instant, ils se contentent de respecter son silence et sa peine.

Chapitre 9

Quinze octobre. Paula en est maintenant à deux mois de grossesse. Chaque soir, lorsqu'elle est seule dans sa chambre, elle ne souhaite que perdre cet enfant. Même qu'à quelques occasions, elle se surprend à tenter d'interrompre sa grossesse. Par exemple, en descendant l'escalier, elle saute volontairement les dernières marches, ou encore elle se suspend aux poutres du plafond pour ensuite se laisser tomber sur les jambes. Mais rien n'y fait... Ce bébé a l'air bien décidé à venir au monde. Puisqu'elle a faussement tenté de rassurer Claude lors de son départ, elle ne peut maintenant que se sentir coupable des mauvaises intentions qui l'habitent.

« Mon Dieu ! Allez-vous m'pardonner si j'perds c't'enfant-là par ma faute ? » se dit-elle sans cesse.

Début novembre, le remords la torture toujours, mais le désir de ne pas accoucher d'un dixième enfant est plus fort de jour en jour. Aucun doute ne subsiste dans son esprit : elle ne veut pas de ce bébé. Mais le temps passe et rien ne se produit malgré ses nombreuses tentatives pour avorter.

Après avoir réfléchi une partie de la nuit, elle décide donc de prendre les grands moyens.

« Anita, à matin, tu vas aller m'chercher madame Thibeault. J'ai affaire à elle. »

Aurore, occupée à tricoter, lève les yeux vers sa sœur, à la fois intriguée et inquiète. Paula, elle, baisse les siens et ne dit pas un mot, espérant bien ne pas s'attirer trop de questions de la part de la jeune femme. Mais en vain...

« As-tu quèque chose qui va pas ?

— Non, non, c'est juste que j'ai des questions à i poser.

— T'es sûre ?

— J'ai jamais vu être aussi mère poule !

— J'ai dit à Claude que j'prendrais soin d'toé, pis j'vas tenir mes promesses.

— T'es ben fine, j'en mérite pas tant.

— Si je l'fais, c'est que j'pense que t'en vaux la peine.

— Tu t'occupes toujours de Lucille la nuite. Peux-tu dormir assez au moins ?

— Lucille, a va ben. Essaye pas d'changer d'sujet.

— T'as la tête dure.

— Oublie pas que chus ta sœur.

— Môman, j'y vas chercher madame Thibeault.

— Amène Victor avec toé, c'est pas mal loin tu seule, recommande la jeune mère.

— Si i veut v'nir...

— Dis-i qu'i y aille pis c'est toute ! Pis niaisez pas en ch'min ! »

Trois heures plus tard, Paula entend une voiture entrer à toute vitesse dans la cour.

« Dis-moé donc, Paula, as-tu des complications ? s'informe la sage-femme tout énervée.

— C'est pas si pire, mais j'ai affaire à vous. Passez dans ma chambre. »

Aurore n'aime pas ce qui se passe. Elle pressent quelque chose d'anormal et se voit chagrinée par le comportement de sa sœur qui manigance tout à son insu.

Une fois dans la chambre, Paula s'empresse de fermer la porte derrière elle.

« Mais c'est donc ben grave ! s'étonne madame Thibeault.

— Chus encore partie pour la famille.

— Un autre bébé ? Ben coudon, c't'encore d'l'ouvrage pour moé ça.

— J'en veux pas, tranche la jeune femme en fixant son interlocutrice d'un regard foudroyant.

— Que-cé qu'tu veux dire ?

— J'ai dit que j'en veux pas de c'bébé-là. Voulez-vous m'aider ?

— Moé, avec l'aide du bon Dieu, j'mets des enfants au monde.

— Si c'est pas vous, ça s'ra une autre !

— Ben ça s'ra pas moé, ma fille ! Des enfants, c'est trop précieux pour faire exprès de s'en défaire. »

La sage-femme essaie de contenir la colère qui l'habite. Elle reste songeuse quelques instants et reprend la parole pour tenter de faire changer Paula d'idée. Elle s'approche de la jeune femme tourmentée.

« Dis-moé pourquoi tu veux pas l'avoir.

— Je l'sais même pas, mais c'est d'même. Ça m'sort pas d'l'idée.

— J'serai jamais capable de faire c'que tu m'demandes, j'te l'dis encore.

— D'abord, vous pouvez m'dire qui aller voir.

— C'est pas dans mes habitudes, ça fait que j'en connais pas non plus.

— J'ai déjà entendu dire que boire du vin rouge chaud, ça pouvait faire décoller. »

La sage-femme répond par une nouvelle question qui fait bondir Paula de rage :

« As-tu d'mandé à monsieur l'curé de t'aider à accepter ?

— L'curé a pas d'affaire à ça ! J'veux pas accepter, j'en veux pus. Avez-vous compris ? »

Paula se prend la tête et éclate en sanglots. Elle laisse s'échapper toute la colère qu'elle ressent depuis deux mois. Puis, se laissant glisser sur le sol, elle pleure pendant une bonne demi-heure. Épuisée, elle relève la tête pour apercevoir la sage-femme, toujours installée sur le bord du lit, tellement silencieuse qu'elle la croyait partie. Voyant que le plus gros du chagrin est passé, madame Thibeault se penche vers Paula et lui tend les mains.

« Viens t'allonger, c'est pas drôle de s'épuiser d'même ! »

Elle aide la jeune femme à se lever et la conduit d'un pas lent vers le lit.

« J'peux pas dire grand-chose pour t'encourager, Paula. Je vois en toé un grand désespoir. J'ai pas la parole facile pour des situations de c'te genre-là, mais en aucun temps, si ma présence peut t'aider, tu peux m'envoyer chercher.

— Vous êtes ben bonne, madame Thibeault, j'aimerais ça vous r'ssembler.

— Pis moé, j'aimerais ça chanter comme toé. Ça fait qu'on est quittes ! » réplique-t-elle en sachant bien que son argument n'est pas très approprié.

Paula esquisse un petit sourire du bout des lèvres et s'endort de fatigue. La sage-femme sort de la chambre sur la pointe des pieds et demande à parler seule avec Aurore. Les enfants n'y comprennent rien, mais n'insistent pas.

« Aurore, va falloir la guetter parce qu'elle a pas des ben bonnes idées...

— J'y ai pensé qu'y avait quèque chose de louche.

— Savais-tu qu'a voulait pus avoir d'enfants ?

— Ouais ! Ça a faite toute une histoire quand a l'a su !

— Là, a s'est mis dans tête qu'a l'rendrait pas à terme. J'te l'dis : i va falloir que t'aies l'œil alerte.

— J'vas y voir ! Vous pouvez compter sus moé, madame Thibeault. »

Trois semaines s'écoulent.

« Comment tu vas, Paula ? demande Aurore, toujours sur le qui-vive.

— I faut ben que j'm'y fasse...

— Ça s'ra pas si pire, tu vas voir. Anita commence à aider pas mal, pis Victor aussi. C'est toujours lui qui rentre le bois astheure, l'as-tu r'marqué au moins ?

— Si i veut pas faire un fainéant, c'est l'temps qu'i s'grouille !

— Pourquoi qu't'es injuste avec lui ? Moé, ça m'fait d'la peine de t'voir agir de même.

– Ça paraît tant qu'ça ?

– Oui. Y a des fois, on dirait que tu l'aimes moins qu'les autres.

– Maudit que j'm'aguis ! C'est vrai que j'ai d'la misère avec lui.

– Ça va s'arranger avec le temps... I fait toute pour te plaire, on dirait qu'i commence à s'en rendre compte.

– Ben voyons donc, Aurore, tu trouves pas que t'ambitionnes un peu ?

– Non, mais pour le moment, oublie ça.

– Veux-tu m'aider à atteler le joual ? J'cré que j'vas aller au village aujourd'hui.

– Si t'as des commissions, j'peux y aller, tu sais.

– Non, ça va m'faire du bien d'sortir de la maison.

– C'est vrai que t'as pas sorti ben gros depuis qu'Claude est parti. Profites-en pour jaser un brin ! »

Paula se rend au village situé à deux milles de la maison. À l'ordinaire, elle fait ce trajet à pied, mais pour ce qu'elle veut ramener aujourd'hui, il est préférable de s'y rendre en voiture...

« Bonjour, Philippe ! Vot'femme est-tu icitte ?

– Cré bonyienne ! Madame Rioux ! Tu parles de la belle visite !

– C'est vrai que j'sors pas souvent, mais i fait si beau !

– Ernestine, viens voir qui est là.

– Que-cé qu't'as à crier d'même, bon sens ? Mais j'vois-tu ben clair, c'est Paula ?

– Bonjour, Ernestine ! As-tu l'temps de jaser un brin ?

– Pour les fois qu'tu viens, passe dans la cuisine, j'vas faire du bon thé.

– T'as donc une belle maison !

– Ben comme on a pas eu d'enfants, on s'est gâtés autrement. Coudon, c'est-tu vrai que t'es r'partie pour la famille ?

– Les nouvelles vont vite !

– Ça s'est parlé à travers les branches. Pis comme t'es pas montée au chantier, j'ai pensé que c'tait vrai. C'est pour quand ?

– Dans l'mois d'mai.

– L'mois d'la Sainte Vierge... C'est-tu beau un peu, le mois d'mai ! »

Il y a bien longtemps que les deux femmes n'ont pas conversé ensemble. Paula se sent mieux, mais n'en oublie pas pour autant le but de sa visite au magasin général.

« Bon, i faut que j'm'en aille. T'es ben fine, Ernestine. Tu viendras à ton tour.

– J'vas essayer, j'te l'promets !

– Philippe, j'aurais besoin de quèques effets. J'ai reçu un peu d'argent de Claude, ça fait que j'vas en profiter.

– C'est quoi que j'peux faire pour toé, ma belle Paula ?

– Ça m'prendrait du gros lard, d'la poudre à pâte...

– Ouais ! Pis à part de ça ? »

Paula hésite un peu, s'approche du marchand et lui dit presque à l'oreille :

« Le vin qu'vous faites pis qui est si bon, en avez-vous encore ?

– Tu sais ben que oui ! dit-il en jouant le même jeu qu'elle.

– Arrêtez de vous moquer ! Claude aime ça un brin dans l'temps des fêtes. J'pense que j'vas en prendre un peu d'avance. Juste une bouteille de rouge pour commencer. Quand j'aurai d'autre argent, p'tête que j'en prendrai encore. Ça f'ra une réserve. »

Le marchand est bien surpris, car Paula n'a jamais acheté de boisson dans son commerce. Mais il ne laisse rien paraître.

Arrivée à la maison, Paula appelle ses enfants :

« Anita pis Victor, êtes-vous bons pour dételer le joual ? Chus pas mal fatiquée ! »

Victor court à la rencontre de sa mère.

« Ouais, m'man ! Vous allez voir, on va faire ça comme i faut ! »

Paula regarde son fils avec attention et lui passe la main dans les cheveux.

« Oui, Victor, j'me fie à toé. T'es rendu grand astheure. »

Le garçon, tellement heureux, court à pleines jambes pour aller conduire le cheval à l'écurie. Il redresse les épaules et se tourne vers sa sœur :

« Laisse faire, Anita ! Chus capable tu seul.

— T'es sûr ?

— Ouais ! ouais ! s'empresse-t-il d'ajouter, tout fier de la confiance que sa mère vient de lui témoigner.

— Pis, Paula, ça t'a-tu fait du bien d'aller te promener ? s'informe poliment Aurore.

— J'aurais dû l'faire avant.

— Que-cé qu'tu nous as apporté d'bon ?

— Pas grand-chose.

— Du vin ! Mais veux-tu m'dire... »

Paula ne lui laisse pas le temps de finir sa phrase que déjà, elle s'explique :

« J'ai commencé à faire des provisions. Les fêtes vont v'nir vite pis les hommes aiment ben ça.

— Claude descend-tu ?

— Oui. " Y a pas d'danger que tu partes pour la famille c't'année, ça fait que j'vas v'nir aux fêtes ", qu'i m'a dit.

— Ouais... Ça s'rait malaisé de faire plus... »

Les deux sœurs se mettent à rire de bon cœur.

« Ça fait longtemps que j't'ai pas vue rire. Hé ! que ça fait du bien ! note Aurore.

— Ton souper est-tu prêt ? On dirait qu'j'ai faim à soir.

— C'est bon signe ! J'ai fait du ragoût, les enfants aiment ben ça avec du pain pis des pétaques.

— À cuisiner d'même, tu vas être bonne à marier betôt, ma sœur ! »

Le souper passé, les plus jeunes s'amusent encore un peu, tandis que les aînés s'installent dans la cuisine pour y faire devoirs et leçons à la grande table de bois d'érable teint au sang de bœuf. Anita et Victor travaillent avec application, car l'inspecteur doit aller à l'école le lendemain.

Lorsque les enfants sont couchés, Paula sort son tricot et s'installe dans une berçante, face à sa sœur.

« Que-cé qu'tu tricotes ? demande Paula.

— C'est juste des p'tites pattes pour le bébé.

— Ben moé, j'vas r'priser des bas pis des mitaines pour l'hiver, i commence à faire pas mal frette. »

Jusqu'à neuf heures, elles jasent de tout et de rien, puis Aurore, fatiguée, décide d'aller dormir.

Dès qu'elle est certaine que sa sœur est couchée, Paula se rend dans sa chambre et rapporte la bouteille de vin. Elle en verse une bonne tasse dans un chaudron qu'elle met à chauffer. Nerveuse, elle craint à tout moment de voir apparaître Aurore, à qui elle n'aurait aucune explication plausible à donner. Aussitôt que le vin est assez chaud, elle s'enferme dans sa chambre et porte à ses lèvres le breuvage fumant.

« Pouah ! Que c'est pas bon ! »

Elle boit encore quelques gorgées.

« Mon Dieu, pardonnez-moé mes offenses. J'chus consciente de ma méchanceté, mais j'veux faire autre chose que mettre des enfants au monde. Ma part est faite ! »

Dans un suprême effort, elle avale presque tout d'un trait, comme si elle craignait de revenir sur sa décision à la dernière minute. Des larmes coulent. Le vin faisant son effet, elle s'endort en pensant à Claude.

Le même manège se poursuit durant les deux semaines suivantes, jusqu'à ce que la bouteille soit vide. Mais le bébé reste bien blotti en son sein.

Un soir, en regardant le crucifix au pied de son lit, Paula se résigne :

« C'est correct. Vous avez gagné ! I faut craire que Vous êtes plus fort que moé. J'vas l'avoir, mais j'Vous avertis : c'est pas moé qui vas en prendre soin ! »

Chapitre 10

Malgré le fait qu'elle se soit corsée pour dissimuler sa grossesse et malgré ses vaines tentatives pour avorter, Paula donne naissance à un garçon en parfaite santé. Le poupon, né le 15 mai 1925, se prénomme Édouard. Certains, bien sûr, la soupçonnent d'avoir voulu empêcher la venue de cet enfant. Mais nul autre que Paula ne peut confirmer quoi que ce soit.

Paula a refusé de s'occuper de son bébé depuis sa naissance.

« As-tu fini de bouder c't'enfant-là ? I a besoin d'sa mère ! » s'écrie Claude, choqué.

L'homme est revenu du chantier depuis avril et c'est avec tristesse qu'il constate le détachement de son épouse envers leur bébé.

« Aurore est meilleure que moé avec, pis c'est ben correct de même.

— C'est pas elle qui l'a mis au monde. Moé j'comprends pus rien.

— Essaye pas, pis à part de ça, pense pus d'coucher avec moé. »

Claude, qui s'apprêtait à se dévêtir, bondit près du lit, blanc de rage.

« Que-cé qu'tu veux dire ?

— T'as compris ! » tranche Paula avec fermeté.

Il ne peut croire ce qu'il entend. La rage fait place au chagrin.

« Comment qu'ça s'fait qu'on est arrivés là, toé pis moé ? J'dois rêver, ça s'peut pas.

— Non, Claude. C'est le seul moyen, pour le moment.

— J'pourrai pas vivre sans toé.

— Bon, écoute, chus pas si méchante que j'en ai l'air, tu sais...

— C'est dur quand on s'aime de vivre en étrangers.

— On a déjà dix beaux enfants. »

Claude l'interrompt.

« Tu peux pas dire ça du p'tit dernier, tu l'as même pas r'gardé.

— C'est c'que vous pensez tous. Mais quand j'ai eu ma chance, chus allée l'voir dans la chambre d'Aurore.

— Pis tu continues de pas vouloir t'en occuper pareil.

— Tu sais, avec Aurore, i manque de rien. Elle, a l'aime déjà. Chus sûre qu'a va l'traiter mieux qu'moé.

— Oui, mais a va s'marier au mois d'août, pis l'bébé, lui, i va rester.

— J'm'en occuperai après. Je r'viens à c'que j'disais betôt : pour une couple d'années, on peut faire carême.

— Ça veut dire quoi, pour toé, une couple d'années ?

— J'sais pas au juste...

— Madame Thibeault dit que si tu l'allaites, ça va r'tarder la famille.

— J'ai déjà passé par là, tu t'en rappelles. Ç'a pas marché ben longtemps.

— Pour te dire franchement, j'me sens pas capable de vivre de même.

— Y a une nouvelle garde-malade à paroisse voisine. I paraît qu'a donne des trucs.

— Quelle sorte de trucs ?

— Chus pas sûre, mais tu sais, la nièce à Ernestine qui a failli mourir la dernière fois, est allée la voir, pis elle a dit qu'y avait des temps qu'on pouvait pis que c'tait pas dangereux.

— Ouais ! Pis les gars au chantier, ça jase pas mal des fois. L'hiver passé, y en a un qui a dit qu'i mettait des affaires. Ça s'appelle des capotes, mais i paraît que c'est pas toujours sûr.

— Bon, tu vois, quand on cherche... Décourage-toé pas ! On trouvera ben un moyen pour faire ça au moins une fois de temps en temps.

— Le p'tit, vas-tu essayer de t'en occuper un peu ?

— J'vas faire un effort mais j'te promets rien. »

Le lendemain, au déjeuner, Aurore est absente. Claude, inquiet, s'adresse à l'une de ses filles :

« Bernise, va donc voir si Aurore est malade. D'habitude, est toujours descendue à c't'heure-là. »

Au bout d'un moment, la fillette revient à la cuisine :

« Elle dort, pôpa.

— J'ai entendu Édouard c'te nuite, i a pleuré à plein, ajoute Anita.

— I doit avoir des coliques, reprend Paula, sur la défensive.

— Ma femme, c'te p'tit-là, à soir, je l'emporte dans not'chambre. As-tu compris là ? » dit-il en poussant un juron.

Paula jette un œil du côté de son mari et comprend qu'il vaut mieux qu'elle se taise.

« Y a toujours ben des maudites limites ! A pas d'affaire à payer pour nos bêtises », ajoute l'homme, de plus en plus irrité.

Le soir venu, Claude va chercher la couchette du bébé et l'installe près du lit, de son côté.

« Aurore, dis-moé... I est rendu à combien d'onces de lait ?

— I prend un bon sept onces. Pour le changer d'couche, t'auras juste à me l'dire.

— J'vas tout faire ça, dors sus tes deux oreilles. Continue de t'occuper de Lucille le temps qui t'reste icitte, pis j'vas être content.

— I m'en reste pas long. Luc va v'nir me m'ner chez nous dimanche pour me donner le temps de me préparer.

— C'est vrai que ça s'en vient... Dans un mois, vous allez être mariés. »

Une nuit où Claude, épuisé, ne se réveille pas aux pleurs d'Édouard, Paula se lève, prépare le biberon et le fait boire. Puis elle le change et se surprend alors à lui parler en le serrant contre son cœur.

« Comment chus arrivée là ? J'avais presque oublié comme ça sent bon, un p'tit bébé. »

Claude, qui se réveille et aperçoit la scène, prend bien soin de ne pas bouger, heureux et soulagé de constater qu'elle s'intéresse enfin à l'enfant.

Chapitre 11

*D*epuis quelques mois, la vie se déroule plus normalement. Paula fait de gros efforts, même si parfois elle trouve sa vie de femme bien difficile. Elle envisage d'aller au chantier à l'automne. Il est donc dans son intérêt de bien prendre soin d'Édouard, car si l'enfant n'est pas en santé, Claude n'acceptera pas d'amener la famille avec lui. Pour ce qui est de Lucille, elle reste une enfant frêle.

Aurore et Luc se sont mariés à la mi-août. Ce fut un mariage beau et simple, qui a permis à plusieurs de s'amuser un peu. Le jeune couple habite maintenant dans la cabane que Luc avait construite, prévoyant bien sûr l'agrandir au besoin.

Comme tous les automnes, il est question de remonter aux bois pour gagner sa vie. À part le métier de bûcheron, les moyens pour vivre et arriver à faire manger les siens sont rares.

De nombreuses familles possèdent quelques animaux. Lorsque les hommes reviennent au printemps, ils sont occupés à préparer la terre pour les semences. Celles-ci terminées, tous participent au ramassage des foins qu'il faut ensuite entreposer. La plupart des hommes repartent au chantier au retour de la saison froide. Les femmes, aidées de leur progéniture, devront nourrir et entretenir les bêtes.

À force d'argumenter comme elle sait si bien le faire, Paula finit par gagner son point : elle ira au chantier. Mais quelle besogne il faut abattre pour tout préparer ! Heureusement, le travail ne lui fait pas peur. La vie de chantier et son métier de cuisinière lui plaisent beaucoup et lui permettent de se sentir utile. Elle aime cette façon de vivre à tel point que, parfois, elle se demande s'il n'aurait pas été mieux pour elle d'être un homme.

« Pourquoi un homme ? Une femme aussi peut y aller, aux bois ! Chus sûre qu'y en aurait même qui pourraient bûcher. Ça on peut l'penser, mais faut surtout pas l'dire à ces messieurs. Ça les ferait bien rire. N'empêche que... »

Perdue dans ses pensées, Paula n'a nullement connaissance de tout le remue-ménage qu'il y a autour d'elle.

« On apporte tous les bas ?

— Ben sûr, Bernise ! On va en avoir besoin, répond Anita.

— Pis les culottes d'étoffe des p'tits gars ?

— Oui, apporte tout ça. Oublie pas de mettre dans les poches les mitaines pis les bonnets.

— Ça rentrera pas, on a pas assez d'poches. Les *clocks*, ça prend d'la place !

— C'qu'i va y avoir de plus, on l'mettra dans l'fond d'la voiture, commande soudain Paula, enfin revenue à la réalité.

— Pis la couchette à Édouard aussi ?

— Non, ton père va i faire un p'tit *bed*. On va juste prendre des couvertes moins grandes. »

À l'instant, Claude intervient.

« Aïe ! Ça en fait du bagage ! Ça va ben prendre trois voitures pour tout mettre.

— P'pa, j'vas-tu pouvoir embarquer avec mon oncle Luc ? demande le jeune Maurice.

— Si ça l'dérange pas, c'est certain. Une couple avec lui pis une couple avec Wilfrid.

— C't'une bonne idée, Claude, on s'ra pas entassés les uns sur les autres.

— Ouais ! Parce que l'trajet, i est pas mal long. Penses-tu que Lucille pis Édouard vont toffer ça ?

— Ah oui ! Fais-toé-z-en donc pas. On va les installer comme i faut.

— Pis le lait du p'tit, que-cé qu'tu vas en faire ?

— Tu vas m'préparer un bidon d'eau ben frette. En mettant le lait dedans, i va s'conserver sans danger.

— Tu penses à tout pour te rendre à tes fins, hein ma femme ? commente Claude, l'œil espiègle.

— Que chus contente ! Vous allez voir, on va passer une belle hiver, reprend simplement Paula.

– Faut-tu qu't'aimes ça !

– Ouf ! Bon, les enfants, c'est tout prêt. On va s'coucher de bonne heure parce que demain, faut se l'ver à barre du jour », ordonne enfin Paula.

Une fois au lit, Claude engage la conversation :

« La garde-malade, l'autre jour, c'est quoi qu'a l'a dit ?

– Ben... juste avant mes maladies, c'est pas supposé d'être dangereux.

– Ça veut dire quoi, juste avant ?

– Une couple de jours.

– Ouais ! C'est pas vargeux...

– C'est certain, mais c'est l'seul moyen.

– I va falloir mettre la couvarte entre nos deux.

– T'as compris.

– Ça va être dur ! Les hivers que t'étais pas avec moé, i fallait ben que j'toffe. Mais là, ça s'ra pas pareil...

– Tu vas voir, mon homme, on va s'arranger pour pas trop pâtir.

– Parle donc pour que j'te comprenne.

– Elle a dit aussi qu'on a des mains pis qu'on pouvait s'en servir.

– Aïe ! Fais-moé pas rire !

– J'ris pas ! A l'a raison pis quand ça va trop forcer, c'est c'qui va arriver.

– C'est quoi qu'on va dire à confesse ? Le curé, quand i va entendre ça, i va sortir du confessionnal pour sûr !

– J'voudrais ben voir ! Que-cé qu'tu penses qu'i font eux autres ?

– Ouais... Mais comme qu'i disent : « Fais pas c'que j'fais, fais c'que j'te dis. »

Chapitre 12

*F*évrier est d'un froid cinglant. Il y a des jours où personne ne va aux bois tellement les températures descendent.

« Les gars, j'espère ben que personne est assez fou pour aller bûcher de c'frette-là, s'informe Claude.

— Nous autres, dans not'temps, y avait pas d'frette pour nous arrêter.

— Voyons donc, Veilleux, conte-nous pas d'menteries !

— C'est pas des menteries. Aujourd'hui, ça veut pus travailler.

— Avez-vous r'gardé l'thermomètre ? I fait quarante sous zéro. C'est pas un temps pour sortir », lance un des bûcherons.

Armand se met de la partie :

« C'est ça ! C't'un temps pour s'chauffer les pieds à baratte, conter des histoires pis jouer aux cartes. »

Et c'est évidemment ce qui se produit...

« Wilfrid ! Apporte une bonne brassée d'bois.

— Envoye, mon Wilfrid, chauffe l'poêle, mais mets pas l'feu ! Parce que là, c'est vrai que ça s'rait pas chaud pour la pompe à l'eau. »

Tous se mettent à rire.

« Hein, mon Veilleux ! T'as pas pu faire autrement qu'rire. Tu l'as trouvée drôle, celle-là.

— Est pas pire pantoute ! »

S'installant autour de la fournaise, les hommes approchent une petite table de bois rond et jouent aux cartes durant plusieurs heures.

« Qui vient tirer d'la jambette ? »

Luc, déjà couché sur le plancher, attend un partenaire. Claude s'amène le premier, mais comme Luc est très fort, il le renverse en un rien de temps.

« C'est qui l'prochain ? »

Un autre s'avance.

« Toé, le p'tit. Mais t'as-tu vu la grosseur ? demande Luc, moqueur.

— Y a rien qui m'empêche d'essayer !

— Ah ! ça c'est certain ! »

Le jeune homme se couche sur le dos, lève la jambe du côté de Luc et prend bien le temps de se placer. Luc a de la difficulté à retenir son rire tant il est convaincu qu'il va terrasser ce frêle adversaire.

« Quand t'es prêt, tu l'dis, propose Luc, tout confiant.

— Ça y est, chus prêt ! »

En moins de deux et sans qu'il ait le temps de s'en rendre compte, Luc se retrouve sur le ventre, tellement surpris qu'il prend quelques minutes pour se ressaisir.

« Ah ! ben, maudit ! C'est la première fois que j'me fais virer. »

Les éclats de rire et les applaudissements fusent de partout.

« I est pas gros, mais y en a d'dans, hein, mon Luc ? commente Claude.

— Ah ! ben, tu peux dire que t'es raide, mon jeune ! C'est toujours pas ta pesanteur...

— Mon père m'a donné des bons trucs. »

Trois jours passent ainsi et le froid reste aussi mordant.

« Tabarjouaire ! La paye s'ra pas grosse c'te s'maine ! se plaint l'un des bûcherons.

— On bûchera plus fort la s'maine prochaine.

— C'est ça, i faut pas s'décourager. Ça va finir par lâcher.

— Ouais ! Du temps d'lousse de même, on peut pas faire autrement que d'penser à nos p'tites mères en pas pour rire.

— Ça va mieux quand on travaille.

— Wilfrid, as-tu vidé la catherine à matin ?

— Oui, mais tu pourrais te r'tenir un peu. J'aime pas ben ça aller vider la chaudière à marde quand i vente de même. Ça te r'vole toute dans face.

– C't'encore mieux que d'aller s'faire g'ler l'cul dehors.

– Non, mais vous pourriez ben aller dans l'étable. Me semble que ça s'rait pas si pire que ça.

– I a raison, les gars. Quand vous travaillez pas, allez donc faire vos *jobs* au hâvel, suggère Claude.

– Pis là, c'est le horseleur qui va chiâler.

– J'chiâlerai pas si vous ramassez vot'marde avec la pelle pis qu'vous la j'tez dehors.

– Pis les jouaux, eux autres, que-cé qu'i vont dire si ça pue trop ?

– I peuvent pas parler parce qu'i la ramassent pas, eux autres. »

Encore une fois, les hommes se mettent à rire de bon cœur.

« Faut ben rire un peu.

– Une chance que nos femmes sont pas icitte !

– Y en a qui lèveraient l'nez, c'est certain. »

101

Chapitre 13

*U*n autre chantier vient de se terminer. De retour au village, Paula rencontre l'institutrice pour que ses cinq enfants en âge d'aller à l'école puissent reprendre les classes jusqu'à la fin de juin.

« Vous comprenez, madame Rioux, les autres enfants sont beaucoup plus avancés.

– Oui, j'sais, mais i faut qu'on gagne not'vie.

– Vous pouvez pas faire comme tout l'monde ? Que monsieur Rioux aille aux bois, pis vous, restez à la maison pour que vos enfants puissent venir à l'école.

– C'est parce que c'est plus payant. On est deux à gagner...

– En tout cas, je vais essayer, mais j'vous garantis rien. Ça s'ra pas facile.

– Faites c'que vous pouvez, j'vous en d'mande pas plus.

– Je vais faire mon possible », assure finalement l'enseignante.

En sortant de l'école, Paula se rend chez Philippe Malenfant pour y acheter cahiers, crayons, gommes à effacer et règles, ainsi que deux sacs d'école et quelques vêtements. Elle tient à ce que ses enfants soient bien présentables à leur arrivée en classe.

« Mademoiselle, y a des nouveaux qui s'en viennent vers l'école, fait remarquer un garçon en regardant par la fenêtre.

– Oui, Herméné, ce sont les Rioux. Ils ont passé l'hiver au chantier et là, ils reviennent en classe.

– I vont être ignorants, on va en savoir ben plus qu'eux autres, reprend l'enfant.

– C'est certain ! Il va falloir les aider, déclare la jeune Andréa, dont le père est l'envoyé du gouvernement pour la colonisation.

— Moé, si tu penses que j'vas perdre mon temps, i s'arrangeront tu seuls ! »

L'institutrice n'intervient pas dans la conversation, de peur de parler en mal des Rioux. Elle n'apprécie guère le retour de ces jeunes si tard dans l'année et c'est avec appréhension qu'elle pense au surplus d'ouvrage que leur présence en classe lui occasionnera. Les autres élèves ont commencé les classes en septembre alors que les Rioux ne reprennent l'école qu'à la mi-avril. Comment parviendra-t-elle à leur faire rattraper tout le temps perdu ? Mais elle n'ose commenter ouvertement la situation. Andréa risque de tout raconter à ses parents, et il semble que le fonctionnaire et Claude Rioux aiment bien jaser ensemble sur le perron de l'église.

Un jour de la fin de juin, Claude revient du village tout joyeux.

« Paula, es-tu là ? crie-t-il en entrant dans la maison.

— Que-cé qu't'as à crier d'même pour l'amour ? As-tu pris un coup ?

— Paula, je l'ai ! affirme-t-il en poussant la porte avec élan.

— Mais t'as quoi, veux-tu ben m'dire ?

— Tu sais, j't'en ai parlé : le presbytère ! »

Après les fêtes, Claude avait appris, par l'entremise de son ami Wilfrid, que le presbytère était à vendre. Il avait alors eu dessein de l'acheter pour y loger sa nombreuse famille.

« C'est vrai, j'avais oublié.

— Ben on l'a ! On déménage dans deux s'maines.

— Tu y vas pas de main morte. Pis la maison icitte, que-cé qu'tu vas en faire ?

— C'est toute arrangé ! Luc m'a dit qu'i voulait l'acheter parce qu'avec le bébé qui s'en vient, i vont être trop p'titement dans son campe.

— C'est vrai qu'i sont pas grandement. Aurore a devrait être contente, parce que moé, ç'a faite mon affaire jusqu'astheure.

— Ça fait que, ma femme, quand Anita va arriver de l'école, on va aller visiter, pis après on va passer par su Luc si i est toujours décidé d'acheter.

— Si i a changé d'idée, que-cé qu'tu vas faire ?

— J'vas en trouver un autre. »

Claude, qui entend Édouard pleurnicher, se dirige vers le petit et le prend dans ses bras.

« Coudon, Paula, c't'enfant-là, i a encore maigri !

— I doit s'ennuyer d'Anita, c'est elle qui s'en occupait.

— J'trouve qu'i pleure souvent.

— Ça, tu peux l'dire. C'est un braillard.

— On dirait qu'i a faim.

— T'as juste à i en donner si tu penses que c'est ça qui manque à son bonheur.

— Viens, mon bonhomme. On va manger un peu. »

Le garçonnet regarde sa mère.

« Tiens, pôpa a mis du pain dans du lait avec du sucre. Goûte comme c'est bon ! »

L'enfant, rassuré, dévore son goûter.

« Mais i enrage de faim ! Que-cé qui s'passe encore icitte ? demande l'homme, inquiet.

— Que-cé qu'tu veux dire ? I a juste à manger quand c'est l'temps comme les autres, réplique Paula.

— I a juste un an ! Voyons voir ! »

Voyant arriver de l'école sa grande sœur, Édouard se précipite dans ses bras en toute hâte.

« Tu vois c'que j't'avais dit, c'est comme si c'était elle, sa mère, reprend la jeune femme comme pour se justifier.

— C'est pas normal, Paula. Pense à ton affaire comme i faut.

— Laisse-moé donc tranquille avec tes histoires ! »

Chapitre 14

$\mathcal{L}$es transactions sont maintenant faites. Aurore et Luc ont acheté la petite maison. Claude et Paula sont déménagés dans l'ancien presbytère que la jeune femme appelle son « hôtel ». En entrant par la porte d'en avant, on pénètre dans un long corridor. D'un côté, on y retrouvait autrefois le bureau du prêtre. Paula y a aménagé une chambre d'invités, meublée pour le moment d'un grand lit recouvert d'une énorme paillasse, la plus belle de toute la maisonnée, évidemment. En face, un salon dont les portes ne s'ouvriront que pour les occasions spéciales. Quelques meubles y sont disposés ici et là, des meubles que les anciens propriétaires ont laissés sur place et qui font bien le plaisir du couple. Toujours le long du corridor, la cuisine et la salle à manger sont situées l'une en face de l'autre. Ici, l'ameublement est quasiment absent. La table équarrie à la hache est presque une insulte pour ces pièces aux planchers de bois franc verni et aux murs décorés de tapisserie. Les marques laissées sur le sol par le buffet et les autres meubles agacent la nouvelle propriétaire.

« Ça te fatique de pas pouvoir décorer à ton goût.

– C'est pas grave, ça va v'nir avec le temps. »

Une porte dans la cuisine donne accès au solarium. C'est dans cette pièce toute pleine de soleil que Paula fera pousser de belles plantes verdoyantes.

Derrière la maison, une énorme cour ceinturée par une palissade toute blanche fait la joie des petits. Un long escalier conduit au deuxième étage où un autre corridor, bien éclairé par de grandes fenêtres à chaque extrémité, donne sur huit chambres.

Tout dans cette maison semble immense. Paula n'a jamais vu pareille demeure. Mais elle n'a jamais fait de grandes sorties non plus. Elle n'a connu jusqu'à présent que l'humble maison de ses parents, le camp au chantier et sa petite maison qui vient d'être cédée à Aurore et Luc.

« L'hiver prochain, j'vas essayer de ménager un peu plus pour mettre des rideaux partout, se propose-t-elle après avoir effectué le tour de son « hôtel ».

— C'est difficile de ménager plus qu'on fait là.

— J'vas écrire à môman si à peut m'tricoter des panneaux en dentelle. Ça s'rait beau, hein ?

— Ouais ! C'est vrai que ta mère a des doigts de fée.

— Pis Aurore aussi est bonne, ça m'donnerait un bon coup d'main. »

Paula a employé tout son été à recueillir quelques meubles usagés, à prix abordable bien sûr. Déjà, septembre arrive. Les enfants vont à l'école du village. Ils sont maintenant sept à prendre chaque matin le chemin des classes. Paula a décidé de garder Anita pour qu'elle l'aide aux travaux de la maison. La jeune fille ne s'en plaint guère, car aller en classe ne l'intéresse plus. Victor voudrait bien lui aussi faire de même, mais Paula s'y objecte carrément.

« M'man, pourquoi que j'peux pas rester moé aussi à la maison ? demande le jeune garçon.

— Parce que toé, t'as rien à faire icitte.

— J'vas m'trouver d'l'ouvrage. P'pa i fait du bois d'chauffage, j'vas i aider.

— J'veux pus m'astiner ! Tu vas à l'école pis j'veux pus en entendre parler.

— M'man, envoyez donc ! Maudit, j'aimerais ça moé itou.

— Là, tanne-moé pus !

— On sait ben, y a jamais moyen de vous faire changer d'idée.

— C'est ça. Tant qu'tu vas être dans ma maison, c'est moé qui vas décider. As-tu compris ? »

Victor ne répond pas et sort de la maison en courant pour se réfugier au fond de la cour sous un grand sapin. Il y passe quelques heures, assis le dos appuyé contre l'arbre, la rage au cœur. Par moments, des larmes qu'il ne peut retenir coulent sur ses joues.

« Pourquoi que m'man a veut jamais m'écouter ? On dirait qu'a m'aime pas. Des fois, dans ses yeux, j'sens comme si a l'aimerait mieux que j's'rais pas là. Pis j'ai r'marqué que c'est la même chose pour Édouard. Pourtant, est pas méchante, ma mère. Pourquoi qu'a l'a des préférences ? »

Voyant revenir son père du moulin à scie où il travaille durant l'été, Victor va au-devant de lui.

« Salut, p'pa !

— Allô ! Que-cé qu't'as faite de bon aujourd'hui, mon garçon ?

— Pas grand-chose. Y aurait-tu d'l'ouvrage pour moé au moulin ?

— En masse. Mais là, c't'un peu tard, on est à veuille de partir pour le chantier.

— I reste encore un mois, j'aurais l'temps d'gagner un peu d'argent pour vous aider.

— J'vas en parler à ta mère, voir que-cé qu'a va en dire.

— A voudra pas, j'i ai d'mandé pour arrêter l'école pis a l'a dit non.

— P'tête que si tu travailles avec moé pis qu't'apportes de l'argent, ça va la faire changer d'idée.

— Des fois, p'pa, chus jaloux. J'sais pas comment vous vous y prenez avec elle, mais vous réussissez à avoir tout c'que vous voulez.

— Pas toute, pas toute, mon garçon. Tu peux en être sûr !

— D'abord, vous allez i parler.

— Occupe-toé pas, j'vas m'arranger avec. Pis toé, sois fin. Ça peut te donner des chances. »

Avec l'aide de Claude, Victor réussit à aller travailler au moulin.

Chapitre 15

*A*utomne 1929. Encore une fois, le temps est venu d'aller s'installer au chantier pour l'hiver.

Victor essaie de convaincre sa mère de lui permettre de rester au village pour travailler au moulin, mais en vain.

« Au mois de décembre, le moulin va fermer. Que-cé qu'tu vas faire le reste de l'hiver ? demande Paula, irritée.

— Ben, j'pourrai chauffer la maison pour pas qu'a s'brise quand i va faire frette.

— Ton père a d'mandé au voisin de s'en occuper.

— D'abord, après les fêtes, j'irai vous trouver avec Wilfrid pis Luc. I descendent tout l'temps.

— Depuis qu'Réal vient pus, j'ai besoin d'toé.

— Voyons, m'man, cherchez pas de défaites ! Vous savez que de l'aide, vous en avez en masse avec Anita, Bernise pis Maurice. Même Baptiste commence à faire sa part. »

Paula, furieuse, s'avance vers son fils. Victor recule de quelques pas, sentant monter la colère de sa mère.

« Là, chus tannée. Tu fermes ta gueule pis t'obéis ! À part ça, tu t'occupes pas du travail des autres, mais du tien. Anita, tu l'sais, a s'occupe des p'tits.

— C'est ça, m'man. Durant c'temps-là, vous avez pas besoin de prendre soin d'Édouard. Parce que lui, c'est comme pour moé, vous nous aimez pas. »

Paula, le temps d'un éclair, lui administre une gifle en pleine figure.

« Un jour, j'vas m'en aller pis je r'viendrai pus ! Vous allez voir ! s'écrie le jeune Victor, le cœur brisé.

— C'est ça ! Quand ça f'ra pus ton affaire, tu sacreras ton camp ! »

Consciente de la brutalité de son geste et de la cruauté de ses paroles, elle voudrait se reprendre. Mais il est trop tard, Victor est déjà parti.

« Seigneur, que-cé qu'j'ai faite encore ? Des fois, c'est comme si j'avais un démon en dedans d'moé. Bonne Sainte Vierge, aidez-moé ! » implore la jeune mère.

Elle se jette alors à genoux devant le crucifix.

« Pourquoi que j'arrive pas à aimer ces deux enfants-là comme les autres ? Je l'sais que chus injuste, mais j'arrive pas à m'contrôler. Ça s'rait-tu que l'yâbe i m'habiterait ? J'ai un bon mari, ben meilleur que j'mérite, pis mes autres enfants, j'les aime. J'essaie d'comprendre pis j'y arrive pas. Môman, elle qui est une si bonne mère, pourquoi que j'peux pas être pareille ? »

Une multitude de questions auxquelles elle ne trouve nulle réponse l'accablent. Chaque fois, elle essaie de prendre des résolutions pour faire mieux, mais en vain. Lorsque arrivent des moments intenses comme ceux qui viennent de se passer, elle a l'impression qu'une autre personne agit à sa place.

Vient le temps du départ. Victor n'a pas le choix ; il prépare ses effets sans enthousiasme, le cœur lourd, en se disant que quand l'occasion se présentera, il n'hésitera pas à déguerpir. Même s'il n'a que seize ans, il sait que les choses ne s'arrangeront jamais entre sa mère et lui.

Chapitre 16

« *É*douard, viens voir que-cé qu'pôpa a trouvé. »

L'enfant se précipite vers son père, suivi de ses frères et sœurs.

« Quoi, p'pa ?

– C't'un bébé chevreux, sa mère a été tuée par les bûcheux. »

Bernise approche et flatte doucement le petit animal qui se débat et pousse des cris apeurés.

« Que-cé qu'i va faire si sa mère est morte ? demande le bambin, inquiet pour la pauvre bête.

– Ben, si on veut pas qu'i meure lui aussi, i va falloir le nourrir, c'est certain. »

– Comment on va faire ? interroge Ariane.

– Va d'mander à ta mère si elle a encore des bouteilles pis des suces. »

Tout heureuse, la jeune fille se précipite vers la maison. Au bout d'un moment, elle revient avec une bouteille de lait tiède. Claude prend le faon dans ses bras et lui donne le biberon. Comme il a très faim, il en avale le contenu en peu de temps.

« C'est mon idée que ça faisait un boutte que t'avais pas mangé, hein mon p'tit ?

– On peut-tu le garder ? demande Édouard.

– Pour sûr ! Si on le r'tourne dans l'bois, i pourra pas vivre. I est trop jeune.

– Où on va l'mettre ?

– On va l'installer dans le hâvel, j'vas i faire un clos. Ariane, j'peux-tu m'fier à toé pour en prendre soin ?

– Ah oui ! s'exclame-t-elle, ravie. Mais, à part du lait, que-cé qu'i va manger ?

— Pour une escousse, tu vas i donner du lait tiède trois fois par jour avec un peu de foin, pis surtout toujours d'la bonne eau fraîche.

— On va-tu pouvoir le sortir dehors ?

— Pas quand vous allez être tu seuls, parce que les loups pourraient en faire une bouchée, sans compter qu'ça s'rait dangereux pour vous autres. »

Les enfants ont adopté le chevreuil avec beaucoup de facilité. Chaque jour, ils se font un devoir de bien le nourrir, de le dorloter et aussi de le frotter avec du foin comme Claude le leur a montré.

« On fait ça avec les jouaux pour que le poil reste brillant », leur a expliqué leur père.

Lorsqu'il sent les enfants s'approcher, l'animal se pose le museau sur le bord des planches de sa clôture, ouvre de grands yeux brillants et frétille de la queue. Puis il court d'un bout à l'autre de l'enclos, manifestant ainsi sa joie de les revoir, et revient ensuite se frôler près d'eux, cherchant la bouteille de lait qu'il sait maintenant cachée dans le manteau d'Édouard.

Même les bûcherons se sont laissés attendrir par la jeune bête. Dans des retailles venant d'attelles de chevaux, ils lui ont confectionné un collier en cuir auquel ils ont ajouté un bout de câble, pour habituer la bête à les suivre lorsqu'ils se déplacent dans l'écurie.

Paula a maintenant beaucoup d'aide à la cuisine, puisqu'elle a habilement su assigner une tâche à chacun de ses enfants. Il n'y a que Victor qui n'est pas très heureux. À plusieurs reprises, il demande à sa mère pour aller travailler comme *chaud-boy*, surtout depuis qu'il sait que Wilfrid pense, lui aussi, à aller bûcher. Marchant vers les bâtiments en compagnie de son père, le garçon en profite un jour pour aborder le sujet.

« Quand est-ce que Wilfrid s'en va bûcher ?

— Quand on va avoir trouvé un autre *chaud-boy*.

— J'aimerais ça, moé.

— Es-tu certain de ton coup ?

— Ben sûr. Mais m'man a voudra pas encore.

— Si t'es intéressé, j'vas en glisser un mot.

— Tu f'rais ça pour moé, encore une fois ? »

Passant son bras autour des épaules de Victor, Claude le rassure :

« Ben sûr, mon garçon, ben sûr.

— Marci, p'pa ! »

Et de fait, le soir même, Claude tente de convaincre son épouse.

« Que-cé qu'tu dirais si Victor laisserait la cuisine ?

— I t'a parlé de quèque chose ?

— Ouais ! Un peu...

— L'espèce de fatiquant ! I change pas d'idée.

— P'tête, mais toé non plus, ma femme. Tu restes bornée à toujours le contrarier à n'importe quoi qu'i te d'mande.

— I est-tu allé s'plaindre ?

— Non, i a juste dit qu'i aimerait travailler du côté des bûcheux.

— C'est correct.

— I va faire un bon *chaud-boy*, parce qu'i est vaillant pis i travaille ben.

— Ça s'peut.

— Dis-le donc qu'i est bon !

— Comment ça s'fait que j'ai tant d'misère à l'dire ? C'est vrai, pis i va t'faire un homme de confiance dépareillé.

— J'sais pas c'qu'i donnerait pour te l'entendre dire, c't'enfant-là.

— Je l'sais qu'chus pas toujours correcte avec lui.

— Que tu t'en rendes compte, c'est déjà pas si mal. Tu devrais faire attention pour pas faire la même erreur avec Édouard.

— Que-cé qu'i a, Édouard ? I manque de rien !

— Non, parce qu'Anita s'en occupe.

— Bon, c'est ça qui est important. Quequ'un s'en charge.

— Quand Anita va s'marier, parce que ça va arriver plus vite que tu penses...

— Pourquoi qu'tu dis ça ?

— Raoul, le fils à Fernando, i s'informe d'elle quand Wilfrid va chercher de l'eau.

— Quand j'vas la perdre, j'me d'mande c'que j'vas faire... Ça va être une bonne femme de maison.

— Ça veut pas dire que ça va marcher entre eux.

— Raoul a l'air d'un bon gars, pis Anita, ben, on peut pas en douter.

— J'arrive pas à m'imaginer Anita mariée. Tabarnouche ! Que l'temps passe vite !

— J'vois ça d'icitte, pépère pis mémère. »

Claude remarque alors que sa Paula est perdue dans ses pensées, les yeux fixés au mur de la chambre. Elle ne voit même pas ces grosses planches d'un bois rustre et terni par les années.

« Que-cé qu't'as, ma vieille ?

— Je souhaite qu'a soye une meilleure mère que moé.

— Parle donc pas d'même, t'es une bonne mère.

— J'ai pas d'excuses, Claude. Chus pas toujours égale avec les enfants pis j'ai même pas une bonne raison. »

Elle s'approche de son amour et s'appuie la tête sur son épaule.

« Que j'aime ça m'coller d'même !

— Joue pas avec le feu, Paula !

— À soir, j'veux que tu m'fasses l'amour, pareil au commencement qu'on s'est mariés.

— Dit comme ça, tu m'déranges un peu. Pis si tu pars pour la famille, comment qu'a va être, la suite ?

— C'est arrivé qu'on a pris des chances, pis ç'a ben été. Pourquoi, pour une fois, ça s'rait pas la même chose ?

— I faut que ça te l'dise en mosusse pour parler d'même !

— Fais-toé pas d'idées, j'ai d'la misère moé aussi à toffer, des bouttes », avoue la jeune épouse.

Se pressant de plus en plus contre son mari, elle ronronne presque comme une chatte et l'embrasse tendrement. Claude, torturé par le désir, a soif du corps tout chaud de sa femme qui ne demande qu'à être aimée. Mais le souvenir des jours pénibles de ses dernières grossesses lui revient en mémoire. Il ne veut pas, lui non plus, d'un autre enfant. Il se refuse à mettre au monde un autre petit être qui pourrait manquer d'amour.

Mais voilà que Paula insiste. Ses mains douces se promènent partout sur son corps. Elle est déchaînée. Elle a bien besoin de ce contact physique qui lui manque même si elle le laisse très rarement paraître. Claude essaie encore de se raisonner, mais il sent ses forces diminuer graduellement malgré lui.

« Victor est pas l'dernier, lui, pis elle agit pareil comme pour le p'tit », se dit-il comme pour se permettre l'abandon.

Tout dans sa tête s'embrume. Il ne peut plus résister. Le désir monte en lui comme une flamme que l'on ne peut plus éteindre. Il se met à caresser sa femme avec un besoin avide de ses lèvres, de son corps.

« Veux-tu enlever ta jaquette ? ose-t-il demander pour la première fois depuis qu'ils sont mariés.

— Que-cé qu'ça va donner de plus ?

— J'aimerais donc ça te voir toute nue !

— I fait noir, tu verras rien. »

Elle a très envie d'accéder à sa demande, mais une espèce de pudeur la retient. « Si y peut insister, se dit-elle, j'vas p'tête ben y arriver... »

« Envoye donc, j'vas t'aider ! »

Sans plus tarder, il s'apprête à lui enlever ce grand vêtement qui la recouvre de la tête aux pieds. Ne sentant aucune résistance de sa part, devinant même une excitation à ce simple geste, il décide d'enlever sa combinaison. Depuis leur mariage, et après dix enfants, ils n'ont jamais fait l'amour complètement nus.

« T'es belle ! T'es toujours aussi belle, ta peau est douce comme celle d'un bébé.

— Ah ! Claude ! Tu m'fais chavirer.

— Je t'aime.

— Je t'aime aussi. »

C'est le délire, c'est la folie, mais quelle douce folie. Une folie qu'ils ne s'étaient jamais permise jusqu'à présent.

Au réveil, ils sont heureux de constater la force de la passion qui les habite toujours, mais ils sont aussi inquiets en pensant à ce qui pourrait suivre...

La fin du mois vient soulager cette crainte. Un certain jour, à l'heure du dîner, Paula adresse à son mari un clin d'œil suivi d'un léger signe de tête. Il n'en faut pas plus à Claude pour comprendre. Un poids très lourd semble soulager ses épaules : sa femme n'est pas enceinte.

Chapitre 17

«*B*onjour, monsieur Rioux ! Mes salutations, madame Rioux !

— Bonjour, Raoul ! Assis-toé ! Paula vient juste de faire du thé. En veux-tu une tasse ?

— Je r'fuse pas, ça fait toujours du bien.

— Quel bon vent t'amène, mon jeune ? demande Claude, intrigué par cette visite surprise.

— Ah ! ça m'tentait de prendre une *ride*, pis j'ai décidé de v'nir par icitte.

— I fait beau aujourd'hui, l'printemps s'en vient.

— Ça s'ra pas long, les chantiers vont être finis encore une fois.

— Tes parents vont-tu ben ? s'informe poliment Paula.

— I sont corrects. Mais l'père monte moins souvent, i commence à fatiquer pas mal.

— C'est sûr, i rajeunit pas. I a quel âge ?

— I est rendu à soixante-deux ans. »

Raoul jase avec ses hôtes tout en promenant son regard dans la pièce à l'occasion.

« Cherches-tu quequ'un ?

— Non, non, monsieur Rioux, dit-il, hésitant. Ben... oui, un peu. J'me d'mandais... Vot'fille, est-tu toujours avec vous autres ?

— J'en ai plusieurs filles, Raoul. T'aurais-tu une préférence ? questionne Claude qui, retenant difficilement son envie de rire, s'amuse à faire parler le jeune prétendant.

— Ben, c'est-à-dire... vot'plus vieille, Anita, j'cré qu'a s'appelle.

— Oùsséqu'est rendue Anita, hein Paula ?

— Est allée voir le chevreux avec les autres, répond l'épouse, le sourire aux lèvres.

— Comment ça, un chevreux ?

— Viens, j'vas t'montrer ! Pis, par la même occasion, tu vas rencontrer qui tu veux », précise Claude en clignant de l'œil.

Arrivé à l'écurie, Raoul s'approche du chevreuil, mais s'intéresse davantage à la jeune fille, qui semble gênée mais heureuse.

« Les enfants, ça va être le temps de v'nir souper ben vite. Anita, va donc aider ta mère, j'vas m'occuper des jeunes.

— J'peux-tu aller avec vous ? En même temps, j'vas en profiter pour saluer vot'mère avant de partir, propose le jeune homme.

— Oui, oui, ça m'dérange pas. »

Côte à côte, ils font le trajet qui mène de l'écurie au camp sans dire un mot. Mais juste avant d'y pénétrer, Raoul se décide à parler :

« As-tu un chum, Anita ?

— Non.

— Si j'te d'mandais pour sortir avec moé, ça te tenterait-tu ?

— Si mes parents veulent, chus d'accord.

— J'viendrai te voir juste le dimanche, de même j'dérangerai pas ton ouvrage.

— Alors à dimanche ! »

Le jeune homme parti, Anita se rend au comptoir de la cuisine afin de s'y laver les mains.

« Ouais, ma fille ! Le p'tit Raoul, i te dérange pis pas rien qu'un peu.

— Pourquoi qu'vous dites ça ?

— Ben, r'garde donc avec quoi tu t'essuies les mains ! »

Anita se retourne et s'aperçoit qu'à la place du rouleau de ratine, elle s'est emparée de la chemise de son père accrochée tout près. Ses joues satinées deviennent écarlates.

« Essaie de dire le contraire, astheure ! la taquine Paula.

— Voyons donc, vous vous faites des idées.

— Ta mère, a voit clair ! Ça m'rappelle des bons souvenirs de t'voir de même.

— Chus comme d'habitude. »

Chapitre 18

Claude sort son fusil et s'apprête à le nettoyer. Édouard approche.

« Pourquoi, pôpa, ton fusil ? demande le garçon, curieux.

— J'vas aller faire un tour à chasse.

— Tu tueras pas des chevreux, hein ?

— J'sais pas, ça prend d'la viande pour c'te s'maine, y en a pus.

— On a juste à manger autre chose, réplique Ariane.

— Les bûcheux, ça leur prend d'la viande. I travaillent fort.

— En tout cas, vous avez besoin de pas tuer Ti-brin, avertit la jeune fille.

— Écoutez, les enfants, on peut pas le r'lâcher dans l'bois, i va mourir. I est habitué de s'faire nourrir. Pis i va s'ennuyer de vous autres.

— On va l'emmener ! propose Édouard.

— On peut pas, i est trop gros astheure. »

Ariane, qui comprend maintenant où son père veut en venir, part en courant se réfugier dans la chambre. Étendue sur le lit, elle a mal. Elle pleure et gémit sans pouvoir s'arrêter. Elle ne peut se faire à l'idée de perdre cet animal dont elle a tant pris soin. C'est plus qu'un animal, c'est un ami pour elle. Édouard, lui, ne comprend pas ce qui va arriver. Mais Claude est décidé, il lui faut abattre la bête. À ses yeux, c'est la meilleure solution. Il se lève et fait signe à Paula de garder les enfants près d'elle.

Dès qu'il entre dans l'écurie, le chevreuil se précipite à sa rencontre, s'attendant comme d'habitude à des caresses. Claude s'approche, lui passe la main sur la tête, puis enfile la corde dans son collier pour l'amener dehors. L'animal le suit sans aucune réticence, ce qui rend la tâche encore plus difficile pour Claude. Il se résigne tout de même à faire ce pourquoi il est là.

« Pauv'p'tite bête ! Gâter un animal pour être obligé de l'abattre après, maudit qu'c'est dur ! »

Pendant que l'animal pousse son dernier soupir, Claude reste assis près de lui, essuyant les larmes qui coulent sur ses joues.

« Va-t'en, j'vas finir. Pourquoi qu't'as pas d'mandé à un autre ? lui demande Wilfrid qui vient d'arriver sur les lieux.

— J'voulais être sûr qu'i pâtirait pas. Astheure, va falloir que je l'dise à mon bébé.

— I va pas mal t'en vouloir pour une escousse.

— Ça m'fend l'cœur. Lui, i est trop jeune pour comprendre.

— T'en fais pas, ça va passer. I va oublier.

— Chus pas sûr. Des affaires de même, on s'en rappelle long-temps. »

Édouard a effectivement beaucoup de peine et est furieux contre son père. Tous ses enfants le regardent d'ailleurs comme un criminel. Claude n'a jamais été aussi mal dans sa peau. La semaine se passe ainsi, bien silencieuse.

Chapitre 19

« Ah ! Bonjour, monsieur l'curé ! Vous allez ben ?

— Oui, madame Rioux. J'ai su que vous vous apprêtiez à aller au chantier encore cet hiver.

— Vous avez eu des bonnes nouvelles, i faut mettre du pain sur la table. Pis c'est not'façon à nous autres.

— Vot'mari est pas là ?

— Non, i doit être dans l'champ avec les enfants. I leur a acheté un gros chien. I doivent être en train de s'amuser avec.

— J'aurais voulu l'voir lui aussi, pis par la même occasion, bénir la famille. Ça s'ra pour une autre fois.

— J'sais pas si j'me trompe, mais on dirait qu'y a quèque chose qui vous tracasse, monsieur l'curé.

— Ben, justement... Tant qu'à y être, j'serai pas venu pour rien ! J'passerai pas par quatre chemins : quel âge avez-vous, Paula ?

— J'ai trente et un ans. Pourquoi qu'vous voulez savoir ça ?

— C'est que vous êtes encore jeune, pis vot'dernier a cinq ans ben sonnés. »

Elle le voit venir et se dit que le temps des explications est arrivé.

« Ouais ! J'imagine que vous savez compter.

— Ça serait-tu que vous empêchez la famille ?

— Pas directement, mais on fait attention.

— Avez-vous des raisons valables ?

— J'pense que j'ai fait ma part.

— J'trouve pas que vot'part est si grande que ça. Vous en avez juste dix.

— Oui, pis j'ai décidé que c'tait assez ! J'veux faire autre chose que d'avoir des enfants.

– Vous irez en enfer, le bon Dieu vous l'pardonnera pas, menace-t-il en brandissant l'index vers elle.

– J'm'arrangerai avec le bon Dieu le moment venu, rétorque la jeune femme.

– C'est un péché mortel que d'empêcher la famille.

– Tant qu'à y être, vous, monsieur l'curé, comment qu'vous faites pour l'empêcher, la famille ?

– Que voulez-vous insinuer ? »

Paula sent rougir ses oreilles tellement elle est fâchée. Entre ses dents, elle murmure : « I faut pas que j'le laisse prendre le dessus sus moé. »

« Prenez-moé pas pour une folle. Les hivers que j'ai passés par icitte, j'vous ai souvent vu aller chez la voisine, la belle madame Leclerc. D'la manière que j'la connais, c'tait pas pour dire le chapelet, certain ! Pis elle a jamais parti pour la famille à part que quand son homme revenait du chantier au printemps. Ça fait que vos histoires, gardez-les donc pour vous. Si j'vas en enfer pour ça, vous allez y être aussi. »

Le prêtre reste bouche bée. Il n'arrive plus à articuler un mot. Il prend son chapeau et se dirige vers la porte comme un automate, non habitué à ce que quelqu'un lui tienne tête. Juste au moment de sortir, il se reprend :

« Les femmes ont été mises sur la terre pour faire des enfants. C'est pas vous qui allez changer quèque chose à ça, madame Rioux.

– Justement, monsieur l'curé ! Ça, ce sont les hommes qui le disent. I ont décidé que ça s'passerait d'même.

– Des hommes peut-être, mais qui sont éclairés par le Saint-Esprit.

– J'm'astinerai pas là-d'ssus avec vous. Mais si l'bon Dieu a mis les femmes sur la terre pour faire des enfants, pourquoi d'abord qu'y a des femmes qui peuvent pas en avoir ?

– C'est la volonté de Dieu.

– Pis vous trouvez que ça tient d'boute, ces arguments-là ?

– Vous croyez pas au Seigneur.

— Ah ! oui, j'y cré ! Mais c'que j'cré pas, c'est que ça soye aussi sévère que vous l'dites.

— Tout est écrit dans la Bible. La lisez-vous au moins ?

— J'y jette un coup d'œil de temps en temps, mais j'y comprends pas grand-chose.

— C'est justement pour ça qu'il y a des hommes que le Seigneur a éclairés pour expliquer aux p'tites gens.

— Pis les p'tites gens, j'suppose que c'est nous autres ? Ben moé, monsieur l'curé, j'sais pas beaucoup écrire, pis si ça continue, les enfants non plus, i sauront pas.

— Si vous faisiez comme les autres familles où le père va gagner et la mère reste à la maison pour les élever, ils pourraient y aller, à l'école, vos enfants.

— Faites-moé pas perdre mes idées avec vos beaux sermons. C'que j'voulais rajouter betôt, c'est que l'bon Dieu, c'est pas un fou ! I comprend ben des choses, lui. Pis pour c'qui est de la Bible, j'la lis p'tête pas au complet, mais j'cré au bon Dieu dans c'que j'vois, comme tout c'qu'y a d'beau sur la terre : les fleurs, les arbres, les belles rivières, les oiseaux. Pis ben sûr, ça prenait un être supérieur pour faire tout ça. C'est pas un homme ordinaire qui aurait pu l'réussir !

— Au chantier, avez-vous un prêtre qui vous rend visite, au moins de temps en temps ?

— Oui, avant les fêtes, i en vient un pour confesser pis dire la messe.

— Bon, il faut que j'm'en aille. Je reviendrai jaser avec vous un de ces jours. Mais réfléchissez à ce que je vous ai dit.

— Si c'est pas pour me dire des blâmes, vous pouvez toujours v'nir. Pis pour le reste, c'est tout réfléchi. Y en a qui en ont beaucoup d'enfants pis i meurent quasiment d'faim. J'pense pas que l'bon Dieu, c'est c'qu'i veut.

— Vous croyez pas à la Providence.

— Oui, mais j'cré aussi qu'i faut i aider, sans ça, pourquoi qu'i nous aurait donné l'intelligence, le Tout-Puissant ?

— Je vous laisse là-dessus. Vous direz à Claude qu'il bénisse les enfants en mon nom.

— Ben mieux qu'ça, on va aller vous voir pour que vous les bénissiez vous-même. J'ai oublié de vous dire : les enfants i viennent pas aux bois c't'hiver. Anita va garder la maison, est assez vieille. Au campe, on commence à être p'titement. Pis en plus, ben, i vont pouvoir aller à l'école.

— J'viendrai les voir à l'occasion.

— Ça m'rassurerait, merci ! »

À la maison, il ne reste que Fleur-Ange et Édouard, ce qui donne le temps à Anita de préparer des repas très appréciés pour ces petits affamés.

Paula et Claude ont veillé à ce que leurs enfants ne manquent de rien durant leur absence et leur font bien leurs recommandations avant de partir.

« Les p'tites filles, i va falloir que vous donniez un coup de main à vot'sœur si vous voulez pas qu'a s'décourage.

— Oui, pôpa ! Faites-vous pas de souci, ça va ben aller, affirme Bernise pour le rassurer.

— Pis, les garçons, vous avez besoin de pelleter l'perron pis la cour et de rentrer l'bois d'chauffage. Surtout, attention au poêle pis à fournaise de la cave ! Faudrait pas mettre le feu.

— Oui, p'pa !

— Anita, quand i va commencer à faire trop frette, tu fermeras la trappe d'en haut. C't'en masse grand en bas pour vous installer.

— C'est sûr, m'man. Ça va être moins grand à chauffer.

— Bon, si y a quèque chose qui va pas, allez voir monsieur Malenfant. Je l'ai averti, i va envoyer chercher quequ'un.

— Vous avez ben faite, p'pa, on sait jamais. Aux fêtes, pensez-vous v'nir ?

— On peut pas l'dire d'avance. C'est certain qu'on viendra pas tous les trois, mais j'vas essayer d'arranger d'quoi », promet Claude.

Paula s'approche de son aînée, le cœur gros. Elle ne pensait jamais qu'il lui serait aussi difficile de laisser ses enfants.

« Anita, ma grande, surveille ben Lucille. Si a fait d'la fièvre pis qu'a l'air de pas filer, envoye chercher la garde tusuite ; est au courant. Force pas la p'tite à aller à l'école. D'abord, a l'aime assez ça qu'a n'en manquera pas pour rien.

— Mais vous autres, mes p'tits sacripants, vous avez besoin d'y aller ! ajoute Claude.

— Pis l'chien, i reste-tu ici ? s'informe Maurice qui aurait préféré accompagner ses parents au chantier.

— Non, on l'emmène parce que Victor va l'atteler c't'hiver pour v'nir vous porter d'la grobe. Comme de raison, quand vot'mère va avoir le temps d'en faire en surplus !

— Bon, Claude, faut y aller ! »

« Victor, on t'attendait pas ! Viens te r'poser, t'as l'air fatiqué en pas pour rire.

— Chus vidé, ça prend quasiment deux jours avec le chien pour venir à la maison. Pis la traîne chargée d'grobe en plus.

— Ç'a pas d'bon sens ! M'man aurait dû laisser faire. D'abord, on s'arrange ben nous autres. Revenir du campe en plein hiver dans neige. Ç'a pas d'allure !

— Ouais, mais tu sais comment qu'a l'est. Si a dit blanc, faut surtout pas dire noir.

— T'as encore d'la misère avec, hein ?

— Chus à veuille de sacrer mon camp. Pis l'jour où j'vas m'décider, a l'entendra pus parler d'moé, tu peux en être sûre !

— Fais pas ça, mon frère. P'pa pis nous autres, on aurait ben d'la peine.

— C'est juste c'te raison-là qui fait que chus pas encore parti. Anita, ç'a pus d'bon sens ! A voulait pas pantoute m'laisser travailler comme *chaud-boy* c't'année. I faut craire que j'aimais trop ça. A m'a dit : " J'ai besoin d'un *cookie,* pis ça va être toé ! "

— Pôpa a pas parlé ?

— I a ben essayé. A l'a fini par changer d'idée, mais j'te dis, ç'a pas été facile.

— Arrêtons de parler d'ça pour à soir. Les p'tits gars, allez décharger la traîne. À quelle heure t'es parti ?

— Chus parti hier, j'ai couché su tante Ernestine, aux Fonds-d'Ormes. Pauv'chien, j'pensais qu'i tofferait pas.

— Fais-le rentrer, j'vas i donner à manger. I a resté du chiard du souper. I restera dormir dans la maison.

— Non, c'est mieux dehors pour lui. I est habitué d'même.

— C'est correct. Pis toé, va t'changer, mets du linge sec. J'vas préparer un bon thé avec du pain pis des cortons.

— J'tais en train d'oublier. J'ai quèque chose pour toé. Tu devines pas ? »

Les yeux pétillants, elle soupçonne que ce pourrait être des nouvelles de Raoul. Depuis son départ pour le chantier, elle n'a rien reçu.

« J'me doute un peu...

— Ton amoureux t'a écrit, j'peux la lire pour toé.

— Fais pas ton drôle ! »

Il lui présente la lettre, mais dès qu'elle s'apprête à la cueillir, il la cache d'un geste brusque. Deux fois, il lui fait le même coup. Au troisième essai, elle le devance et attrape l'enveloppe.

« Aïe ! la p'tite sœur, t'es vite pas rien qu'un peu !

— Malcommode ! Faut craire que t'es pas si fatiqué qu'ça.

— C'est pas l'cas, mais chus assez content d'être icitte ! Même si j'm'en vas un jour, j'vas toujours penser à vous autres pis j'vas m'ennuyer.

— Parle pas d'même, Victor. »

Anita se retire, impatiente de connaître le contenu de sa lettre. Victor mange un peu pour ensuite savourer la joie de s'étendre sur son lit. Il se laisse rapidement emporter par un sommeil lourd. Il en a grandement besoin.

Deux jours plus tard, il reprend le chemin du retour. Le trajet est plus facile cette fois. Le traîneau étant vide, il peut se laisser transporter sur de longues distances.

Chapitre 20

*D*ix-huit décembre. La neige n'en finit plus de tomber depuis une semaine. Les chevaux n'arrivent pas à entretenir la liaison entre les paroisses. La circulation ne se fait que localement. Les enfants sont tristes à l'idée que la période des fêtes ne sera certainement pas agrémentée de la visite de leurs parents.

Puisque le temps ne semble pas vouloir s'améliorer, Anita décide d'aller chez le marchand général afin d'acheter ce qu'il lui faut pour faire des beignes et quelques friandises. Elle prend aussi des pommes et des oranges pour garnir les bas accrochés au bras de l'escalier, histoire d'amoindrir la déception des petits.

Bernise, pour sa part, rend visite au boucher et achète à crédit de la viande à tourtière, une dinde et du bacon.

« Si vous voulez marquer ça, mon père va payer quand i va r'venir au printemps.

— Ouais ! Vu qu'ton père i paye ben ses dettes, j'peux l'faire. Mais i faudrait pas en prendre une accoutumance.

— Non, non, monsieur. C'est juste parce que les p'tits sont ben tristes vu que nos parents pourront pas v'nir, par rapport aux ch'mins.

— Chus capable de comprendre. Une chance que c'est pas d'même à toutes les années ! »

Les fêtes ont été bien tranquilles et un peu tristes pour ces enfants qui les ont passées sans visite. Ils sont toujours sans nouvelles de leurs parents, jusqu'à ce que Victor revienne à la mi-février pour apporter de la nourriture, ainsi qu'une lettre de Paula et une autre de Raoul.

« Tu diras à m'man de pus envoyer à manger. On est capables de s'arranger.

— J'sais ben, Anita.

— D'abord que c'est d'même, tu fais comme si j'avais rien dit. Ça va pas mieux avec elle...

— Oh non ! Ça rempire tout l'temps ! Une chance que p'pa est là pour arranger les affaires, parce que ça s'rait pas drôle des fois.

— I va comment, p'pa ?

— I est en bonne santé, i travaille fort. J'i dis pas tout c'qui s'passe.

— Tu fais ben de pas trop l'tracasser avec ces histoires-là.

— C'est justement c'que j'pensais aussi. Ça vient qu'i sait pus quoi dire, c'pauv'lui !

— Les p'tits sont contents de te voir. Restes-tu longtemps c'te fois icitte ?

— Une journée, pas plus.

— C'est vrai que m'man tu seule, ça i fait pas mal d'ouvrage.

— A l'a une capacité d'chien, not'mère, le savais-tu ?

— Ah ça ! Pour sûr, c'est pas toutes les femmes qui tofferaient comme elle, renfermée dans l'bois des hivers de temps.

— T'es-tu déjà d'mandé pourquoi qu'a l'a des préférences dans ses enfants, Anita ?

— Ben souvent ! Mais j'sais pas, pis j'comprends pas non plus. A s'est-tu informée d'Édouard ?

— Pas plus que ça.

— I est si fin, c't'un vrai p'tit ange !

— Tu vas faire une bonne mère, ma sœur.

— J'le souhaite de tout mon cœur...

— Anita, i faut que j'te parle. J'en peux pus ! Es-tu capable de comprendre ça, ma grande sœur ?

— J'pense que oui. T'en as assez, hein ?

— C't'en plein ça !

— Que-cé qu'tu veux faire ? Tu m'inquiètes...

— J'vas m'enrôler, Anita. »

Reculant de plusieurs pas, la jeune fille devient blême. D'une main tremblante, elle cherche un appui. Elle tire une chaise et s'y laisse tomber lourdement.

« Parles-tu sérieusement, Victor ?

— Oui.

— Pôpa le sait-tu ?

— J'en ai parlé à personne, t'es la première. Pis de toute façon, j'ai pris la décision finale chemin faisant.

— I va mourir de chagrin.

— J'compte sus toé pour i expliquer.

— Ça s'ra pas facile, cré-moé. Pis môman, que-cé qu'a va dire ?

— C'est à cause d'elle que j'm'en vas ! A va juste être débarras-sée. Pour moé, dans ma tête, c'est clair comme de l'eau d'roche qu'a m'a jamais aimé.

— Dis pas des bêtises, c'est juste qu'a l'a pas l'tour avec toé. Chus certaine qu'a va avoir de la peine elle aussi.

— Tu dis qu'a l'a pas l'tour avec moé, pourquoi qu'avec vous autres est correcte ?

— J'pourrais pas répondre pour elle, pis tu l'sais, j'la comprends pas. Réfléchis ben à c'que tu vas faire.

— Ça fait longtemps que j'y pense, pis là, c'est décidé. Chus v'nu juste pour vous dire bonjour à vous autres.

— Vas-tu r'tourner au chantier pour le dire à pôpa toujours ?

— Non, parce que j's'rais pas capable d'i briser l'cœur.

— As-tu un peu d'argent au moins ?

— Pas beaucoup, mais j'vas m'arranger. C'est rien que pour me rendre à Québec... Après, dans l'armée, j'en aurai pus besoin.

— I paraît que c'est dur, l'armée. Ç'a l'air qu'i sont ben sévères.

— Ça m'dérange pus, chus prêt à tout.

— Quand est-ce que tu pars ?

— J'passe la veillée avec vous pis demain, j'm'en vas. »

Anita éclate en sanglots. Victor s'approche, la prend dans ses bras et la serre très fort. Cette grande complicité qui les unit lui a toujours donné la force de passer à travers les moments difficiles.

« Pleure pas, Anita. Tu vas m'enlever toutes mes forces, pis j'en ai besoin.

— Vas-tu nous donner des nouvelles toujours ?

— J'vas essayer, mais j'veux que tu m'promettes une chose.

— Ça dépend...

— J'veux pas que tu m'attendes pour te marier avec Raoul, ma grande sœur. J'te souhaite du bonheur comme c'est pas possible. Un gars chanceux comme lui, y en pas deux. Quand j'vas r'venir, si i te rend pas heureuse, i va avoir affaire à moé, prends-en ma parole !

— Dis pas des niaiseries, c'est un bon garçon.

— C'est c'que j'pense aussi. Pour les p'tits, attends que les parents soient revenus. Ça va être moins dur pour eux.

— Quand p'pa va voir que tu r'montes pas aux bois, i va s'inquiéter.

— Le gars du partage part demain aussi. J'vas i donner une lettre pour les mettre au courant.

— Qui va l'écrire ?

— J'comptais sus toé...

— C'est pas des affaires que j'aime !

— Même pour moé ?

— Bon, c'est correct. Mais c'est pas avec plaisir. »

Sa soirée, Victor la consacre entièrement à ses frères et sœurs, insistant auprès d'Anita pour qu'elle leur permette de se coucher plus tard.

« Si j'vous donne mon chien, allez-vous en prendre soin comme i faut ?

— Tu veux nous l'donner ? » dit Maurice, tout content.

Lucille s'approche pour caresser l'animal qui, lui, continue de regarder son maître, pressentant une situation anormale.

« Comment qu'tu vas r'tourner dans l'bois d'abord ? demande la fillette, soucieuse.

— Occupez-vous pas, j'vas m'arranger ! »

Bernise remarque qu'Anita se berce dans un coin de la cuisine sans se mêler à la conversation, ce qui la rend perplexe. La joie qui se manifestait habituellement lorsque son frère venait leur rendre visite est aujourd'hui absente. Elle n'aime guère cette atmosphère.

« Coudon, que-cé qui s'passe icitte ? Anita, t'as ben l'air bête !

— I s'passe rien pantoute, ma p'tite sœur, reprend Victor. Ça doit être qu'Anita, a s'ennuie de son cavalier. »

Anita, n'en pouvant plus de se retenir, se met à pleurer à chaudes larmes.

« Tu vois, c'est c'que j'disais ! J'pense que j'ai mis l'doigt sus l'bobo. Faut la laisser tranquille, s'empresse-t-il d'ajouter.

— Si Anita se marie avec Raoul, ça veut dire que l'hiver prochain, on va aller au chantier toute la famille.

— Ça s'pourrait, mais dans l'temps comme dans l'temps. »

Victor couche les enfants l'un après l'autre. Il prend bien le temps de les embrasser et de les serrer contre lui. Lorsque vient le tour de Bernise, il a de la difficulté à lui mentir. À son regard, il soupçonne qu'elle se pose certaines questions.

« T'es pas comme d'habitude, Victor.

— Tracasse-toé donc pas. Qu'i arrive n'importe quoi, oublie jamais que j'vas toujours penser à vous autres. »

La jeune fille a déjà entendu Victor dire à leur mère qu'un jour, il partirait. Elle comprend tout à coup que ce jour est arrivé. D'un regard triste, elle dit :

« Tu t'en vas. »

Le jeune homme ne sait plus s'il doit lui dire la vérité ou mentir. Lui pardonnera-t-elle un mensonge ? Malgré sa peine immense, il prend la décision de lui avouer les faits.

« Comment t'as fait pour deviner ?

— Je l'ai toujours su que ça arriverait un jour.

— Tu m'en veux ?

— Non, mais j'vas m'ennuyer de toé. Quand est-ce que tu vas r'venir ?

— Je l'sais pas. J'm'en vas dans l'armée, c'est la meilleure place pour moé.

— Quand l'été va arriver, ça s'ra pus pareil si t'es pas là.

— Moé parti, Anita qui va s'marier, ça va être toé la grande de la famille astheure. Viens, on va aller trouver Anita pis on va jaser un peu. Ça va prendre une moyenne escousse avant qu'ça nous arrive à nouveau. »

Chapitre 21

*L*orsque le partage arrive au camp, le transporteur remet une lettre à Paula qui se demande bien qui peut lui expédier du courrier.

« Vous avez pas rencontré mon garçon en ch'min ? I était supposé de revenir aujourd'hui.

– C'est justement lui qui m'a donné c'te lettre-là pour vous, madame Rioux.

– Ah bon ! J'comprends rien, mais marci pareil. »

Dès le départ de l'homme, elle s'empresse d'ouvrir l'enveloppe. Ses yeux ne peuvent croire ce qu'ils lisent.

« Ça s'peut pas ! Mais voyons, ç'a aucun bon sens ! I m'a pas lâchée !

– C'est quoi qui a pas d'bon sens, ma femme ? lui demande Claude, intrigué.

– Victor est parti.

– Je l'sais. I est allé à Sainte-Blandine. Au fait, i devrait être revenu avec la livraison... I prend du bon temps !

– Tu comprends rien, i est parti ben plus loin qu'ça. I r'viendra pus !

– Comment, i r'viendra pus ? Que-cé qu'tu jargonnes là ?

– I a sacré son camp dans l'armée.

– C'est pas des affaires à rire.

– J'ris pas pantoute, j'l'ai toujours su qu'i avait pas d'cœur. I est incapable de faire face à ses problèmes, i m'laisse tu seule avec toute l'ouvrage. Ça prend rien qu'un sans-dessein !

– Vas-tu te taire, sacrement ? Avec la façon que tu l'as toujours traité, j'comprends pas qu'i soye resté aussi longtemps ! »

Claude lui arrache la lettre des mains et se précipite dehors. Il lance un cri à Wilfrid qui s'apprêtait à entrer du bois.

« Hé ! veux-tu m'lire ça ?

– J'peux ben faire ça pour toé si c'est pas trop mal écrit.

– Paula doit avoir mal compris. C'est-tu vrai que Victor est parti s'enrôler ?

– C't'en plein c'qui est écrit ! »

À ces mots, Claude baisse la tête et reprend la feuille. Il se dirige lentement vers la rivière où il reste plusieurs heures, écrasé par la peine.

« Pourquoi qu'j'ai pas parlé avant ? Maudit que chus lâche des fois ! Victor, mon garçon, vas-tu jamais m'pardonner de pas t'avoir défendu ? Comment qu'ça s'fait qu'une femme peut arriver à pas traiter ses enfants égal ? Pourtant, toé pis Édouard, vous êtes pareils comme les autres. J'te jure que ça va s'passer autrement pour ton frère ! I a fallu que tu t'en ailles pour que j'me r'dresse les épaules. Ta mère, je l'aime plus que ma vie, ça fait que j'ai pas vu toute la peine que t'as dû avoir pour arriver à faire un tel geste. Mon Dieu, i faut qu'i r'vienne ! »

Lorsque Claude revient au camp, il y retrouve une Paula très affairée.

« I va falloir que tu trouves un autre *cookie*, lui commande-t-elle.

– C'est ben d'valeur, ma femme, mais on va finir l'hiver de même !

– T'es pas sérieux, y a trop d'ouvrage pour faire ça tu seule. »

L'homme la fixe de ses yeux rougis par les larmes.

« Si t'avais essayé d'comprendre ton garçon, i s'rait pas parti. Ça fait que plains-toé pas !

– Mais j'fournirai jamais !

– J'viendrai t'aider quand j'pourrai. J'ai ben dit : " quand j'pourrai ". D'mandes-en pas plus ! Pis à part de ça, jamais pus j'vas accepter que tu soyes pas égale avec tous les enfants !

– J'voudrais ben voir ! »

Claude ne lui laisse pas la chance de poursuivre sa phrase.

« As-tu compris c'que j'viens de te dire ? Assez, c't'assez ! » réplique-t-il durement.

Chapitre 22

*D*epuis qu'Anita s'est mariée, l'atmosphère n'est plus la même chez les Rioux.

« Ça fait drôle de pus voir Anita voyager dans la maison.

— Ouais ! Dix enfants pis déjà deux de partis... Ça va vite des bouttes ! »

Paula n'ajoute rien. Elle ressent bien chez son mari la tristesse, le vide qui s'est installé depuis le départ de Victor. Elle sait très bien qu'il lui en attribue la faute, et la distance qu'il garde entre eux confirme ses reproches.

Tous les jours, elle demande au Seigneur de lui pardonner et de faire en sorte que son garçon revienne à la maison.

Par un après-midi tranquille où elle se berce en silence devant la fenêtre, elle remarque que des visiteurs s'approchent.

« I arrive quequ'un, dit-elle en délaissant son tricot.

— Sais-tu qui c'est ? lui demande Claude en tirant sur sa pipe.

— Ç'a d'l'air du gars du gouvernement avec monsieur l'curé. I faut craire que c'est sérieux.

— Oui, entrez ! V'nez vous assir. C'est rare qu'on a d'la visite officielle de même.

— Ça va bien, madame Rioux ? La santé est bonne ? s'informe le prêtre.

— C'est ben diguidou. Vous êtes donc ben solennel. »

Le fonctionnaire prend la parole le premier.

« Monsieur Rioux, on a attendu que votre fille Anita soit mariée. En passant, i paraît que ç'a été des belles noces.

— Pour vous dire, on est ben contents, ma femme pis moé. On i devait ça, Anita a été ben d'service pour nous autres.

– On a r'gardé nos comptes, pis y a fallu s'rendre à l'évidence que ça fait un boutte que t'as pas donné d'argent sus la maison, annonce le fonctionnaire.

– C'est pas que j'y ai pas pensé, mais l'mariage a coûté plus cher que prévu. Comme j'vous l'disais betôt, not'fille a été ben bonne. Ça fait qu'on voulait i rendre un p'tit brin en organisant quèque chose de beau.

– Avant de fêter, i faut payer ses dettes, monsieur Rioux, tranche le curé. Quand pensez-vous en donner ?

– Là, c'est sûr, j'en ai pus. Mais on va r'tourner dans l'bois ben vite. Pis j'vas toute vous payer l'arriérage avant les fêtes.

– Ça s'ra pas suffisant.

– Monsieur l'curé, j'comprends pas. D'habitude, vous nous appelez par not'nom, ma femme pis moé. C'est comme si vous étiez pas à votre aise. »

Le fonctionnaire reprend :

« Claude, monsieur l'curé change de paroisse. Il ne veut pas laisser de dettes à celui qui va l'remplacer.

– C'est quand vous partez ?

– Au mois de novembre. »

Paula ne dit pas un mot. Elle écoute la conversation en se demandant si le prochain prêtre sera plus compréhensif ou plus sévère que le curé Côté. « En fin de compte, i était peut-être pas si pire », se dit-elle intérieurement.

« J'pourrai pas payer avant, j'gagnerai jamais assez.

– À ces conditions-là, vous vous organiserez pour déménager votre famille avant de partir, ordonne le curé.

– Ma famille, c't'hiver, j'l'emmène avec moé. Ça sent la manigance, vot'histoire !

– Dites pas des affaires que vous pourriez r'gretter !

– Qui veut l'avoir, la maison ?

– On n'a pas à vous l'dire, c'est pus de vos affaires. Si vous payez pas, vous avez un mois pour sortir.

– Vous aurez pus une sacrifice de cent ! Pis j'vas la vider, ça prendra pas un mois. »

Lorsque les deux visiteurs partent, Claude, furieux, manifeste sa colère en faisant les cent pas.

« Bande d'hypocrites ! Chus certain qu'c'est lui qui veut l'avoir.

— Penses-tu ?

— Ça s'rait pas la première affaire croche qu'i f'rait !

— J'cré qu'on va monter dans l'bois plus de bonne heure c't'automne.

— Ouais !

— Mais les meubles, où qu'on va les mettre ?

— J'vas aller voir Luc, si i veut que j'les entrepose dans son hangar. Viens-tu voir ta sœur ?

— L'temps de rapailler les enfants pis chus prête.

— Ça m'enrage des coups par en d'ssour de même ! Plus vite on va être sortis d'icitte, mieux ça va être.

— C'est d'valeur, moé qui avais mis des rideaux dans tous les châssis.

— Oui, pis quand même tu les mettrais pus jamais, j'veux pas qu'i en reste un !

— Tu peux en être sûr. Les p'tits vont avoir de la peine, i aimaient ça rester icitte.

— Oui, mais j'pense qu'i aiment encore plus v'nir au chantier. »

Chapitre 23

*A*u printemps 1933, Claude achète une petite maison dans le fond d'un rang de Saint-Narcisse.

« C'est pas mal plus p'tit que le presbytère. Par contre, c'est plus grand que le campe..., fait remarquer Paula d'un air déçu.

– I va falloir s'en accommoder ! » réplique sèchement son mari.

La nouvelle demeure est en effet bien petite. C'est dans la cuisine que l'on a entassé les meubles acquis au presbytère. L'air pénètre dans le logis comme bon lui semble. Claude n'est pas très fier de ne pouvoir donner plus à sa famille, mais il se promet bien qu'avant l'hiver, tout sera beacoup mieux isolé. Le premier étage ne compte que deux pièces : la cuisine et la chambre des parents. Le bois est terne et rude. Pour ce qui est du deuxième, aucune séparation. Il n'y a qu'une vaste pièce, sans fenêtres. Les poutres des combles mises à découvert laissent voir les planches du mur extérieur. La toiture laisse passer les reflets du soleil ; c'est d'ailleurs la seule clarté qui y pénètre. Le plancher est tout tordu par les hivers où la bâtisse n'était pas habitée.

Chaque matin, Claude reconduit ses moussaillons à l'école, située à deux milles de là. Aucune habitation ne borde la route étroite, sinueuse et cahoteuse qui traverse la forêt. L'idée de laisser ses enfants circuler seuls sur ce chemin ne lui plaît guère.

Les enfants eux-mêmes ne se sentent nullement rassurés. Ils se sont si souvent fait dire au chantier de ne pas s'éloigner seuls dans les bois. Bernise tente un jour de convaincre son père.

« Pôpa, c'est ben trop loin pour y aller à pied.

– Laisse-moé te dire, ma fille, que tant que j'vas pouvoir, vous irez pas à pied. J'vas vous conduire à cheval.

– Les plus jeunes vont avoir peur, reprend-elle.

– T'es sûre que c'est juste les plus jeunes ? Que-cé qu't'en dis, toé, Maurice ? T'es quasiment un homme astheure.

– Moé, j'ai pas peur pantoute ! affirme le jeune garçon en se redressant les épaules comme pour se convaincre.

– T'es pas un tit brin menteur ?

– Y a pas d'danger ! »

Ariane, qui jusqu'à maintenant n'était pas intervenue, s'adresse à son père, visiblement fâchée :

« J'irai pas à l'école ! D'abord, c'est trop loin, pis les autres vont encore nous chanter des noms pis rire de nous autres.

– Occupe-toé pas d'ça, Ariane, parce que quand tu ris des autres, c'est parce que t'es pas plus fin.

– Voyons donc ! C'est-tu à veuille de finir c't'histoire-là ? Y en a pas de danger, pis c'est pas si loin que ça. T'as pus besoin de v'nir nous m'ner, affirme Maurice.

– Écoutez-le pas, pôpa. Pour nous autres, c'est trop loin, se plaignent Jacques et Fleur-Ange.

– T'aurais pas pu farmer ta gueule, toé ? Avec tes grands jarrets, c'est sûr que t'es pas fatiqué, mais nous autres, tu y as pas pensé, ben non, on sait ben, *mon-sieur*, ajoute Ariane en se retirant de table et en sortant de la maison en claquant la porte, furieuse.

– C't'un moyen caractère, celle-là ! commente Paula.

– A va faire son ch'min dans la vie.

– Ou ben a va s'faire mettre à sa place quand a va s'marier...

– A l'a besoin d'frapper un gars plus raide que moé, hein ma femme ? »

Ne sachant comment interpréter les paroles de son mari, Paula préfère se taire.

Chapitre 24

« Si t'es de mon avis, mon mari, j's'rais ben prête que le prochain hiver soye le dernier passé au chantier.

– Que-cé qu'on va faire pour vivre ?

– T'as pas r'marqué l'autre jour su l'marchand général ? Ç'a l'air que l'gouvernement donne des lots d'colonisation pour ouvrir une autre paroisse. C'est juste à côté du Cenellier. J'ai entendu dire que ça allait s'appeler Esprit-Saint.

– J'pensais pas que c'était c'te place-là. La paroisse est déjà ouverte. I d'mandent des colons pour défricher.

– Me semble que j'aguirais pas rester à même place pour un boutte.

– Ça m'surprend que tu parles de même, Paula ! Aller au chantier, t'aimes ça pourtant...

– On dirait que j'commence à m'fatiquer de déménager. C'est toujours à r'commencer.

– I va falloir se r'greyer un peu d'animaux pour avoir not'lait pis not'viande. Un joual, j'en ai toujours gardé un, ça s'ra pas nouveau.

– Aussi r'commencer à défricher pour s'faire un grand jardin pis du foin pour l'hiver.

– Ouais ! Tu m'donnes des envies, toé-là.

– I faudrait que tu fasses la d'mande avant de partir pour être sûr d'avoir la réponse quand on va r'ssoudre au printemps.

– Si on arrive pas à manger comme du monde pis à payer nos dettes, ben je r'tournerai avec Maurice au chantier. Que-cé qu'tu penses que les enfants vont dire ?

– Tu l'sais. Où qu'on s'installe, i s'plaignent jamais.

– À part que quand c'est trop loin de l'école ! reprend Claude en riant.

– En parlant de l'école, pour moé Lucille va être obligée d'arrêter. C'est trop dur pour elle.

– Môman, j'ai mal au cœur !

– Encore c'maudit mal de cœur. C'est curieux, j't'ai pas entendue te lamenter de l'été. Depu quèque temps, est toujours à s'lamenter, ajoute Paula en parlant de Fleur-Ange.

– Quèque temps, ça veut dire quoi ?

– Une couple de s'maines. A veut pus sortir dehors. Des idées d'enfants, des fois, c'est pas facile à comprendre.

– Amène-la donc su l'docteur, i va p'tête ben nous dire pourquoi. Pis en même temps pouvoir nous dire pourquoi Lucille est si faible ces temps-ci.

– Ça doit être des vers. Le docteur, c'est juste à Rimouski. C'est ben trop loin ! La garde est bonne, j'vas i en parler.

– Ouais ! Les p'tites gardes, i donnent des bons conseils des fois, hein ma femme ?

– T'as quèque chose à dire là-d'ssus ?

– Pantoute ! répond-il, taquin. Pis tant qu'à y être, glisse donc un mot pour Édouard, i est maigre sans bon sens.

– Lui, i est pas malade, i a l'yâbe au corps ! I m'fait penser à Vic... »

Paula se tait subitement, consciente qu'elle allait prononcer des paroles indésirables, répréhensibles même. Mais elle en a déjà trop dit. Claude se lève et la fixe d'un regard accusateur. En silence, il prend son chapeau et s'en va.

« Tête folle que chus ! J'ai pas assez faite de mal comme ça ? Seigneur, aidez-moé ! J'me comprendrai jamais. Doux Jésus, pourquoi ? Édouard, i fait toute pour s'faire aimer, pareil comme Victor. J'me d'mande où qu'i peut être, j'ai jamais r'çu d'nouvelles. Pis j'sais que Claude a l'cœur meurtri. I pourra jamais m'pardonner complètement. J'ai juste c'que j'mérite. »

Le lendemain, Paula tente sa chance auprès de son mari :

« Claude, amène-les, toé, voir la garde.

– Si a m'pose des questions, que-cé qu'tu veux que j'dise ? C'est toé qui restes avec eux autres dans la maison.

– Tu vas trouver. »

Il se sent pris au piège par la tournure de la situation. Mais comme il a des doutes concernant le petit dernier, il insiste pour que Paula vienne avec lui. Il se dit souvent : « Ça s'peut pas... Mais avec c'qui s'est passé pour Victor, on sait jamais... »

« J'vas aller la chercher, la garde Michaud, vu que Lucille est pas forte », propose-t-il finalement.

Vers cinq heures, Claude revient à la maison en compagnie de l'infirmière.

« Bonjour, madame Rioux ! Ça va bien ?

– Oui, oui ! Vous arrivez juste à temps pour souper. Une bonne soupe chaude, ça vous f'ra pas tort.

– Vous êtes ben smat, mais i faut pas que j'reste trop longtemps. J'ai un accouchement en ch'min.

– Va ben falloir que vous mangiez à quèque moment donné. Ça fait que c'est pas pire que ça soye icitte.

– En vitesse ! J'ai l'estomac dans les talons, j'sais pas comment ça fait d'heures que j'ai rien pris. »

L'infirmière n'est guère longue à avaler ce repas tellement elle est affamée.

« J'vous dis que les bûcheux, i doivent pas s'plaindre souvent quand c'est vous qui faites la cuisine !

– Quand on a l'ventre plein, on fait d'la bonne ouvrage.

– Viens m'voir, ma p'tite. Comment tu t'appelles ?

– Lucille.

– T'as quel âge ?

– Treize ans.

– Hum ! As-tu mal à quèque part ?

– Mes jambes i font souvent mal.

– Où ça ?

– J'sais pas, partout.

– Vas-tu à l'école ?

– Presque pus, j'viens trop fatiguée. »

Après un bref examen de la jeune Lucille, garde Michaud enchaîne :

« C'est correct, ma belle fille. C't'au tour de qui, là ?

— Envoye Fleur-Ange, a t'mangera pas. »

L'enfant s'approche à pas de tortue en chiffonnant sa robe.

« I faut dire que dans l'fond d'un rang comme icitte ou dans l'bois, i voyent pas ben ben d'monde. Ça fait qu'i sont pas mal gênés, affirme Paula.

— Aie pas peur. C'est quoi ton nom ?

— Fleur... Ange, dit-elle très faiblement.

— Plus fort, j'ai pas compris.

— Fleur-Ange.

— Là, c'est beau. Que-cé qui va pas, pour toé ?

— Des fois, j'ai mal au cœur.

— Des fois ou souvent ?

— Souvent.

— Sais-tu c'est quoi qui te donne mal au cœur ?

— J'sais pas.

— Ç'a commencé l'hiver passé, au chantier. Même que des fois, a l'a renvoyé pis a s'est mis à avoir peur du monde, ajoute Paula qui s'est approchée.

— Peur de tout l'monde ou de certaines personnes en particulier ?

— J'ai pas r'marqué, mais c'est toujours pas ça qui i donne mal au cœur !

— J'vois pas c'qu'elle pourrait avoir. Surveillez-la pis si ça rempire, vous me l'direz. »

Claude se rend près d'elle en tenant Édouard par la main.

« C'est not'plus jeune.

— T'es pas ben gros, mon bonhomme. T'as quel âge ?

— Huit ans.

— Oh ! Tu es certain de c'que tu dis ?

— Oui, madame.

— Est-ce qu'il a bon appétit ?

— I mange pas beaucoup. Les autres mangent toujours entre les repas, lui i veut pas.

— C'est pas vrai ça, môman. Vous êtes menteuse ! Vous voulez pas i en donner. »

Ariane, furieuse, s'est levée de sa chaise et a prononcé ces paroles d'un seul trait. Un élan du cœur la pousse à dénoncer une situation incorrecte à ses yeux. Tous sont consternés par cette déclaration subite. Paula reste figée un moment, mais se reprend vite.

« Toé, ma polissonne, va-t'en jouer dehors ! On a pas besoin de ton idée.

— C'est vrai, pôpa ! A l'dispute tout l'temps, Édouard, quand i veut manger.

— Va dehors, ma fille. On s'en r'parlera plus tard, lui souffle Claude.

— As-tu souvent faim, Édouard ?

— Oui, madame.

— Pourquoi qu'tu manges pas dans c'temps-là ? »

L'enfant regarde sa mère un instant et n'ose prononcer un seul mot. Il n'en faut pas plus pour que l'infirmière devine ce qui se passe.

« Va rejoindre les autres dehors, j'dois parler à tes parents. »

Puis, une fois seule avec le couple, elle reprend :

« Bon... J'vas vous laisser deux bouteilles d'huile de foie de morue, madame Rioux. Donnez-en à tous les enfants, mais pour ces trois-là, doublez la dose. Madame Rioux, i faut faire attention. Le p'tit, vous savez, on dirait vraiment qu'i mange pas à sa faim...

— Ça peut mentir des fois, des enfants. Vous avez pas l'droit de m'dire des affaires de même ! Vous vous pensez ben fine.

— J'vous accuse de rien. Si i s'passe des choses pas correctes icitte, c'est vous qui l'savez. I faut pus qu'i maigrisse, parce qu'i va falloir l'amener à l'hôpital pour le renforcir.

— Ayez pas peur, garde, j'm'en occupe, reprend Claude avec force. Nous autres, on part pour le bois. Mais ma Bernise va en prendre soin autant comme si elle était sa mère. Vous pouvez partir rassurée.

— J'viendrai faire mon tour de temps en temps.

— C'est ben smat de vot'part. J'ai pas d'argent pour vous payer aujourd'hui.

— C'est pas grave, vous paierez quand vous r'viendrez au printemps prochain. Pour le moment, gardez vot'argent pour acheter de quoi à manger.

— J'vas vous r'conduire. C'tait pas supposé d'être aussi long.

— J'espère juste que ma patiente m'a attendue. À prochaine, madame Rioux !

— Marci pareil. »

Lorsque Claude revient, aucun bruit dans la maison. Tous sont couchés, même Paula. Il sait que pour éviter la discussion, elle se fera silencieuse pour quelque temps.

Au matin, Paula s'attend à ce que son mari explose de colère, mais rien ne se produit, ce qui lui rend la situation beaucoup plus difficile. Claude déjeune lentement. Il a installé Édouard près de lui afin de s'assurer que l'enfant se régale à son goût.

« Bernise, tu t'occuperas de donner à manger à ton frère vers dix heures, tant qu'i va en vouloir.

— Oui, p'pa !

— Bon, moé, j'm'en vas travailler à réparer la voiture. »

Couché sous la voiture, Claude voit se pointer deux petits pieds.

« Pôpa, pouvez-vous sortir de là un peu ?

— Ça s'ra pas long, j'achève ma *job* », répond-il, tout occupé qu'il est.

Puis, il s'approche de sa fille et engage la discussion :

« Que-cé qu't'as qui va pas, Ariane ?

— C'est que... m'en voulez-vous pour hier ?

— Si c'que t'as dit est vrai, j'pourrai jamais t'en vouloir. I est ben important que ça soye juste la vérité.

— Oui, pôpa. »

Il se dirige alors lentement vers l'établi et s'y assoit.

« Viens m'trouver, ma belle fille. »

Ariane le rejoint, tête baissée, le cœur gros.

« Assis-toé à côté d'moé, pis on va jaser un brin. Les choses que t'as dites, c'est assez grave. Si tout ça est vrai, ton frère peut en mourir. I faut penser aussi à ta mère. Chus sûr qu'est pas méchante à c'point-là.

— Ça veut dire que vous pensez que c'est moé la menteuse ? »

Claude s'empresse de serrer sa fille contre lui :

« Jamais d'la vie ! C'est juste que j'voudrais pas que tu t'imagines des choses. Tu sais, tout l'monde peut s'tromper.

— Non, pôpa. Tout c'que j'ai dit, c'est la vérité. J'vous l'jure ! »

La jeune fille se met à pleurer.

« Pleure pas ! T'as un caractère difficile, mais j'sais qu't'es pas une menteuse. J'voulais juste m'rassurer... »

Hoquetant, elle tente de lui dire autre chose :

« Prends ton temps, i faut toujours en parler quand ça va pas.

— C'est dur quand môman nous fait des beurrées ou qu'à nous donne des galettes. I a faim lui aussi, mais a veut pas i en donner.

— Pourquoi, mon Dieu, pourquoi ?

— Dans c'temps-là, moé, chus pas capable de manger. Ça fait que je l'amène avec moé pis j'i en donne la moitié. Une fois, m'man m'a vue pis a m'a mis en punition. Mais j'le fais pareil.

— Tracasse-toé pus avec ça, j'sais que le p'tit, i va être ben avec vous autres c't'hiver.

— Moé, p'pa, quand j'vas avoir des enfants, j'vas tous les traiter égal.

— Chus pas inquiet, tu vas faire une bonne mère. Belle comme t'es, les cavaliers, i manqueront pas », ajoute-t-il en lui caressant tendrement le visage.

Depuis déjà deux mois, Claude et Paula sont installés au chantier. L'infirmière vient à la maison rendre visite aux enfants aussi souvent qu'elle le peut.

« En tout cas, des enfants vaillants pis responsables comme vous autres, c'est pas à toutes les portes qu'on voit ça ! s'exclame-t-elle en arrivant.

— C'est pas tous les enfants qui passent des hivers dans les chantiers non plus, tient à préciser Bernise. Vous savez, on a appris jeunes à s'débrouiller : prendre soin d'une maison pis des p'tits, faire le ménage, le lavage, la cuisine, le racc'modage, tout.

— Vot'mère, i paraît que c'est une femme dépareillée dans une maison.

— C'est elle qui nous l'a montré itou.

— Bon, Fleur-Ange, comment ça va ? Te sens-tu un peu mieux ?

— A file ben. C'est rare qu'a dit qu'a l'a mal au cœur pis ça va ben à l'école. Mais j'peux pas en dire autant pour Lucille.

— Où elle est ?

— Est encore couchée. A l'a pus la force de suivre les autres. A fait souvent d'la fièvre, a mange pas beaucoup pis a grossit pareil.

— J'vas aller la voir. »

L'enfant est d'une extrême pâleur. Couchée sur le dos, appuyée sur plusieurs oreillers, elle semble vraiment malade.

« Hé ! Lucille ! Que-cé qui s'passe ?

— J'me sens faible pis grosse. »

L'infirmière soulève les couvertures et examine les jambes de la jeune fille. Elles sont très enflées, ce qui est loin de la rassurer.

« T'ennuies-tu de tes parents ? Veux-tu qu'i r'viennent ?

— Non. P'pa pis m'man, i travaillent fort pour gagner de l'argent. Bernise pis Ariane s'occupent de moé comme i faut. »

De retour dans la cuisine, l'infirmière discute avec Bernise :

« Avez-vous encore du tonique que j'avais laissé la dernière fois ?

— Non, on l'a tout pris.

– J'vas t'en donner d'autre. Pour Lucille et Édouard, tu vas en donner deux cuillérées à soupe trois fois par jour. Pour les autres, continuez comme avant.

– Mais, garde Michaud, pourquoi qu'a l'engraisse de même Lucille ?

– C'est pas d'la graisse, ma fille, c'est enflé. Elle est bouffie pis c'est pas beau à voir.

– Je s'rais-tu mieux de d'mander à mes parents de v'nir ?

– On va attendre quèques semaines encore. »

La garde aperçoit soudain Édouard qui entre dans la maison.

« Pis mon p'tit boutte, lui, i prend-tu d'la vie un peu ? Viens me montrer ça, c'te bedaine-là !

– I mange, ç'a pas d'allure ! Son linge est à veuille d'i fendre sus l'corps.

– C'est ben vrai. Oui, pour moé t'as pris une dizaine de livres. On va cacher ça, c'tes côtes-là. Bon, i faut que j'm'en aille. Inquiétez-vous pas ! J'vas v'nir faire mon tour demain. J'laisserai d'autres pilules pour vot'sœur.

– Vous êtes ben fine de vous occuper de nous autres de même, garde Michaud.

– C'est parce que vous l'méritez, ma belle Bernise ! Ah ! pis j'oubliais ! Quand on est couché longtemps, on fatigue. Ça fait que pour Lucille, i faut ben la laver tous les jours. »

Chapitre 25

*A*yant obtenu un lot du gouvernement, la famille Rioux déménage dans la nouvelle paroisse. Chaque nouveau colon a droit à une corvée pour construire son habitation.

« J'veux avoir au moins trois chambres, les garçons et les filles vont être séparés. J'veux aussi une grande cuisine pis une dépense, c'est ben pratique.

— Ouais, ma femme ! Tu la fais, ta commande !

— Chus tannée qu'on soye tassés comme des sardines. Me semble que ça s'rait pas trop d'mander, un peu plus de place.

— Une chance que j'vas avoir de l'aide !

— Les garçons sont assez vieux pour donner un coup d'main, eux aussi.

— Après, faudra pas niaiser pour faire l'étable avant l'mois d'octobre. »

« P'pa, v'nez vite ! Édouard est sans connaissance », s'écrie Ariane qui est dans tous ses états.

Claude pénètre dans la maison à toute vitesse. L'enfant, étendu sur le sol, est blanc à faire peur. Avec l'ouvrage des derniers temps, le père ne s'est pas aperçu que le petit avait recommencé à maigrir. Il lorgne du côté de Paula qui ne dit pas un mot. Dans sa tête, tout se bouleverse. Il croyait cette histoire terminée et ne peut s'imaginer que l'enfant soit encore malade parce qu'il ne mange pas suffisamment.

« Que-cé qui s'passe ? réussit-il à demander.

— J'sais pas, répond Ariane. I est tumbé, comme ça, tout d'un coup.

– Baptiste, dépêche-toé ! Va chercher la garde !

– Pôpa, que-cé qu'i a Édouard ?

– Je l'sais pas, Ariane. Pleure pas, ma fille. On va s'en occuper.

– Ça va mieux, mon bonhomme ? Va mouiller une débarbouillette, Bernise. »

De ses yeux tristes à demi fermés, l'enfant regarde son père quelques instants, mais se sent trop faible pour lui répondre. Il voudrait faire un effort pour lui dire qu'il est content de le revoir, mais sa tête retombe sur le bras de Claude.

« Ça s'peut pas. Mon Dieu, pourquoi ? Édouard, va-t'en pas ! Parle-moé ! »

Pas de réponse. La torpeur le gagne à nouveau.

« Est-tu à veuille d'arriver, la garde ? Coudon, ça prend ben du temps !

– J'ai préparé de l'eau, j'vas le laver un peu, propose Paula en s'approchant doucement.

– C'est pas c'qu'i a de plus besoin pis j'pense que tu l'sais ! répond le mari d'un ton fâché.

– Va pas t'imaginer des affaires qui tiennent pas d'boute encore !

– C'est aussi ben que j'me trompe, as-tu compris ? »

Nerveuse, l'infirmière pénètre dans la maison.

« Quand j'ai vu arriver Baptiste, j'pensais que c'était encore Lucille qui faisait des siennes.

– Non, c'est pour Édouard que j'vous ai envoyé chercher. »

Il lui suffit d'examiner l'enfant à peine quelques instants pour constater la gravité de la situation.

« I faut l'amener à l'hôpital, monsieur Rioux.

– Vous êtes sérieuse avec ça ?

– Oui, ben sérieuse ! Ça va i prendre du sérum.

– Pourquoi du sérum ?

– Toujours pour la même raison, monsieur Rioux. Cet enfant-là mange pas assez.

— Baptiste, as-tu dételé le joual ?

— Non, p'pa.

— Donnes-i un peu d'eau pis mets du foin en arrière de la voiture. Allez-vous v'nir avec moé, garde ?

— J'peux malheureusement pas, j'ai une femme en travail.

— D'abord, Bernise, pare-toé. Tu vas v'nir avec moé pour prendre soin du p'tit en descendant. »

Paula tente un rapprochement, mais Claude agit comme si elle n'existait pas.

« Ariane, prépare-nous à manger. Faut qu'on s'dépêche d'arriver avant la noirceur. »

Paula comprend qu'il est inutile d'insister.

Ariane, qui se sent très proche de son petit frère, a tendance à se sentir responsable de tout ce qui lui arrive. Elle déplore le fait que sa mère n'accorde pas à son frère l'affection qu'il est en droit de recevoir.

« C'est vot'faute c'qui arrive à Édouard !

— M'as t'en faire ! I est assez vieux pour s'en prendre quand i a faim.

— Vous savez aussi ben qu'moé que vous l'guettez tout l'temps pis qu'i a peur de vous.

— Qui t'a dit ça, toé, ma p'tite fantasse ?

— L'autre jour, dans la dépense, j'ai vu. Vous l'avez surpris en train de manger de la cassonade pis vous l'avez battu.

— I avait pas d'affaire à voler !

— I avait faim ! Pourquoi qu'vous êtes pas capable de comprendre ça ? »

Paula ne peut répondre, sachant très bien que sa fille a raison. Aucune explication ne pourrait être plausible.

« Moé, quand j'vas avoir des enfants, j'vas tous les aimer pareil !

— On en r'parlera dans c'temps-là. En attendant, va aider à tes frères à faire le train. »

Impuissante, la jeune fille sort en claquant la porte.

« J'vas m'occuper d'toé, Édouard, quand tu vas r'venir. J'te l'promets ! Jusqu'à maintenant, quand j'en avais la chance, j'apportais des provisions à la sauvette. Mais là, pus de cachette ! Du manger, j'vas t'en donner, moé ! »

« Pourquoi, môman, qu'Ariane est choquée d'même ? » demande Lucille en se dirigeant à pas lents vers une berçante.

Paula, perdue dans ses pensées, sursaute en entendant la voix de sa fille.

« Ça fait longtemps qu't'es là, Lucille ? J'te croyais encore couchée.

— Oui, mais Ariane parlait assez fort que ça m'a réveillée.

— Tracasse-toé pas avec ça, ma p'tite Lucille. Comment ça file ?

— C'est toujours la même chose... R'garde, m'man, comme chus rendue grosse !

— À l'hôpital, i ont dit que c'est parce que tes reins vont pas ben. Ça va se r'placer, tu vas voir. Tiens, mets tes jambes sur la chaise. »

La petite est tellement enflée qu'elle a de la difficulté à se mouvoir seule. Paula l'aide donc à étendre ses jambes sur le siège.

« Veux-tu, môman va t'faire un bon thé avec des galettes ?

— Juste du thé, j'ai pas faim pour autre chose. I est où Édouard ?

— I est parti à l'hôpital avec ton père pis Bernise. I filait pas ben.

— Lui aussi i est malade souvent, hein môman ? I vont-tu i faire des piqûres à lui aussi ? J'veux pas, ça fait trop mal ! »

Paula n'offre aucune réponse.

« Édouard va-tu rester à l'hôpital ?

— Ben non, ben non. Pense pus à ça !

— M'man, quand vous irez au magasin, j'aimerais vous d'mander d'quoi, si vous avez de l'argent...

— Dis toujours. Si j'peux, j'vas te l'acheter.

— J'aimerais ben gros avoir un chapelet pour moé tu seule.

— Ça peut s'arranger. Mais pourquoi rien que pour toé ?

— Parce que j'voudrais prier pour mon p'tit frère, que l'bon Dieu le guérisse.

— I va guérir, tu vas voir. Dans un mois, ça paraîtra pus. »

La conversation se termine ainsi, donnant à Paula l'occasion de réfléchir un peu sur ses agissements.

« T'es r'venu tu seul ?

— Bernise est en train de décharger la voiture. Le p'tit est resté à l'hôpital parce qu'i était trop faible, répond le mari qui revient tout juste à la maison.

— Que-cé qu'i ont dit, les docteurs ? s'informe Paula, presque avec détachement.

— Que si on était trop pauvres pour le nourrir comme i faut, on avait juste à l'donner à ceux qui en ont pas d'enfants !

— Parle pas trop fort ! Lucille est couchée, mais a dort pas.

— Pourquoi que Lucille a t'inquiète pis pas lui ?

— Tu dis des bêtises !

— Non, Paula ! C'est pas des bêtises pis tu l'sais ben trop. En tout cas, on en r'parlera une autre fois, parce que là, j'pourrais dire des choses que j'vas r'gretter. »

Chapitre 26

*É*douard, enfin sorti de l'hôpital, revient à la maison tout heureux de revoir sa famille, même sa mère. Il ne comprend pas le comportement de celle-ci à son endroit, mais il l'aime quand même de tout son petit cœur d'enfant.

Claude et Maurice travaillent au moulin à bardeaux. Bernise, Baptiste et Ariane s'occupent des animaux. Jacques et Édouard rentrent le bois de chauffage. Quant à Fleur-Ange, elle aide sa mère aux travaux de la maison. Chacun a donc sa tâche à accomplir. Comme il n'y a pas encore d'école dans la petite communauté, Paula occupe ses filles en leur apprenant à coudre et à tricoter.

« Y a d'la neige c't'hiver pas ordinaire !

— Ça achève. Dans un mois, i en restera presque pus.

— En tout cas, on a passé une belle hiver, tu trouves pas ?

— Oui, mon mari. Chus ben contente !

— On a d'l'ouvrage jusqu'au mois d'mai au moulin.

— C'est tant mieux, vous allez finir juste pour les semences.

— C't'en plein ça ! J'pense que j'vas m'acheter un autre joual. Ça s'rait pas de trop avec le défrichage qu'on va faire.

— C'est toé qui connais ton affaire. J'vas aller faire boire un peu de bouillon d'poulet à Lucille. »

Claude allume sa pipe tout en regardant les enfants jouer dehors. Le soleil resplendissant doit bien les réchauffer. Il se réjouit de voir Édouard se démener parmi les autres.

« Ouais ! On a passé un mosusse de bon hiver. Pis moé, les p'tits dimanches tranquilles comme aujourd'hui, j'aime ben ça ! »

Soudain, un cri à fendre l'âme retentit dans toute la maison.

« Claude, viens vite ! Dépêche-toé ! »

Claude se lève de sa chaise et pénètre dans la petite chambre à la vitesse de l'éclair. Il retrouve sa femme à genoux près du lit, en larmes.

« Est morte ! Ma p'tite fille est morte ! C'est pas vrai ! crie la mère, désespérée.

– A l'était trop malade, pauv'p'tite. A souffrira pus, là », s'efforce de lui dire Claude pour la consoler.

Puis, il prend sa femme par les épaules et l'aide à se relever. Il l'entraîne lentement vers la cuisine et commande à ses enfants d'entrer dans la maison. Ces derniers, figés par l'immense peine de leur mère, restent silencieux et roulent de grands yeux interrogateurs.

« Bernise, occupe-toé de ta mère. Maurice, viens icitte, j'ai affaire à toé. »

Claude amène son fils un peu en retrait :

« Mon garçon, tu vas aller chercher monsieur l'curé.

– Que-cé qui s'passe, p'pa ?

– Va, va, mon gars. J'te l'dirai en revenant.

– C'est correct. »

En entendant parler du curé, Paula devient hystérique.

« J'veux pas, as-tu compris ? J'veux pas qu'a soye morte ! »

Paula a prononcé ces paroles avec une telle furie que les enfants en sont effrayés. Édouard se précipite dans les bras d'Ariane qui l'accueille et le presse fortement contre elle. Avec difficulté, elle parvient à chuchoter à l'oreille du jeune garçon :

« Chut ! Chut ! mon p'tit frère ! Aie pas peur. C'est pas contre toé que m'man est fâchée... Ça prendrait des cierges, pôpa, finit-elle par dire.

– Bernise, peux-tu t'en occuper ? »

Paula ne pleure plus. Elle est maintenant effondrée sur sa chaise près du poêle et se berce en faisant non de la tête.

« Monsieur l'curé est arrivé, Paula. Viens ! I faut i donner les derniers sacrements. »

Claude lui tend les bras à nouveau. Elle s'y appuie lourdement et se laisse guider jusqu'à la chambre où sa fille repose en paix. Le regard brumeux, elle ne cesse de répéter d'une voix faible :

« C'est d'ma faute, le bon Dieu m'a punie.

— Arrête ça, Paula ! » lui enjoint son mari sur un ton suppliant.

Le prêtre qui a administré la fillette s'adresse maintenant aux parents éplorés :

« Ma servante va venir vous aider à faire sa toilette. J'vais m'occuper de prévenir les embaumeurs. »

Paula éclate de plus belle.

« C'est pas vrai ! Lucille est partie, ça s'peut pas ! Mon Dieu, ça fait trop mal !

— Courage, madame Rioux. Le Seigneur nous envoie des épreuves qui s'expliquent pas tout l'temps, vous savez.

— V'nir chercher une enfant de c't'âge-là. Ç'a pas d'bon sens, rétorque la mère, agressive.

— Elle a toujours eu une santé fragile, vous l'savez bien. Ses souffrances sont finies. Je suis certain qu'elle est maintenant heureuse.

— I faut que tu sois courageuse, Paula, lui souffle son mari d'une voix douce.

— I va falloir avertir Anita pis Vict... »

Bernise ne termine pas sa phrase et c'est avec tristesse qu'elle voit sa mère se blottir contre la poitrine de Claude.

Paula ne peut être courageuse. C'est trop lui demander. La mort de Lucille était inévitable. C'est le prix à payer pour ses erreurs.

Elle s'écroule dans sa peine, entraînant avec elle Claude qui n'arrive plus à retenir cette douleur qui le tenaille. Le prêtre assiste à cette scène pénible, la gorge serrée. Il essaie tant bien que mal de réconforter chaque enfant, mais plus personne ne réussit à contenir ses émotions. Des plaintes déchirantes proviennent de tous les coins de la grande cuisine.

La petite maison est pleine à craquer. Les voisines apportent de la nourriture et offrent aux membres de la famille en deuil de la place pour coucher. Paula tient fermement à garder Aurore avec elle. Sa présence lui apporte du réconfort.

Étant donné que Lucille n'a pas fait sa communion solennelle, elle n'est exposée qu'une journée et une nuit. Le prêtre célèbre ensuite l'hymne aux anges avant de reconduire l'enfant à la charnière, sa dernière demeure.

Aurore reste quelques jours de plus, tout comme Anita, qui a maintenant trois enfants.

Aurore a réussi à s'isoler avec Claude un moment et en profite pour le questionner :

« T'as pas pu r'joindre Victor, hein ?

— On a jamais eu d'nouvelles de lui. J'sais pas c'que j'donnerais pour le voir.

— Pourtant, un moment donné, i va donner signe de vie.

— Te rends-tu compte, Aurore ? Ça fait six ans que j'l'ai pas vu. À toé j'peux l'dire, j'ai ben d'la misère à pardonner à Paula.

— Elle le sait, c'est pour ça qu'a pense que l'bon Dieu l'a punie.

— Si a le r'grette, pourquoi d'abord qu'a fait la même erreur avec Édouard ? Essaye de comprendre de quoi...

— Force-toé pas trop, c'est pas comprenabe. Pis de voir comment qu'a l'a d'la peine pour Lucille, ça m'crève le cœur.

— J'sais pas si a comprend elle-même.

— Décourage-toé pas, chus certaine qu'astheure, c'est dans mon idée qu'a va être correcte. Donnes-y encore une chance, mon Claude !

— T'es ben smat de m'écouter d'même. J'en ai jamais parlé, mais tu sais, quand Victor est parti, c'est comme si i était mort lui aussi. J'sais pas où i est, si i est malade... C'est dur en maudit !

— Oui, pis toé avec ton cœur en or...

— Tu sais, ça paraît p'tête moins, mais moé aussi, j'ai ma part de pas correct.

— C'est certain que du monde parfait, y en a pas sur la terre. Mais y en a qui ont plus de misère que d'autres.

— C'est pour ça que j'me dis qu'i faut pardonner. »

Chapitre 27

$\mathcal{I}$l y a dans le village d'Esprit-Saint une jeune fille qui, où qu'elle aille, ne laisse personne indifférent. Ariane, la troisième fille de Claude et de Paula, est maintenant âgée de quatorze ans et a fière allure. Sachant ce qu'elle veut, elle finit toujours par l'obtenir. Elle laisse aussi présager une grande bonté, un peu à l'image de son père. Cet aspect de sa personnalité inquiète d'ailleurs Claude. Comme lui, dans certaines circonstances, elle n'arrive pas à être assez catégorique.

Ses longs cheveux noirs et ses yeux pers font perdre la tête à certains jeunes hommes de la paroisse. Elle fait souvent partie des discussions lorsqu'ils se rencontrent, à l'ouvrage, au magasin général, dans les soirées de danse et même sur le perron de l'église.

C'est ainsi qu'on parlait d'elle, au magasin, un dimanche après la messe.

« Hé ! les gars ! Avez-vous vu l'père Rioux avec ses filles ? siffle un jeune homme.

— Faudrait être aveugle !

— I va falloir faire une veillée avant longtemps pour les connaître un peu plus, ces jolies demoiselles.

— Parle pas trop fort, le curé vient d'arriver.

— Not'curé, i est ben correct. J'sais pas où qu'i l'ont pris celui-là, mais i comprend l'monde pis i s'prend pas pour un autre.

— T'as raison. Les veillées, ça l'dérange pas pourvu que l'monde tienne sa place.

— Ça nous empêche pas de coller les filles un peu quand on a not'chance.

— Pis toé, Gérard, tu parles pas ?

— J'ai rien à dire, j'vous écoute.

— Tu parles pas parce que t'as peur qu'on te la vole, la p'tite Rioux.

— Que-cé qu'tu veux dire là ? Quelle p'tite Rioux ?

— Penses-tu que j'ai pas r'marqué ? Ça fait une couple de dimanches que c'est pas l'autel que tu r'gardes !

— Arrête-moé donc ça ! Tu t'trouves comique, j'cré ben.

— Oui, un brin. Mais j't'avertis : t'es aussi ben de t'planter si tu veux pas la perdre parce qu'y en a d'autres qui ont l'œil dessus. »

Gérard ne répond pas, mais il ressent quand même une petite pointe de jalousie. Il n'a jamais parlé à la jeune Ariane et se demande bien comment il pourrait provoquer une rencontre.

Bien bâti pour son âge, Gérard ressemble un peu à son père avec sa chevelure brune très épaisse et son visage allongé, orné de grands yeux foncés. Orgueilleux de ses muscles bien développés, le jeune homme vient souvent prêter main forte à son père pour les travaux lourds de la ferme et le défrichage. La chasse et la pêche sont devenues ses principales activités depuis qu'il a quitté l'école. Lorsqu'il est dans les bois, il vaque à ses occupations le cœur joyeux. Mais depuis quelque temps, une jolie fille habite les pensées du jeune homme. À seize ans, l'amour le guette...

Chapitre 28

*A*u matin, Paula réveille sa marmaille.

« L'vez-vous ! La soupane est prête.

— Pas encore ça à matin ! Vous l'savez que j'aime pas ça.

— Jacques, ça s'rait ben pire si t'avais rien. Y en a qui s'raient ben contents. Ça fait que tais-toé pis mange.

— Pôpa est-tu déjà parti pour le moulin ?

— Non, i est allé faire le train. Pourquoi ?

— Parce que j'veux pus aller à l'école, chus prêt à travailler.

— Y a déjà Baptiste pis Maurice qui travaillent avec ton père, ça veut pas dire qu'y aurait d'la place pour toé.

— Ben d'même, j'vas aller bûcher c't'hiver.

— T'es trop jeune, voyons donc !

— V'là p'pa, j'vas i en parler.

— Non, non, mon jeune ! Va à l'école encore une escousse. T'as l'temps en masse de te faire g'ler à travailler dehors.

— Ça f'rait d'l'argent pour le mariage de Bernise.

— Cherche pas d'raison, on a pas d'misère à arriver. Ta sœur, ça fait déjà un boutte qu'a travaille. Son mariage nous coûtera pas cher. Non, j'te l'dis, oublie ça pour astheure. »

Jacques croyait bien convaincre ses parents. Déçu, il plonge le nez dans son assiette et avale son repas. Ariane arrive à l'instant au bas de l'escalier.

« Ç'a d'l'air qu'i va y avoir des noces su les Turgeon sam'di dans l'quinze, précise-t-elle en prenant place à table.

— Qui t'a dit ça, toé ? s'informe Jacques.

— Bernise. Où qu'est engagée, le voisin a un garçon qui marie une fille à monsieur Turgeon. Emma qu'a s'appelle.

165

— Où tu veux en v'nir ? demande Paula, intriguée.

— Ben... on pourrait aller danser. C'est pas souvent qu'on a l'occasion. Pis, en même temps, quand Bernise ça va être son tour au mois d'octobre de s'marier, ben, j'saurai ! Vous trouvez pas que j'ai eu une bonne idée ? »

Claude regarde sa fille en riant. Ayant très bien deviné son petit manège, il en profite pour la taquiner un peu.

« Tu sais même pas danser !

— J'vas apprendre, les autres ont ben appris.

— T'es sûre que c'est la seule raison ? »

D'un geste rapide, Ariane mord dans une grosse tranche de pain rôti. Elle prend son temps pour bien mastiquer l'aliment avant de répondre le plus naturellement possible.

« Ben oui...

— J'sais pas, moé... Ç'a d'l'air qu'y a des belles jeunesses su Turgeon, reprend Claude.

— Voyons, p'pa ! dit-elle en jouant l'indignée. Chus ben trop jeune !

— Oui, mais t'es assez ben développée pour ton âge pis pas laite pantoute. Y en a pas un en particulier qui t'f'rait chavirer un tit brin ? »

Paula et Claude se regardent, complices, sourire en coin.

« C'est quand, ces noces-là ? s'informe Paula.

— J'vous l'ai dit betôt, dans quinze jours.

— Ça m'dit pas la date.

— Le 29 août.

— On va y penser, ton père pis moé.

— Ça nous f'rait pas tort nous autres itou, sa mère, de s'dégourdir les jambes un peu, suggère Claude.

— Tu y penses pas ! Ça fait comment d'temps qu'on a pas dansé ?

— Dis oui, m'man ! supplie Ariane.

— J'te dis que j'vas y jongler.

– Ben, jongles-y pis du bon bord parce que moé, j'aguirais pas ça pantoute me swinger la patte. Sans compter qu'i pourraient nous rendre la pareille aux noces à Bernise. Ouais ! Ç'a l'air du ben bon monde, les Turgeon », conclut le père.

Ce qu'Ariane et ses parents ne savent pas, c'est que Gérard Turgeon a lui aussi l'œil sur elle...

Chapitre 29

Le grand jour arrive enfin : le 12 octobre 1935, Bernise et Arthur unissent leurs destinées, pour le meilleur et pour le pire.

La veille, à la tombée du jour, Bernise scrute le firmament, les doigts croisés bien fort.

« I faut qu'i fasse beau demain, Seigneur, faites ça pour moé. »

Sur ces vœux pieux, elle décide d'aller se coucher, peu confiante de pouvoir fermer l'œil.

« Bonne nuite, m'man ! C'est la dernière fois que j'dors dans c'te maison-là...

— Ben voyons, Bernise, tu vas revenir avec ton mari.

— Ouais ! C'est vrai, mais ça s'ra pus pareil. Vous êtes sûre qu'on a rien oublié ?

— Non, non, tout est prêt. Tu vas voir, ça va être une belle noce !

— Chus contente que la famille Turgeon ait accepté de v'nir. Gérard est ben content, ç'a l'air.

— Coudon, lui, i est en train de tumber en amour pis c'est vrai.

— Être un homme, moé, j'tenterais ma chance. J'le comprends de s'être épris d'Ariane. Hé ! qu'est belle, c'te p'tite-là.

— C'est l'cas de l'dire, c'te p'tite-là. A l'a juste quatorze ans...

— M'man, à quel âge vous vous êtes mariée ?

— J'ai compris, j'ai rien dit. N'importe que c'est jeune pareil. On s'embarque pour la vie, pis après, c'est la vie qui nous embarque. Veut ou veut pas, i faut qu'tu rames en mosusse des bouttes ! »

Paula, occupée à faire un dernier ourlet au bas de sa robe, reste soudain immobile, pensive ; l'expression de son visage surprend et inquiète à la fois Bernise.

« M'man, que-cé qu'y a ? On dirait que vous r'grettez d'quoi.

— Non, brise pas ta joie, ma fille, répond-elle en lui caressant les cheveux. Chus contente de la vie que j'ai eue. Ça doit être que j'ai d'la misère à craire que toé, tu vas nous laisser demain. J'ai un peu l'cœur gros, tu sais.

— Voyons, m'man ! C't'à mon tour de vous raisonner. Arthur pis moé, on a décidé de s'installer par icitte justement à cause que nos familles y sont. J'vas v'nir vous voir souvent. J'pourrais pas m'en empêcher.

— Jusqu'au temps que t'ailles des enfants. Après, tu vas changer d'idée.

— Mais vous êtes donc ben triste ! Ça m'fait drôle de vous voir de même, justement à soir.

— Fais pas attention...

— Ça s'rait ben malaisé, parce que ça paraît trop dans vot'figure. »

Paula lève la tête, qu'elle tenait baissée depuis un certain moment. Elle ne dit plus un mot. De ses petits yeux brillants et, d'habitude, pleins de vie coule une larme qui descend jusqu'à ses lèvres. Bernise s'approche de sa mère et essuie cette larme du revers de la main.

« Ma p'tite môman, que-cé qui vous arrive, voulez-vous ben m'dire ? À vous voir, j'ai d'la misère à craire que vous avez été heureuse de vous marier pis d'avoir des enfants.

— On dirait qu'en moé, y a deux femmes. Une qui voulait des enfants, à condition que ça soye pas vingt. Mais aussi une autre qui voulait accomplir des choses personnelles. Mais j'sais pas quoi... J'sais pas si ça s'peut des femmes qui veulent faire autre chose que fonder une famille.

— J'pourrais pas dire, m'man. I paraît que les femmes, c'est faite pour avoir des enfants.

— Y en a qui restent vieilles filles pis d'autres qui rentrent au couvent. Des fois, c'est parce qu'i trouvent personne pour les marier. Pour les sœurs, j'me prononcerais pas. Mais pour les vieilles filles, j'pense qu'i sont pas si heureuses que ça. Ben j'parle de celles que j'connais, c'est ben sûr. »

Bernise hésite, mais la curiosité l'emporte. Ce soir, entre sa mère et elle, des liens très forts sont en train de se tisser. Elle sent tout à coup qu'elle peut tout demander à sa mère, certaine d'avoir une réponse. Un courant de chaleur subtile mais puissant circule entre les deux femmes. Il ne s'agit plus de la mère et de la fille qui discutent, mais tout simplement de deux amies. Bernise sent que Paula a des choses à lui confier, choses que peut-être personne n'a jamais entendues. Et c'est elle que sa mère, ou le hasard, a choisie pour entendre ces confidences. Bernise en est immensément heureuse.

« M'man, j'peux-tu vous poser une question ?

— Vas-y, ma fille !

— Si vous décidez de m'répondre, j'veux que vous m'disiez la vérité. C'est-tu par amour que vous vous êtes mariés, p'pa pis vous ? J'me sus jamais posé c'te question-là, mais à soir, avec l'air que vous avez, ça m'a passé par la tête. »

Paula se dirige vers la chambre à coucher afin de vérifier si son mari est bien endormi. Elle en profite même pour fermer la porte.

« L'eau est encore chaude sus l'poêle. Prendrais-tu une tasse de thé avec moé ? Ç'a d'l'air qu'on a pas fini d'jaser...

— Oui, j'sais pas c'qui m'prend tout d'un coup. On dirait que j'ai la tremblette.

— Ça, ma fille, c'est pas l'frette. C'est les confidences qui nous mettent dans c't'état-là. On tremble de partout pis on arrive pas à s'contrôler. Force pas, ça va s'en aller tu seul.

— Quand j'vous ai vue vous lever tantôt pis aller vers la chambre, j'ai filé mal en pas pour rire. J'me sus dit : " Ça y est, la folle, t'as posé des questions à ta mère qui te r'gardent pas, pis là est choquée contre toé. " J'ai eu peur pis pas juste un peu ! J'voudrais pas partir pis qu'on soye en chicane, parce que j'sais ben que j'vas toujours avoir besoin d'vous. De vot'côté, j'veux que vous me promettiez que chaque fois que vous aurez besoin d'moé, vous me l'ferez savoir.

— C'est promis autant d'un bord comme de l'autre. Mais là, on s'éloigne du sujet principal. Tes questions, veux-tu toujours avoir des réponses ou qu't'as changé d'idée ?

– Jamais d'la vie ! Chus assez contente que la conversation aye tourné d'même. C'est pour dire des fois : on a jamais autant jasé, pis l'dernier soir où i faut que j'me couche de bonne heure pour pas avoir les yeux pochés, on s'décide comme ça de faire des confidences.

– Ma fille, ces moments-là, on les choisit pas pis c'est mieux d'même !

– Ah ! m'man ! Si vous saviez à quel point c'est important pour moé. Mais on jase, on jase, pis vous avez toujours pas répondu à c'que j'ai d'mandé.

– Oui, r'venons à nos moutons. Tu sais, c'est pas facile. C'est p'tête pour ça que la conversation tourne toujours... Que c'est donc dur de parler d'nous autres ! Chez nous, on était dix-huit enfants. Nos parents s'aimaient beaucoup, enfin j'pense... Mais on était tellement pauvres ! Mon père était souvent malade. On a jamais su c'qu'i avait comme maladie, pauv'pôpa. Le jour que j'm'ai mariée, i a même pas pu v'nir : i était cloué au lite. I a eu ben d'la peine. Des fois, on dit qu'on mange d'la misère, nous autres, en vous élevant. Mais quand j'y pense comme i faut, c'est rien à côté de c'temps-là. Môman a crayait ben gros au bon Dieu. Ça doit être ça qui a permis de toffer la brise.

– Craire en Dieu plus que vous, c'est difficile à imaginer !

– Si tu l'avais ben connue, tu verrais une différence. Moé, des fois, j'ai d'la misère à craire tout c'qu'a dit, la religion. En tout cas, c'te question-là, on la réglera pas à soir. R'venons-en au fait. Moé, j'tais la treizième enfant, y avait sept filles d'affilée. Quand l'premier garçon est arrivé, j'ai pas besoin de t'dire qu'i était l'bienvenu ! Avec pôpa toujours malade, les filles, on avait pas à fafiner : l'ouvrage, fallait qu'a s'fasse ! Ça fait que faire le train, rentrer l'bois pis même aller dans la forêt pour le couper, on a passé à peu près partout. Des forces pour sortir pis danser, i nous en restait pas beaucoup. Une autre défaite importante, c'tait qu'on avait pas assez de beau linge pour s'présenter dans les veillées. On allait à la messe juste deux ou trois en même temps, parce que justement, i fallait se passer les vêtements chacun à not'tour. Dans l'temps, on connaissait pas mieux, ça fait qu'on trouvait pas ça si dur. Des fois, i fallait s'coucher sans souper pour être sûr d'avoir quèque chose à manger le lend'main.

C'était les périodes ousseque pôpa était plus malade. Une chance que môman était débrouillarde. Malgré qu'elle avait pas grand-chose, a réussissait à faire quand même des bons plats. Une chose par exemple que j'pourrai jamais oublier, c'est que malgré la grande misère, on sentait vraiment que nos parents nous aimaient beaucoup. L'été, môman s'faisait mourir pour faire un grand jardin. Ben, c'est sûr qu'on i aidait, mais i fallait qu'a voye à tout. Dans l'temps des semences, des foins pis des récoltes, on mangeait not'claque à l'ouvrage. Mais par chance qu'on avait tout ça, plus les animaux pour arriver à s'nourrir. Pour abattre les grosses bêtes, môman a d'mandait les voisins, mais pour les volailles, c'tait elle qui leur coupait l'cou.

— Moé, j'pense que quand c'est pour donner à manger à tes enfants, t'arrives à faire n'importe quoi.

— T'as ben raison ! Pour c'qui était de la maison, rien d'inquiétant au lot d'filles qu'on était. C'est pour ça, tu comprends, que quand y en avait une qui trouvait à s'marier, a le faisait au plus sacrant. Une bouche de moins à nourrir, ça paraissait dans c'temps-là !

— J'comprends donc !

— Après les sept filles, ç'a été plus mêlé. Y a eu plusieurs garçons à travers. Quand i sont v'nus assez vieux, ben c't'eux autres qui ont pris not'place.

— I paraît que sept filles ou sept garçons d'affilée, la ou le septième a un don. Chez vous, ç'a-tu été pareil ?

— J'sais pas si c'est un don, mais la septième est entrée au couvent. Elle avait l'air heureuse, mais est morte jeune.

— Vous, m'man, dans tout ça...

— La famille de ton père est venue s'installer dans une paroisse avoisinante de chez nous. J'm'apercevais ben que ton père r'luquait pas mal fort de not'côté. Moé, j'pensais que c'était pour une de mes sœurs. Quand j'en ai parlé à ma sœur, est partie à rire. À elle, i avait dit que c'tait moé qu'i trouvait d'son goût. Pas besoin de t'dire que les bras m'ont tumbé !

— Que-cé qu'vous avez faite ?

— Ben là, j'l'ai pas crue tusuite pis j'me sus mis à guetter. A m'avait pas conté d'menteries. Comme Claude était ben gêné, ça i a pris quèque temps avant de s'déclarer. Lui, i m'trouvait ben d'son goût, mais moé, j'tais pas sûre.

— Pépère, lui, que-cé qu'i a dit ?

— Pôpa a dit qu'il était prêt à lui donner sa fille, mais que c'tait à elle de décider. Que même si i avait d'la grosse misère, i forcerait jamais ses enfants à s'marier avec quequ'un qu'i voudraient pas.

— Pauv'môman ! Comment qu'ça s'fait d'abord que vous vous êtes r'trouvée avec lui ?

— C'que j'te dis à soir, même ton père n'en a jamais rien su. J'ai pensé à mon affaire comme i faut, pis là, j'me sus dit que j'pourrais pas être pire que mes sœurs. J'en ai une qui s'est mariée à quatorze ans. Elle, j'te dis qu'a l'a pas ben frappé ! Une espèce d'escogriffe qui buvait pis qui la battait en plus. Ça pouvait pas être pire, c'tait pas possible parce que ton père avait l'air d'un bon gars. J'me sus pas trompée. Ah ! au début, c'est sûr que c'tait pas le coup de foudre. Quoique i avait des maudits beaux yeux ! Même dans c'temps-là, tu sais, on pensait au grand amour. Des fois, à l'école, on s'passait des romans à cachette. Si i avait fallu que môman voye ça ! Quand j'lisais ces livres-là, j'avais la tête dans les nuages pis quand j'me couchais, j'm'imaginais que le héros du roman, i v'nait me voir pis qu'i m'embrassait. Mais quand l'jour arrivait, j'me sentais coupable. L'dimanche, j'allais à confesse. Si t'avais vu monsieur l'curé ! I avait les yeux comme des fusils de l'autre bord d'la grille. J'avais peur sus l'moment, mais c'est comme rien : la s'maine suivante, je r'commençais !

— Monsieur l'curé, lui, i a rien fait ?

— L'dimanche, en chaire, i parlait ben des livres impurs qui circulaient pis qui donnaient des mauvaises idées aux jeunes filles. I disait que ça d'vait cesser. Ça arrêtait pour deux à trois s'maines, mais ça r'commençait tout l'temps.

— Ça existait dans vot'temps les romans ?

— Ben sûr que ça existait ! Comme de raison, c'tait moins osé qu'astheure, mais i en fallait pas plus. Ouais ! Ça fait que c'est d'même que j'me sus r'trouvée mariée avec ton père. Pis nous v'là rendues à soir ousséqu'la deuxième de mes filles, c't'à son tour de s'marier. Les années i passent pis on les voit pas.

— Si j'vous disais que moé, Arthur, je l'aime, me croiriez-vous ?

— Rien qu'à vous voir ensemble, c'est ben clair que vous allez être heureux. Chus certaine de ça ! Pis j'voudrais pas te laisser sus l'impression que j'me sus mariée de force avec ton père. Au contraire, ç'a pas été long que chus tumbée en amour et pas à peu près. »

À ce moment précis, Claude arrive dans la cuisine en combinaison, la chevelure emmêlée, les yeux plissés de sommeil.

« Aïe ! les femmes ! Avez-vous vu l'heure ? Que-cé qu'vous pouvez ben avoir à tant placoter ? Vous allez avoir la face longue demain, c'est certain !

— M'man, i est minuit ! Que-cé qu'on a pensé ? J'vas avoir les yeux tout pochés, i faut que j'me lève au moins à quatre heures et d'mie pour être prête à temps.

— Des moments comme on a passés à soir, ma fille, i faut jamais r'garder l'temps qu'ça prend. C'est trop important ! »

Bernise se dirige vers sa mère et lui caresse le visage.

« Que vot'peau est douce ! J'espère que j'vas m'conserver aussi belle que vous. Merci, merci pour tout de tout mon cœur. »

Les deux femmes s'étreignent avec émotion.

« Bon ben là, c'pas à soir qu'i faut pleurer. J'vas t'faire des compresses de thé. Laisse-les sur tes yeux une demi-heure à peu près. Demain, i vont être clairs comme l'eau de la rivière. »

Chapitre 30

Quelques heures avant la cérémonie, c'est le branle-bas chez Claude et Paula.

« M'man, j'trouve pas ma ceinture, se plaint Ariane, tout énervée.

— Ouvre-toé les yeux, est sus l'dossier d'la chaise !

— Une chance que c'est pas toé qui s'marie, commente Maurice.

— Achale-moé pus, fatiquant !

— Oh ! mad'moiselle est pincée à matin ! C't'à souhaiter que l'beau Gérard va être de bonne humeur, lui...

— M'man, dis-i qu'i m'laisse tranquille !

— Les filles, ça crie toujours après leur mère, ajoute Baptiste.

— Maudit tannant, laisse-moé donc la paix ! »

Ariane se précipite dans l'escalier en pleurant.

« Que-cé qu'i i prend, elle, à matin ? A monte sus ses grands jouaux pas rien qu'un peu !

— Les tits gars, laissez vot'sœur. Si vous avez fini d'vous préparer, au lieu d'faire le yâbe, allez atteler, ordonne Claude afin de calmer un peu les esprits.

— On voulait juste l'étriver. Les filles, j'les comprendrai jamais ! déclare Maurice.

— Essaye pas, tu vas t'caler, reprend son père. Fais-moé donc mon nœud d'cravate, ma femme.

— Ariane, es-tu prête ? lui crie Paula en ajustant le col de chemise de son époux.

— Oui, ça s'ra pus long astheure. »

Édouard arrive en courant dans la cuisine.

« Chus prêt !

« – R'ssous icitte, toé ! T'es prêt, oui. T'as-tu vu la cravate toute de travers ? » gronde Paula.

Elle refait le nœud et passe un coup de peigne dans les cheveux de son fils qui lui saute au cou et l'embrasse sur la joue pour la remercier.

« Marci, m'man ! T'es fine. »

Les larmes lui montent aux yeux. Une fois de plus, Paula se rend compte des beaux moments qu'elle a perdus avec cet enfant lorsqu'elle le boudait.

« M'man, on dirait que j'vas renvoyer... », se lamente Bernise en se posant la main sur la bouche.

Maurice en profite pour la taquiner un peu :

« Pour moé, est partie pour la famille ! » s'exclame-t-il avec force.

Tous se retournent vers lui et le garçon rougit jusqu'aux oreilles.

« Veux-tu, toé... Tu peux ben rougir, dire des affaires de même ! À part de ça, qui c'est qui t'a dit qu'on a mal au cœur dans c'temps-là ?

– M'man, j'ai des oreilles pis chus pas fou.

– C'est rien que l'énervement. Ta sœur, c'est une bonne fille. »

Tout le monde est enfin prêt. Les garçons se sentent le cou raide dans leur chemise que Paula a mis des heures à empeser avec l'eau de cuisson des patates. Toute la famille a pris place dans la voiture, à l'exception de Bernise et de son père. Ces derniers attendent l'arrivée du voisin pour sortir de la maison.

« Que-cé qu'i fait donc, monsieur Morin ? L'avez-vous ben d'mandé pour six heures et quart, p'pa ? s'inquiète la jeune fille.

– Oui, oui. J'comprends pas... I l'sait, lui aussi, qu'y a deux milles d'icitte au village. Faut compter au moins trois quarts d'heure pour s'y rendre.

– En tout cas, i est pas question de faire trotter les jouaux pour que tout l'monde soit plein de poussière ! » tranche Bernise.

Baptiste, qui se tenait au bord de la route afin de surveiller l'arrivée du taxi, sonne l'alarme :

« I s'en vient, p'pa. Vite, dépêchez-vous ! »

Lorsque Claude et Bernise apparaissent enfin sur la galerie, un long murmure d'admiration se fait entendre. Son père lui tend la main.

« C'est-tu ben toé, Bernise ? demande Maurice en contemplant la jolie mariée.

— Ben oui, grand niaiseux ! Arrête de faire ton drôle, pis aide-moé à monter dans l'taxi. I manquerait pus rien que j'm'enfarge dans ma robe.

Presque toute la petite communauté, qui compte maintenant une vingtaine de familles, s'est réunie dans l'église pour assister à ce mariage. La journée s'annonce splendide.

« Môman, avez-vous vu là-bas, le joual ? I a un ruban rouge sus la tête.

— Arrête de t'exciter d'même, Éloïse, reprend madame Turgeon, un peu gênée de l'emportement de sa fille.

— Aïe ! Gérard ! C'est la voiture des Rioux, fait remarquer Philippe en montrant du doigt le véhicule.

— Ça s'peut, j'ai pas r'marqué... Laquelle ?

— Fais pas semblant, hypocrite ! »

Philippe, toujours très taquin, ne manque aucune occasion d'impatienter son frère :

« Là, Gérard, si j'peux te donner un conseil de grand frère, au cas où tu t'en rappellerais pas, l'autel dans l'église, est en avant...

— Pourquoi qu'tu dis ça ? demande le jeune homme offensé.

— Ben, parce que la dernière fois, on aurait dit qu'tu pensais qu'à l'était du côté du banc des Rioux. Des plans pour attraper un torticolis. La messe, ça dure au moins une heure d'habitude. Aujourd'hui ça va être encore plus long.

— En quoi que ça te dérange, toé ?

— Comme grand frère, ça m'f'rait d'la peine de t'voir le cou raide un bon deux s'maines.

– Mange donc d'la m... »

Gérard n'a pas le temps de finir sa phrase qu'il entend sa mère le réprimander :

« Que j'te voye, toé, parler d'même ! On dirait que vous êtes pas élevés des fois, ma grande foi du bon Dieu !

– I a juste à s'mêler d'ses affaires, c'maudit fatiquant-là ! I est jaloux.

– Jaloux ou pas, que j't'entende pus parler d'même, as-tu compris ?

– Toé, laisse faire ! J'me r'prendrai ben. M'man s'ra pas toujours là.

– Voyons, Gérard, entends à rire ! J't'envie pas pantoute, même si chus plus vieux qu'toé pis qu'j'ai pas d'blonde. Chus ben content de c'qui t'arrive. La p'tite Rioux, est belle en tabarnouche, laisse pas personne te la voler. »

Bernise, accompagnée de son père, s'avance dans l'allée centrale de la petite église sur l'air de la marche nuptiale jouée par l'épouse de l'employé du gouvernement. Pour l'occasion, la bonne dame a fait transporter de chez elle un harmonium, comme chaque fois qu'il y a un événement spécial dans la paroisse. À ses yeux, il est inconcevable qu'une messe de mariage soit célébrée sans musique.

« On va-tu finir par arriver au boutte de l'allée ? se demande Bernise. J'ai les jambes toutes molles. Une chance que ma robe est longue ! J'tremble assez, tout l'monde s'en apercevrait. Ouf ! »

Apercevant son futur époux, elle se sent rassurée. Arthur et son père sont tournés vers eux. Deux fauteuils recouverts de couvertures écarlates attendent les futurs mariés. La cérémonie commence pour se terminer une bonne heure plus tard.

Lorsque la porte de l'église s'ouvre enfin, c'est pour y laisser passer un couple heureux de son union et qui affiche un large sourire. Arthur et Bernise saluent les invités qui, à tour de rôle, les félicitent chaleureusement.

« V'là monsieur l'curé qui s'amène ! » leur souffle à l'oreille la mère d'Arthur.

Le prêtre, tout en saluant chacun au passage, se dirige vers les nouveaux mariés.

« Rebonjour, mes enfants ! En tant que responsable de cette nouvelle paroisse, je tiens à vous remercier de m'avoir donné la chance de bénir votre union. C'est mon premier mariage ici, et soyez assurés que j'm'en rappellerai !

— On vous r'mercie ben gros, Arthur pis moé, monsieur l'curé ! Ç'a été une belle messe. On va tout faire pour être de bons chrétiens.

— Je vous souhaite un grand bonheur. Et dans la mesure du possible, beaucoup de marmots pour agrandir notre communauté.

— On va prendre tous les enfants que l'bon Dieu va ben vouloir nous donner.

— Bernise, comprenez-moi bien, j'ai dit ˝ dans la mesure du possible ˝. Faites aussi attention à votre santé parce que ces enfants-là, il faut les nourrir et bien les élever.

— Marci, monsieur l'curé, de vos bons souhaits pis de vos conseils. À jaser avec vous, on voit qu'vous comprenez ben des choses », reprend Arthur.

Une semaine plus tard, chez les Turgeon, la conversation va bon train.

« J'vous dis, ces noces-là, on va s'en rappeler ! s'exclame le père de famille.

— Oh oui ! reprend Gérard. Danser pis fêter d'même, ça s'peut pas !

— Moé, mon garçon, si j'peux te donner mon avis, t'as fêté un p'tit peu trop fort à mon goût.

— Comment ça, trop fort ? Que-cé qu'vous voulez dire, son père ?

— Tu l'sais c'que ton père veut dire !

— Voyons, m'man ! C'est parmis de s'amuser.

— Pour t'amuser, t'as pas besoin d'être saoul.

— Vous vous faites des idées certain, j'tais pas saoul pantoute.

— J'sais pas comment qu'on pourrait appeler ça d'abord. Tu nous as fait honte.

— Ah ben ! Tabar... »

Il n'a aucunement le temps de finir sa phrase. Amanda s'approche de lui, très en colère.

« I est ben défendu de blasphémer dans ma maison, as-tu compris, mon garçon ? Nous autres, tes parents, on a le droit pis surtout le devoir de te dire que t'as pas été correct tout l'temps aux noces de la p'tite Rioux. C'est pas comme ça que tu vas t'attirer les faveurs de sa sœur, prends-en ma parole ! »

Gérard reste bouche bée. Il regarde son père pour y chercher un signe d'encouragement, mais d'un signe de tête, l'homme lui fait bien comprendre qu'il est entièrement en accord avec les propos de son épouse. Courbant les épaules, Gérard s'en va tout simplement sans faire de bruit. À pas rapides, il se dirige vers les bâtiments de la ferme, le regard vide.

« Tabarnouche ! Gérard, ousséqu't'es passé ? T'as une face d'enterrement », lui crie son frère Philippe en le voyant entrer dans la grange.

Gérard sort de sa poche son paquet de tabac et se roule une cigarette.

« Es-tu malade ? Tu l'sais qu'on a pas l'droit de fumer dans la grange, c'est ben trop dangereux ! Si i fallait que l'père te voie.

— Avez-vous fini d'chiâler après moé aujourd'hui ? On dirait que vous vous êtes tous donné l'mot !

— Bon, j'savais ben, rien qu'à t'voir l'allure, qu'y avait quèque chose qui allait pas.

— Toé, Philippe, as-tu trouvé qu'j'ai trop bu au mariage de Bernise pis d'Arthur ?

— C'est les parents qui t'en ont parlé ?

— Ouais !

— Pis toé, que-cé qu't'en penses ?

— Me semble que j'tais pas si chaud qu'ça.

— En es-tu certain ?

— Oké ! Disons qu'j'en ai pris un p'tit peu plus que la normale.

— Pas un peu plus, mais à plein plus, pis t'as manqué faire partir une chicane. M'man était pas trop contente après toé.

— Comment, une chicane ?

— Viens dire que tu t'en rappelles pas astheure ! Y avait pas mal de gars qui tournaient autour d'Ariane, pis t'as pris l'mors aux dents. Une chance que l'père était là. I t'a pogné par les épaules pis i est v'nu à boutte de t'raisonner, mais ç'a pas été facile.

— Ariane, que-cé qu'a l'a faite ?

— A l'avait l'air pas mal en peine...

— Pour pas m'rappeler, i fallait que j'soye pacté en maudit !

— J'te l'fais pas dire.

— S'ti qu'ça m'enrage ! L'pire, c'est qu'j'aime la boisson pis pas rien qu'un peu.

— C't'une raison d'plus pour arrêter ça tusuite, lui conseille Philippe.

— Ouais... J'vas aller rassurer les parents dret-là. »

Lorsqu'il pénètre dans la maison, Gérard aperçoit sa mère agenouillée près de la statue de la Vierge. Elle a allumé un lampion et prie tout haut. Amanda est une femme pieuse à l'extrême. Chaque soir, vers sept heures, elle insiste pour réciter le chapelet et les litanies en famille. Elle a même pris l'habitude de s'installer à l'arrière de la cuisine afin de s'assurer que tous soient bien à genoux et non simplement assis sur les talons.

« Bonne Sainte Vierge, vous qui avez eu un fils, qui l'avez tant aimé, aidez mon garçon à comprendre que la boisson, ça apporte rien de bon. »

En entendant ces mots, Gérard comprend à quel point son comportement a déçu et peiné sa mère. Il tente de faire demi-tour, mais Amanda a remarqué sa présence. Elle se lève et s'approche de lui en essuyant ses larmes avec le rebord de son tablier.

« Ça fait longtemps qu't'étais là ?

— J'ai entendu vot'prière, m'man. Inquiétez-vous pas trop pour moé. J'viens d'parler avec Philippe... J'pensais pas qu'j'avais dépassé les bornes. I paraît que j'ai fait un vrai fou d'moé. Je r'commencerai pus, j'vous l'promets !

— Fais pas d'promesses avant d'être sûr de les tenir. Tu sais, la boisson, c'est comme un démon. Ça fait pâtir ben du monde. Es-

183

saye au moins de pas te tenir avec des gars qui en font pis qui en vendent.

— J'vas arrêter parce qu'Ariane, j'la trouve de mon goût pis j'veux pas la perdre.

— Tu sais, c'est pas pour rien que j'ai peur. Te rappelles-tu de ton oncle Herménégilde ?

— Ouais ! Un peu.

— I a commencé ben jeune à boire. Lui aussi, i en a fait des promesses qu'i a jamais tenues. I a fini par se faire écraser par une pile de bois au chantier. Saoul, comme de raison !

— Ça veut pas dire que j'vas faire comme lui.

— J'espère, Gérard ! Mais ça, y a juste toé qui peux faire pour pas qu'ça arrive.

— M'man, que-cé qu'vous pensez d'Ariane ?

— À mon idée, c'est une bonne fille. Mais avant de t'engager avec elle, commence par arrêter d'boire.

— M'man, ambitionnez pas ! C'tait la première fois qu'ça m'arrivait. »

Amanda le regarde droit dans les yeux.

« Oh non ! mon garçon ! À ta mère, tu conteras pas d'menteries. Penses-tu que j'm'en sus pas aperçue le soir que t'arrivais pis qu't'enlevais tes chaussures pour pas faire de bruit ? Avec les autres, peut-être que tu peux tricher, mais avec moé, essaye-toé pus ! Juste à t'entendre marcher, j'savais que t'avais bu. Tu vois, Gérard, t'as déjà commencé à mentir pour te défendre. C'est l'grand temps que tu y penses dans l'sérieux. »

Depuis un mois, Gérard est resté sobre. Tout fier de cet exploit, il se sent maintenant le courage de demander à Ariane si elle accepte de le fréquenter. Il profite donc d'un soir de danse chez les Rioux, juste avant le départ pour le chantier.

« Ariane, j'pourrais-tu te parler dans l'particulier ?

– Ben... tu peux m'parler drette icitte. Tout l'monde est occupé, i s'en rendront même pas compte.

– Tes frères vont-tu dans l'bois c't'hiver ?

– Oui, Maurice pis Baptiste.

– Moé aussi, j'y vas avec Philippe. »

Il se passe un bon moment sans que les deux jeunes gens n'échangent de paroles.

« Quand c'est qu'tu pars ? se risque finalement Ariane.

– Dans la quinzaine.

– Mes frères, eux autres, i partent la s'maine prochaine. »

Gérard est déjà au courant de tout cela. Faute de savoir comment aborder le sujet, il laisse filer la conversation. Maurice s'approche, un peu pompette.

« Hé ! Gérard ! Veux-tu une p'tite *shot* de caribou ?

– Non, laisse faire.

– Que-cé qui t'prend ? T'as pas l'habitude de cracher d'ssus !

– À soir, ça me l'dit pas.

– À soir, tu fais les beaux yeux à ma sœur. J'sais pas quand est-ce que tu vas t'décider, à l'attend juste ça. I va-tu falloir que ça soye elle qui fasse les premiers pas ?

– Maurice, d'abord arrête de boire, pis mêle-toé de tes affaires ! Allez, pousse-toé d'icitte ! On t'a assez vu », ordonne la jeune fille, furieuse.

L'intervention de Maurice n'a fait que rendre la tâche plus difficile pour Gérard. Heureusement, les musiciens entament une nouvelle danse.

« I commence à être tard, ça doit être la dernière, fait-il remarquer. Veux-tu la danser avec moé ?

– Ben sûr. »

Pressant la jeune fille contre lui plus que d'habitude, il constate avec bonheur qu'elle ne résiste que très peu à ses avances.

« T'es une bonne danseuse !

– Toé aussi.

— Bon, le monde commence à s'en aller... »

Profitant du branle-bas causé par les gens qui s'habillent, Gérard se penche vers la jolie Ariane et lui souffle à l'oreille :

« J'aimerais sortir avec toé. »

Le regardant de ses yeux verts, Ariane ne répond pas. Inconfortable, il se doute un peu de ce qu'elle pense.

« Je sais que j'ai fait un fou d'moé aux noces de ta sœur. Mais j'ai arrêté de boire depuis, au cas où ça s'rait la raison qui t'empêcherait de dire oui.

— Tu sais, la boisson, j'aguis ça !

— J'vas r'venir te voir avant d'm'en aller. Tu m'donneras ta réponse juste à c'moment-là. J'te trouve ben d'mon goût ! »

Elle devient toute rouge et lui accorde un sourire rempli d'espoir.

« Rien que pour un sourire de même, chus prêt à faire ben des concessions ! Ça va m'donner des forces pour passer l'hiver, pis sans boire s'il vous plaît. »

Quelques jours avant son départ pour le chantier, Gérard se rend chez les Rioux. Il aperçoit bien Ariane occupée à étendre du linge sur la corde, mais il décide de se rendre d'abord saluer ses parents, convaincu que cette délicatesse lui sera favorable.

« Bonjour, monsieur Rioux ! J'pars pour le bois dans deux jours, j'voulais pas manquer de vous saluer.

— T'es smat ! Nous autres, les jeunesses sont partis. Ça fait quasiment deux s'maines, hein sa mère ? Vas-tu bûcher au chantier d'Raoul, toé itou ?

— J'aurais ben voulu, mais y avait pus d'place. Ça fait que j'm'en vas aux Fonds-d'Ormes. I paraît qu'ça prend plusieurs bûcheux.

— Ouais ! C'est pas mal plus loin ! T'es-tu seul ?

— Non, avec les garçons à Thériault, vous savez les nouveaux arrivés dans la place. I sont trois, ça fait qu'i en manquait un pour faire équipe. I paraît qu'i ont des bons jouaux. »

Claude se penche pour jeter un coup d'œil par la fenêtre :

« Ariane est dehors, si t'as affaire à elle, comme de raison...

– J'vas aller la saluer.

– C'est beau, mon garçon. Bon chantier !

– Bonne hiver à vous autres itou ! »

Ariane a bien vu son prétendant pénétrer dans la maison, mais s'est bien gardée de s'y présenter. Elle veut plutôt profiter de l'occasion pour être quelques instants seule avec lui, sachant qu'elle ne le reverra pas avant son départ. Mais voyant qu'il tarde à sortir, elle commence à s'impatienter.

« Que-cé qu'i fait, bonté divine ! J'ai frette aux mains, moé ! J'ai dans mon idée qu'i est v'nu plus pour mes parents que pour moé. Avoir su, j'me s'rais habillée plus chaudement.

– Coudon, Ariane, tu parles tu seule astheure ! »

La jeune fille, qui avait le dos tourné au vent et à la maison, n'avait pas vu arriver Gérard.

« Bonjour ! I fait pas ben chaud, hein ? J'avais pas mal de linge à étendre. Ça paraît qu'l'hiver s'en vient.

– J'connais pas grand-chose au lavage, mais me semble que ça t'a pris du temps pour étendre rien qu'ça ! reprend le garçon, l'air taquin.

– C'est vrai qu'tu connais pas grand-chose là-d'dans, réplique-t-elle en prenant une attitude offusquée.

– Fâche-toé pas, j'disais ça pour rire. Chus ben content qu'tu m'ailles attendu.

– J't'ai pas attendu pantoute ! Sais-tu que t'es assez prétentieux ?

– Ça arrive, oui ! J't'avais dit que j'viendrais te voir avant d'partir. As-tu pensé à c'que j't'ai d'mandé ?

– Non, j'ai pas eu l'temps. »

Il se dit que si elle n'a pas pris le temps de réfléchir à sa proposition, c'est qu'elle n'est aucunement intéressée à le fréquenter. Visiblement déçu, il s'apprête à faire demi-tour.

« Prends pas c't'air-là ! J'voulais juste te faire languir un peu. C'est oui, ma réponse ! »

Fou de joie, Gérard s'approche et lui donne un baiser sur la joue. Surpris de son audace, il recule d'un mouvement vif.

« Vas-tu v'nir aux fêtes ?

– Ça va dépendre si j'ai une occasion. Mais garanti que j'vas t'écrire ! J'peux-tu compter sus un retour de mes lettres ?

– Ben sûr, l'hiver va être long. J'pensais pas que tu savais écrire...

– J'ai ma cinquième année, pas toé ?

– Non, ma troisième seulement. »

Ensemble, ils font le chemin jusqu'à la maison. Lorsque vient le temps de partir, Gérard aimerait bien embrasser sa nouvelle blonde, mais la timidité l'en empêche. Alors, ils se quittent sur un regard plein de promesses.

Chapitre 31

« Pourquoi qu'tu veux pas qu'on s'marie, Ariane ?

– Parce que chus trop jeune !

– Pourtant, t'es quasiment du même âge que ma sœur Marie-Paule. Pis elle pis ton frère, ça fait pas si longtemps qu'i s'fréquentent pis i commencent à penser au mariage. J'comprends pus rien !

– Ça t'donne rien d'essayer. J'me sens pas prête, c'est toute.

– Comme ça, j'vas aller voir ailleurs ! menace Gérard d'une manière indépendante, espérant la faire changer d'idée.

– Vas-y si tu veux, t'es libre. »

Décontenancé, il s'en retourne sans un mot de plus. Il n'en revient pas : tout allait si bien ! Cette façon brusque de mettre fin à leurs fréquentations le vire à l'envers. Il se remet à boire de plus en plus, ce qui éloigne davantage la jeune fille. Amanda, qui voit son fils décliner à vue d'œil, a beaucoup de peine. Elle se jette à corps perdu dans la prière, espérant que son Gérard retrouve la force de se redresser. Ariane accepterait peut-être alors de lui donner une seconde chance. Amanda aime bien cette jeune fille et a deviné en elle une bonne épouse pour son garçon.

Ariane travaille d'une place à l'autre, aidant les mères de famille à se relever après les accouchements. Quelques prétendants se sont pointés, mais rien de plus. Pour le moment, son salaire de sept ou dix dollars par mois suffit à son bonheur. Ses parents sont maintenant plus à l'aise financièrement, car il ne reste à la maison que trois de leurs dix enfants : Jacques, Fleur-Ange et Édouard. Ils permettent donc à leur fille de garder pour elle l'argent qu'elle gagne. Mais celle-ci n'est pas très économe...

« M'man, ça fait plus qu'un mois que j'ai fait v'nir une robe su Dupuis, pis j'l'ai pas eue encore !

— Tu l'sais, des fois ça prend du temps. Montréal, c'est pas à porte.

— Pourvu qu'a l'arrive pour les fêtes, toujours.

— Y aurait-tu un nouveau cavalier à l'horizon, coudon ?

— Ça s'pourrait...

— T'as fait ça en cachette !

— Pantoute ! Vous devinez pas c'est qui ?

— J'ai ben vu Gérard qui rôdait... Si c'est lui, penses-y comme i faut. Ç'a d'l'air qu'i boit encore.

— Ben, i m'a dit que si i avait r'commencé à boire, c'est parce qu'i m'aimait trop, pis que quand je l'ai laissé, i savait pas quoi faire de lui.

— C'est une excuse comme une autre. Quand on veut boire, toutes les raisons sont bonnes. Fais attention, ma fille !

— I va falloir qu'i fasse ses preuves !

— J'en ai déjà vu qui en ont fait des preuves pis des promesses avant l'mariage. Un coup qu'i avaient eu c'qu'i voulaient, c'tait pas ben long qu'i se r'mettaient à boire.

— Maudite boisson ! J'peux pas dire autrement.

— Oublie jamais que c'est pas la boisson qui est fautive, mais la personne qui s'contrôle pas. Au fait, comment qu'ça coûte ta robe ?

— Quatre piastres, pis j'me sus fait v'nir un chapeau aussi. I était en spécial à une piastre. Si j'osais, j'vous poserais une question...

— Envoye toujours ! Si j'peux, j'vas t'répondre.

— Victor, en avez-vous déjà eu des nouvelles ? »

Paula, qui ne s'attendait aucunement à une pareille demande, reste silencieuse pendant un moment.

« Pourquoi qu'tu m'demandes ça aujourd'hui, après tant d'années ?

— J'pense souvent à lui pis j'm'ennuie toujours.

« – Non, j'en ai jamais eu d'nouvelles..., répond Paula avec tristesse.

– On sait même pas si i est encore en vie !

– Ben remarque que si i était mort, on l'aurait su... Tant que j'aurai pas la nouvelle officielle de sa mort, j'ai espoir de le voir arriver un jour.

– Ça s'rait l'plus beau jour de ma vie !

– En attendant, i faut ben continuer de vivre. Ton prétendant vient-tu aux fêtes ?

– Ouais ! Mais j'veux pas en parler, parce que les jeunes vont m'faire pâtir.

– En vieillissant, tu t'en viens ratoureuse, ma fille !

– On apprend, hein m'man ?

– Tu sais, j'peux ben te l'dire astheure que j'prie tous les jours pour que Victor i r'vienne. Comment qu'ça s'rait-tu juste pour ton père.

– Pauv'm'man !

– J'cherche pas d'excuses, tu sais. C'que j'ai fait, c'est pas facile à pardonner. Une chance que j'me sus r'pris avec Édouard. I a pas l'air de trop m'en vouloir. »

Ariane s'approche alors de la chaise où sa mère est assise. Elle se penche et met ses mains sur les bras de la berçante.

« Y a quèque chose en vous qui vous rend un peu mystérieuse. J'ai p'tête la bonté de mon père, mais de vous, j'ai une force intérieure pis j'vous en sus r'connaissante.

– Ah non ! Ariane, la force que t'as, c'est pas à moé que tu la dois, mais rien qu'à toé. Tu as la force de la bonté, tandis que moé, j'ai souvent la force du mal. Reste de même. C'est toé qui as la bonne ! »

Rapidement, comme si elle avait peur de changer d'idée, Ariane dépose un baiser sur la joue de sa mère. Ce geste de tendresse rend Paula triste, mais elle ne saurait expliquer pourquoi. Pour détendre l'atmosphère, Ariane reprend aussitôt la parole :

« Hier, en revenant de l'ouvrage, j'ai rencontré monsieur l'curé. I m'a taquinée un peu.

— À cause ?

— I m'a dit comme ça : " Est-tu à veuille de s'marier la belle Ariane ? Si ça continue, à va rester vieille fille ! " Pis i s'est mis à rire.

— Je l'aime ben c'prêtre-là ! C'est un saint homme, lui, pas rien qu'en apparence.

— I va voir madame Lavoie tous les jours.

— Y a ben juste lui, y a pus personne qui est capable de l'endurer.

— I juge personne pis i a pas d'préférences, hein m'man ?

— Au lieu d'écraser les mères de famille avec des remords en les accusant de pas avoir d'enfants, i parle avec eux autres pis i les aide.

— J'espère qu'i va rester longtemps avec nous autres.

— Des fois, quand i sont trop compréhensifs, ça fait pas toujours l'affaire de monseigneur. Dans c'temps-là, i s'arrange pour les changer de paroisse.

— D'abord, on l'dira pas trop fort ! J'monte dans ma chambre faire un peu de ménage. »

À peine arrivée en haut de l'escalier, Ariane entend son père entrer à toute vitesse dans la maison. L'homme, très énervé, parle fort. Elle s'empresse de redescendre afin d'aller voir ce qui se passe.

« Paula, as-tu quèque chose de prêt à manger dret-là ? Le temps de prendre une bouchée, pis j'vas m'en r'tourner à l'étable. La Caillette est en marche pour mettre bas pis on dirait qu'y a d'quoi de pas correct. J'trouve que ça prend pas mal de temps.

— J'ai ben du pain pis des cortons avec d'la m'lasse. Ça fait-tu ton affaire ?

— C'est correct, avec un thé chaud !

— T'as eu une journée d'fou aujourd'hui ! Depu six heures à matin que tu travailles à empocher l'avoine. Pis i faut qu'la Caillette s'en mêle !

— Ça m'chicote pas mal. A l'a pas l'habitude d'être aussi longue à vêler. »

Aussitôt sa dernière bouchée avalée, Claude prend son chapeau et s'apprête à sortir.

« Attends-moé ! J'mets mon capot pis j'arrive, propose Paula.

– Moé itou, son père, j'vas aller vous aider », s'offre Ariane.

Dès qu'il ouvre la porte de l'étable, Claude entend de faibles gémissements. Les autres animaux sont nerveux. Arrivés près de la bête, les trois adultes aperçoivent un petit veau tout sanguinolent qui essaie avec grande peine de se lever. Mais il retombe toujours sur le sol dans une grande mare de sang.

« Sapristi ! Ma Caillette, que-cé qu't'as fait là ? Ma grande foi du bon Dieu, a l'a viré à l'envers ! On pourra jamais la réchapper, c'est comme si a poussait ses derniers soupirs. Me semblait aussi que c'tait pas normal, a l'a forcé trop longtemps !

– P'pa, que-cé qu'ça veut dire " virer à l'envers " ?

– Ariane, reste pas icitte. C'est pas des choses à voir pour toé.

– M'man, chus pus une p'tite fille ! »

Claude la regarde et tente de se ressaisir.

« T'as ben raison, mais va plutôt chercher l'père Jos. Dépêche-toé, a pourra pas vivre longtemps d'même ! »

Les deux femmes sortent le cheval et l'attellent en vitesse. Paula prend quand même quelques instants pour faire ses recommandations à la jeune fille.

« Dépêche-toé, ma fille, mais fais aussi attention ! I est sûrement trop tard de toute façon. »

Ariane ne pose plus de questions pour le moment, mais se promet bien de revenir sur le sujet un peu plus tard. Pendant ce temps, Claude nettoie le veau et le conduit dans un endroit sec.

« Pour astheure, i est correct. J'm'occuperai de l'faire manger plus tard.

– Fais-toé pas trop d'idées pour ta vache. A l'a perdu trop de sang.

– J'peux pas craire, c'tait ma meilleure vache à lait !

– Pauv' bête, a l'a pus d'forces pis a l'essaye encore de résister quand elle entend son p'tit...

– Ça i prend ben du temps, sacrifice ! L'père Jos, c'est pourtant pas si loin.

« – Énerve-toé pas d'même ! Ça fait pas si longtemps qu'Ariane est partie. »

En disant ces mots, Paula les voit entrer dans la grange.

« Dépêche-toé, maudit ! I faut qu'tu sauves ma Caillette, j'en ai besoin ! »

Le père Jos a la réputation d'avoir un doigté spécial avec les animaux, mais cette fois-ci, il est dépassé par la situation.

« Ça d'vait faire longtemps qu'a travaillait pour s'vider d'même.

– Ben... oui, un boutte.

– J'veux pas te décourager, Claude, mais j'te garantis rien. I est un peu tard, i aurait fallu que j'soye icitte quand c'est arrivé.

– Juste le temps d'aller manger. Quand chus r'venu, c'tait fait !

– Ç'a dû sortir avec le veau. On va essayer de rentrer la matrice, mais a saigne encore. »

Les deux hommes se mettent à l'œuvre afin de restaurer l'utérus dans le ventre de la vache. Celle-ci ne se plaint même plus tellement elle est faible. Soudain, un grand beuglement se fait entendre. Quelques instants plus tard, Caillette émet un dernier soupir.

« Y a rien à faire, Claude. C'est fini, ta vache est morte.

– On pourra pas dire qu'on a pas essayé. J'aurais donc dû pas aller manger ! Si j'avais été icitte, ça aurait pas arrivé. »

Paula s'approche et lui met la main sur l'épaule.

« Ça donne rien de t'faire des r'proches, mon mari. I faut craire que c'tait pour arriver. »

Ariane n'a pas dit un mot, mais elle écoute attentivement la discussion.

« Astheure qu'y a pus rien à faire, allez-vous me l'dire c'que ça veut dire " virer à l'envers " ? »

Paula entraîne Ariane à l'écart pour lui répondre :

« Ça veut dire, ma fille, que quand la vache force trop longtemps pis que l'bébé est trop gros... ben... quand i vient à boutte de sortir... la matrice vire à l'envers pis a sort du ventre. La bête se met à saigner. Si on peut pas rentrer ça tusuite, a meurt au boutte de son sang.

– Mais c'est épouvantable de souffrir de même ! C'est-tu pareil pour les femmes ?

– Moé, j'ai jamais entendu parler qu'ça avait arrivé. Fais-toé pas des peurs pour rien.

– Une chance ! Parce que moé, ça s'rait assez pour pas me marier.

– Viens-t'en ! Les hommes vont faire le reste. C'est pas ben intéressant à r'garder, faut pas faire exprès. »

Claude sort chercher le cheval qu'Ariane avait attaché dehors. Jos vient à sa rencontre :

« J'vas t'aider à la sortir avant qu'i fasse noir. Des fois, les jouaux, ç'a peur du sang pis ça s'énerve.

– T'es ben smat ! reconnaît Claude, la voix enrouée par le chagrin.

– C'est rien qu'un animal, prends pas ça d'même.

– Maudit que j'aguis perdre des bêtes, pis de c'te façon-là en plus ! »

Les deux hommes attachent l'énorme bête par les pattes arrière avec une chaîne. L'espace est restreint. Tant bien que mal, ils finissent par la sortir de sa crèche.

« Claude, fais attention ! Ton joual a les oreilles dans l'crin.

– Doucement, Black, doucem... »

L'animal s'emballe et fait un bond afin de sortir du bâtiment le plus vite possible, car il n'apprécie pas du tout le genre de charge qu'il traîne.

« *Watch out* ! »

Mais il est trop tard. Claude ne peut se protéger. La bête fait un tour sur elle-même et vient le coincer contre le mur. Le père Jos s'empresse de se rendre au secours de son ami. Il saute par-dessus la vache et attrape les cordeaux en un temps record. D'un coup de force incroyable, il parvient à stabiliser le cheval, juste comme celui-ci s'apprêtait à passer la porte. Il va devant l'animal, l'attache afin de l'immobiliser et retourne près de son compagnon.

« Veux-tu ben m'dire comment t'es amanché ?

— Sors-moé d'là vite. Maudit qu'ça fait mal !

— I va falloir que j'aille tranquillement. J'vas essayer de tourner la vache pour pas qu'a t'écrase plus. Batêche ! Ç'a déjà commencé à puer. L'sang, ça s'gâte vite.

— T'es jamais capable de r'virer ça tu seul, ça pèse une tonne c't'animal-là ! »

Avec un madrier, Jos finit par tasser la bête, juste assez pour décoincer Claude.

« Là j'vas prendre le joual par la bride pour qu'i avance juste un peu à fois. Si ça marche pas correct, tu cries. »

En parlant doucement au cheval, Jos parvient à le faire se déplacer et finit par lui faire glisser la charge. Puis il ramène l'animal à la voiture, se doutant bien que Claude aura besoin de la garde-malade.

« Bout d'bon yeu ! Pour moé, j'ai une jambe de cassée.

— Essaye de la grouiller.

— J'peux pas, est tournée par en arrière.

— Ça fait-tu mal à plein ?

— C'est pas trop pire, on dirait que j'la sens pus.

— Reste là ! J'vas avertir ta femme pis aller chercher d'l'aide. »

Paula et Ariane reviennent à l'étable en courant.

« Tu parles d'une affaire de fou ! Comment qu't'as fait ton compte, mon mari ?

— Tu l'disais toé-même betôt : y a des journées qui finissent pus. Énerve-toé pas, Jos est allé chercher quequ'un.

— Ousséqu'i vont t'emmener ? demande sa femme, inquiète.

— Voir la garde. »

Par bonheur, Claude se remettra parfaitement bien de ce malencontreux accident.

Chapitre 32

$\mathcal{A}$près bientôt deux ans de fréquentations, Baptiste et Marie-Paule, de même qu'Ariane et Gérard, sont fixés quant à leur avenir. Et c'est par un beau dimanche de mars, au repas du midi, qu'ils annoncent à leurs parents la date choisie pour le mariage en double.

« Vous y allez pas d'main morte, les jeunes ! siffle Claude d'un ton surpris.

— Pôpa, si vous pensez que ça peut coûter trop cher, on f'ra pas les mariages en même temps.

— Non, non. C'est ben correct, Ariane. C'est pas à tous les jours qu'on voit ça.

— Tant qu'à faire, si c'est pour être dans la même année, c'est pas pire de les faire ensemble, ajoute Paula, rêveuse. J'vois ça d'icitte : deux belles mariées en même temps.

— À c'que j'sache, i s'marieront pas tu seules, riposte Baptiste d'un air offusqué.

— Chus certaine que vous autres aussi, vous allez être ben beaux. C'est juste qu'une femme, le matin de ses noces, elle a une beauté spéciale.

— Ça s'ra pas difficile avec les nôtres, hein Baptiste ? I sont déjà belles d'avance.

— Quand déjà la date ? demande Paula.

— Le 14 août, c'est-tu trop vite ?

— Ouais ! I nous reste cinq mois pour nous préparer. Penses-tu qu'on va y arriver, sa mère ? demande Claude.

— Si on voit à not'affaire, j'vois pas pourquoi qu'on s'rait pas prêts, mon mari ! »

Ariane s'approche de son père et lui passe les bras autour du cou.

« P'pa, on est tous conscients d'la situation. C'est l'temps de la guerre, y a pas personne qui a ben d'l'argent. Ça fait qu'on a décidé de faire ça ben simple.

— Oui, monsieur Rioux, parce que des noces comme celles de votre fille Bernise, c'est pas pour ces temps icitte.

— Surtout avec les coupons, ça va tout prendre pour avoir des fanfarluches ! s'exclame Marie-Paule qui n'avait pas dit un mot encore.

— On s'marie juste une fois ! Fiez-vous sus moé, reprend Paula avec énergie. On va fêter moins longtemps, mais on va s'faire un bon r'pas d'noces.

— T'as raison, ma femme. On va faire boucherie. Si on manque de sucre pis d'farine pour faire des belles pâtisseries, ben on s'pactera la face avec de la viande pis des pétaques.

— Pour ma part, tout c'que vous allez faire, ça va être correct. Pis pour le reste, j'veux dire l'habillement, moé j'vas mettre la robe de ma sœur Emma. On habille la même grandeur d'abord, propose Marie-Paule.

— Toé, ma fille, accepterais-tu de porter la toilette de Bernise ou encore d'Anita ? En faisant des r'touches, ben entendu.

— C'est certain, m'man !

— Les hommes, c'est moins compliqué.

— C'est sûr, madame Rioux. Si dans nos familles on trouve pas d'habits qui nous font, ben on f'ra l'tour de la paroisse.

— Fais-toé-z-en pas, mon Gérard ! On devrait être bons pour s'arranger autrement que d'faire la quête.

— Monsieur Rioux, j'voudrais vous dire que j'ai pas une cent qui m'adore. Mais vot'fille, j'vas toute faire pour qu'à manque de rien.

— Chus pas inquiet. Si vous êtes ben ensemble, c'est tout c'qui compte.

— Son père, on voulait vous demander..., reprend Baptiste avec une légère hésitation. Tous les quatre, on sait pas trop comment s'y prendre pour avoir un lot du gouvernement. Ça fait qu'on comptait sus vous pour nous aider...

— Chus ben paré ! Drette demain, j'irai voir monsieur l'curé.

— Au fait, monsieur l'curé, i est-tu au courant pour ces noces-là ?

— Non, m'man. On voulait que vous soyez les premiers à l'apprendre, avec su monsieur Turgeon comme de raison. Eux autres, c'est au souper qu'on va leur dire. »

Paula regarde Claude avec un petit sourire en coin.

« On s'en doutait ben un brin, hein mon mari ? Rien qu'à vous voir aller...

— C'te s'maine, j'vas m'occuper d'aller essayer les robes d'Anita pis de Bernise en propageant la nouvelle, s'ordonne Ariane.

— Toé, Marie-Paule, t'as pas une grosse jasette. Si t'es gênée avec nous autres, ma fille, tu vas pâtir !

— Non, non, monsieur Rioux ! C'est juste que j'vous écoute. »

Ariane se rend auprès d'elle et lui met la main sur l'épaule.

« Attendez, son père ! Quand a va vous connaître un peu plus, a va se r'prendre. Moé j'la connais assez pour le dire.

— Vous savez, moé, c'que Baptiste décide, j'ai rien à r'dire », répond simplement la jeune Marie-Paule.

Paula fronce les sourcils, visiblement en désaccord.

« Tu devrais pas, ma fille ! Dans un ménage, ça prend l'idée des deux.

— Laisse-la donc faire, sa mère. A va faire une bonne femme. Ton garçon aura pas d'misère avec, si a reste de même. J'ai ben dit : " si à reste de même ".

— Toé, mon sacripant de mari, ambitionne-le pas en plus ! Tu connais mon idée là-d'ssus.

— Faut dire que toé, ma femme, t'es une race à part.

— J'pense que les femmes, i devraient toutes se défendre. En tout cas, moé, j'plains l'homme qui va v'nir essayer de me m'ner par le bout du nez, répond Paula.

— Pour en r'venir aux noces, inquiètez-vous pas, m'man. On va s'organiser pour pas que vous ayez trop à faire. Marie-Paule pis moé, on va faire le ménage pis vous aider à préparer la nourriture, propose la jeune Ariane.

– Ça va être dur, parce que tu sais, ta mère, pour ces affaires-là, a l'aime ça se démener. Toé, ma future belle-fille, tu vas avoir des choses à faire chez vous itou ? s'informe Claude.

– J'vas d'mander à m'man. Comme on est plus de filles qu'icitte, j'crairais de pouvoir vous donner un coup d'main. C'que vous savez pas encore, c'est que Gérard, i est bon là-d'dans. Des tartes, i en roule une pis une autre, c'est pas trop long !

– Ah oui ? Tu m'avais pas dit ça, mon snoreau ! s'exclame sa future épouse.

– A vient juste de m'déclarer, la placoteuse ! J'te l'avais pas dit pour pas que tu prennes de mauvais plis, s'empresse d'ajouter Gérard en faisant mine de se diriger vers la porte.

– T'es aussi ben d'sortir parce que si j't'attrape, tu vas en manger une ! le menace Ariane en se précipitant derrière lui.

– T'es même pas brave ! »

Le jeune homme se dépêche de sortir et prend la direction du champ, derrière la maison, en espérant qu'Ariane persiste à le poursuivre. Il désire depuis un bon moment déjà être seul avec elle. Lorsqu'il pense être assez loin de la petite maison, il se cache derrière une grosse souche.

« Gérard, Gérard ! Ousséqu't'es rendu, espèce de malcommode ? »

Il ne répond pas et s'efforce de retenir sa respiration. Il n'attend que le moment où sa compagne sera assez près de lui pour la saisir par le bras et l'attirer contre lui. Il se promet bien de lui donner alors quelques doux baisers. À cette seule pensée, il en est tout chaviré et sent son sang bouillir dans ses veines.

« Veux-tu ben m'dire où t'es caché ? Coudon, i est parti ! I doit avoir pris une autre direction sans que j'm'en aperçoive. C'est d'valeur, on aurait pu... »

Ariane se sent soudain tirée brusquement.

« On aurait pu quoi ?

– J'ai pas dit ça.

– C'est drôle, moé j'ai cru entendre : " C'est d'valeur, on aurait pu... "

– T'as mal compris certain ! se défend la jeune fille.

– J'pense pas... Tu m'pensais parti pis tu t'es faite avoir, hein ?

– Pantoute !

– Hypocrite !

– M'as t'en faire, moé, hypocrite ! »

Gérard la prend dans ses bras et la serre de plus en plus fort.

« Dis-le donc que t'étais déçue pis qu'c'est c'que tu voulais toé aussi !

– Que-cé qu'tu veux dire ? »

Il la presse contre lui en tentant de laisser balader ses mains.

« Fais pas ta niaiseuse ! On est à veuille de s'marier. Comment qu'on f'rait des p'tites choses... ça s'rait pas grave.

– Quoi par exemple ?

– Ben, s'embrasser un peu plus pis s'faire des p'tites caresses.

– I est pas question qu't'ailles trop loin ! On est pas encore mariés, i reste cinq mois. C'est assez pour que tu changes d'idée un coup que t'aurais eu c'que tu veux.

– Ben voyons, tu m'fais confiance on dirait. Comment penses-tu que j'pourrais changer d'bord ? J't'aime ben trop pour ça ! Mais toé, on dirait qu'tu m'aimes moins.

– Que-cé qu'tu veux dire ?

– J'trouve que t'es frette avec moé.

– Avant de dire ça, pense un peu plus long que ton nez. Nous autres, les filles, faut toujours garder not'tête pour pas s'faire jouer de tours.

– Tu sais ben que j'f'rais rien pour te faire du mal. »

Il recommence à l'embrasser avec insistance.

« Maudit qu't'es belle ! Laisse-toé donc faire un peu ! »

Ariane a beau vouloir résister, mais à force de se faire embrasser et de sentir les mains chaudes de cet homme qu'elle aime se promener partout sur son corps, elle se voit défaillir malgré elle.

« Gérard, arrête ! On va aller trop loin si on continue.

– J'veux voir juste un peu », dit-il en détachant les boutons de sa blouse.

Il lui donne alors de chaleureux baisers dans le cou et descend vers ses seins.

« Que ta peau est douce ! »

Puis, il retourne à sa bouche et l'embrasse avec de plus en plus de fougue. Ariane n'en peut plus de se retenir et de résister à ses avances. Elle voudrait bien poursuivre sa lutte acharnée et ne pas céder, mais elle se sent emportée elle aussi par une vague de désir. Les deux amoureux se laissent glisser le long d'une souche tout en continuant à s'embrasser à en perdre haleine. Gérard finit de déboutonner sa blouse et lui caresse la poitrine de ses mains viriles, de sa bouche humide. Il sent qu'Ariane se laisse griser par son amour. Il n'en doute plus maintenant : oui, elle l'aime. Il réussit facilement à coller le corps de la jeune fille contre le sien. Lentement, sa main glisse sur la cuisse de sa future épouse. Il monte toujours plus haut. Ariane gémit de plaisir. Malgré elle, elle craint de perdre la raison et tente faiblement de le convaincre de cesser ses attouchements.

« Gérard, arrête...

– Fais-moé confiance, y pas de danger. Tu vas voir, j'vas m'arrêter à temps. Tu le r'gretteras pas.

– Je t'aime.

– Pis moé encore plus ! Ton corps est bouillant, tu m'fais chavirer. Laisse-moé aller te caresser juste un peu plus loin.

– J'trouve que t'es allé pas mal loin déjà... »

Mais elle ne s'oppose pas lorsque les mains de son amant frôlent sa douce fourrure.

« Ça fait longtemps que j'rêve de c'moment-là ! » lui souffle son amoureux.

Avide de sensations, le jeune homme sent au bout de ses doigts quelque chose qui lui rappelle certaines conversations avec des hommes du chantier. « Avec les femmes, i faut qu'tu soyes juste à bonne place. Pis j'te dis que les p'tites mères aiment ça en maudit ! » lui avait-on déjà expliqué. Ariane répond avec empressement à ses caresses. Il continue doucement la manipulation de ce petit point qu'il sent se gonfler sous la pression de ses doigts. C'est la première fois qu'il va aussi loin avec une femme. Il est transporté par la chaleur que dégage ce corps enflammé par le désir.

« Ma chérie, si j'arrête pas tusuite, j'pourrai pus.

— I est trop tard astheure. »

Elle cambre alors les reins et dans un élan d'amour, elle attire vers elle le mâle qui vient de lui procurer tant de plaisir. Voyant dans ses yeux la flamme du désir, elle écarte les jambes et lui permet de la rejoindre. Gérard, tout heureux de cette invitation, dégage de son pantalon ce membre qui le fait presque souffrir tellement il est gonflé. Sentant la douce chaleur des cuisses de la jeune fille, il obtient sans délai son moment d'extase, mais bien avant l'endroit destiné. Les deux amants restent quelques minutes enlacés, sans dire un mot, un peu gênés.

« M'en veux-tu ? finit par demander Gérard après avoir enfin repris son souffle.

— I faudrait que j'm'en veuille aussi, parce que chus autant coupable que toé.

— C'tait-tu la première fois que tu partais ?

— Si c'est d'même qu'on appelle ça, ben oui...

— C'tait-tu bon ?

— Ben bon ! Toé, c'tait-tu la première fois ?

— Avec une femme, oui.

— Avec qui d'abord si c'tait pas avec une femme ? s'inquiète soudain Ariane.

— Ben, c't'un peu gênant... Les curés disent qu'on va aller en enfer si on fait ça...

— Faire quoi ?

— Tu sais, dans les chantiers, on en entend des vertes pis des pas mûres. Les gars sont pas achalés avec ça !

— Que-cé qu'i peuvent tant dire ?

— Les premières fois, on comprend pas trop, mais on apprend vite...

— Ben, vas-tu finir par me l'faire savoir, coudon ?

— I disent que si ça force trop, t'as juste à t'passer l'poignet.

— Ah ça !

— Comment tu sais ?

— T'as l'air de penser que chus ben niaiseuse, mais j'ai des frères moé aussi. Pis i sont allés aux chantiers en plus. À part de ça, j'ai des oreilles pour entendre certains soirs.

— Ah ben maudit ! Pis t'es vicieuse en plus !

— Tu t'en plaignais pas betôt.

— Hé ! que j't'aime ! J'pense qu'on va être ben ensemble.

— Oui ! Pis avec des enfants, parce que j'imagine que tu f'ras pas toujours ça comme tu viens de l'faire.

— C'est ça, tu peux rire. Attends quand ça va être permis ! Tu vas voir c'que j'peux faire.

— Viens-t'en, i vont s'demander ousséqu'on est passés, ordonne Ariane qui redevient raisonnable.

— On est tout débrêlés. T'es pleine de brins d'foin dans la tête !

— Attends ! J'vas me s'couer pis m'arranger un peu. Tu peux ben parler, tu t'as pas vu l'allure pour t'occuper des autres, lui crie-t-elle après l'avoir bien regardé. T'as toute la queue d'chemise sortie !

— Pourvu que personne s'aperçoive de rien.

— Pourquoi qu'ça paraîtrait tant qu'ça ? Voyons voir ! »

De retour à la maison, ils s'activent gauchement. Aux yeux de quelqu'un d'expérience, il ne fait aucun doute sur ce qui vient de se passer...

« Ouais, les jeunes, vous êtes partis longtemps !

— On a marché un bon boutte en fin d'compte, tente d'expliquer Ariane.

— J'pensais pas qu'i était si tard, monsieur Rioux. J'cré ben que j'vas m'en aller. »

Moqueur, Claude reprend :

« J'appelle pus ça une marche ! Pour moé, c'tait une course, parce que ça t'a faite pas mal rougir les pommettes pis rendu les yeux brillants, ma fille.

— Bon ben, bonjour la compagnie ! À r'voyure ! »

– Tu r'viendras, Gérard. Ç'a d'l'air qu'on aura pas l'choix de s'habituer à t'voir dans les parages. »

Gérard ne sait trop comment interpréter les propos de son futur beau-père. Veut-il le taquiner ou est-il fâché parce qu'il a eu connaissance de leur petite aventure ? Gérard ne s'est jamais senti si petit, si ridicule. Il regrette de ne pas avoir su se défendre. Claude, lui, satisfait de la portée de ses paroles, n'ajoute rien et s'en va, laissant les jeunes gens seuls et mal à l'aise dans la cuisine. Ariane reconduit Gérard jusque dehors.

« Penses-tu qu'i s'est aperçu de quèque chose ? questionne le jeune prétendant.

– Ça m'surprendrait...

– Pourquoi d'abord qu'i parle de même ?

– Tu l'connais pas, mon père. I aime ça mettre l'monde dans l'eau bouillante.

– Cré-moé que c'tait bouillant betôt !

– I s'en est aperçu pis i était ben content d'son coup.

– Bonjour, à sam'di. »

Gérard se contente de lui donner un baiser poli sur la joue en jetant un œil à la fenêtre pour s'assurer qu'on ne le surveille pas. Frustrée, Ariane pénètre dans la maison et s'affaire à son ouvrage en ne faisant aucun cas de son père qui est revenu à la cuisine pour se bercer dans sa chaise, entre le poêle et la fenêtre.

« T'as pas l'air de bonne humeur, ma fille, dit-il en allumant sa pipe.

– Pas plus qu'i faut.

– I est pas trop tard pour casser si ça fait pus ton affaire.

– C'est pas contre lui que chus choquée.

– Contre qui d'abord ? »

Paula sent la conversation tourner au vinaigre, mais ne veut pas s'en mêler. Elle préfère laisser Claude recevoir les mornifles après lesquelles il a couru.

« Vous avez même pas une p'tite idée ?

– Ben non. Pourquoi j'devrais ? »

Ariane, irritée, pose son tricot et regarde son père droit dans les yeux :

« Pôpa, faites pas l'innocent en plus !

— Ma fille, tu parles à ton père, oublie pas !

— Pourquoi qu'vous avez mis Gérard dans l'eau bouillante betôt ?

— J'voulais juste vous taquiner un brin, c'est toujours parmis, me semble.

— Des taquineries qui laissaient supposer des choses.

— Ah ! c'est ça ! Coudon, Ariane, ça s'rait-tu qu'j'ai tumbé pile ?

— Pantoute !

— Pourquoi qu'tu rougis d'même d'abord ? »

Paula intervient alors pour prendre la défense de sa fille :

« Laisse-la donc tranquille.

— R'garde-la qui s'en mêle, elle ! Ça te rappellerait-tu des souvenirs ?

— Nos souvenirs, nous autres, i sont pas ben longs. Quèques mois pis on était mariés. »

Claude va vers Ariane et lui passe la main dans le dos.

« I faut ben que j'te taquine un peu, ma fille. C'est juste ma façon à moé de te dire que la maison sans toé, ça va ben changer. J'te l'ai jamais dit pis j'pense que ta mère dira pas l'contraire. »

Paula le regarde en se demandant bien ce qu'il va encore sortir.

« Toé, Ariane, dans une maison, c'est comme un rayon de soleil permanent.

— Hé ! mon mari, on dirait quasiment un poète à soir.

— Si ça r'ssemble à un poème, ben c'est tant mieux ! Mais j'peux te dire que c'est c'que j'pense, pis sans diminuer tes frères et sœurs. Chus certain qu'i s'raient tous de mon idée.

— Pôpa, vous pouvez pas imaginer c'que ça fait chaud au cœur de vous entendre parler d'même ! s'exclame Ariane en se jetant au cou de son père. Des pères comme vous, chus sûre qu'y en a pas deux pareils. »

Ariane se dirige vers sa mère en poursuivant son discours :

« Pis vous, môman, si j'avais à choisir, ça s'rait vous que j'choisirais. »

En entendant ces mots, Paula éclate en sanglots. Ariane et Claude se regardent, éberlués.

« Voyons, sa mère ! Tu la perdras pas complètement, ta fille. A s'en va pas au boutte du monde ! »

S'agenouillant près de sa mère, la tête sur ses genoux, Ariane reprend :

« J'vas v'nir vous voir souvent.

– Faites pas attention.

– Braillez pus, parce que là, si vous continuez, on va être deux à chiâler.

– Vous savez, tant qu'à être aux confidences, j'peux-tu vous dire que les remords, ça r'monte toujours à surface tôt ou tard.

– Que-cé qu'vous vous r'prochez encore, môman ?

– J'prie tout l'temps pour que Victor revienne. Pis chus pas exaucée. J'ai dans mon idée que j'ai été trop méchante pour que l'bon Dieu me pardonne de même.

– Fais-toé pas trop d'bile, Paula. C'est du passé. Quand i va être tanné de courir d'un bord pis d'l'autre, i va r'venir, tu vas voir.

– J'me sens de moins en moins ben. Si i fallait que j'meure avant d'pouvoir i d'mander pardon, j'irais pas au ciel, c'est certain.

– Ben voyons donc ! T'es pas assez vieille pour mourir, t'es forte comme un joual.

– Pas tant qu'ça, pas tant qu'ça, tu peux m'craire ! Lucille, a l'était jeune pis est morte pareil. C'est pas nous autres qui décident de c'moment-là.

– Bon, c't'assez les idées noires. On a commencé à parler d'mon mariage, pis là on est rendus à mort. Ça fait tout un changement dans pas grand temps !

– Au fait, où qu'vous allez rester après votre mariage ? s'informe Claude.

— Là, vu que Baptiste a décidé de construire son campe sans attendre la réponse du gouvernement, monsieur Turgeon nous a offert de rester chez eux une escousse.

— C'est smat de leur part. À ben y penser, icitte aussi y aurait eu d'la place, hein ma femme ? »

Mais Paula, toujours perdue dans ses pensées, n'entend rien.

« Môman ! Pôpa vous a posé une question.

— Quoi ? Quoi ? J'ai rien entendu...

— J'dis que Ariane pis Gérard, i auraient pu rester icitte quèque temps après leur mariage.

— Ah oui ! On pourrait s'arranger, dit-elle banalement.

— Astheure, on a dit oui aux parents à Gérard. Marci pareil ! J'vas m'en rappeler si jamais ça marchait pas avec eux autres.

— Ça m'surprendrait, ç'a l'air du monde d'ordre », commente Claude.

Chapitre 33

À l'insu de tous, Paula s'est occupée de décorer les bancs à l'intérieur de l'église. De belles boucles de ruban blanc et des fleurs aux couleurs variées ornent aussi l'autel. Ariane est agréablement surprise et touchée de voir avec quel soin sa mère s'est employée à garnir les lieux.

« Gérard, acceptez-vous de prendre pour épouse Ariane Rioux ici présente, de l'aimer, de la protéger ?

– Oui, mon père.

– Ariane, acceptez-vous de prendre Gérard Turgeon ici présent pour époux, de l'aimer jusqu'à ce que la mort vous sépare ?

– Oui, monsieur l'curé. »

Le prêtre se dirige ensuite vers Marie-Paule et Baptiste et répète les mêmes paroles. Puis, il retourne à l'autel et s'adresse aux nouveaux mariés :

« Soyez heureux, ayez plusieurs enfants en santé et que Dieu vous protège. *Ite missa est.* »

Les invités se rendent ensuite chez la famille d'Ariane pour le déjeuner. Les nouveaux mariés et leurs parents se placent juste à l'entrée de la maison afin d'y recevoir les félicitations que chacun s'empresse d'offrir. Lorsque arrive le tour de Maurice, il en profite pour taquiner sa sœur.

« Aïe ! ma p'tite sœur, demain matin, vas-tu nous montrer ta jaquette pour qu'on voie si ça s'est ben passé ? »

Ariane lui administre une tape sur l'épaule avant de lui donner sa réponse :

« Veux-tu arrêter, espèce de niaiseux !

– J'veux ton bien. C'est juste que j'me d'mandais si Gérard s'rait bon pour trouver ça.

– Décampe ! Les autres attendent. Pis commence par te déniaiser toé-même avant de t'occuper d'moé. »

Le jeune homme jette un œil du côté de Gérard qui n'a pas la chance de répliquer pour se défendre, occupé avec une voisine affairée à lui présenter ses souhaits avec empressement. Mais Maurice sait bien que dès que son beau-frère en aura la chance, il se reprendra.

« Si tout l'monde est prêt à passer à table, on va manger un brin. En tout cas, moé, j'ai la fale basse », dit Claude en riant.

C'est sans se faire prier que les convives s'approchent de la grande table.

« J'ai pensé faire trois tablées, précise Paula. Ça fait qu'on va commencer par les mariés, comme de raison. Après, les plus vieux, pis les enfants. Faites-vous-en pas, i va vous en rester. J'en ai fait en masse. »

Plusieurs femmes viennent s'offrir pour le service. Les plats se succèdent les uns après les autres : fèves au lard, ragoût de pattes, macaroni, six-pâtes, tartes et galettes. Bref, il y a tout ce qu'il faut pour se régaler, sans oublier le bon pain que Paula a fait cuire durant la nuit afin qu'il soit bien frais.

« En tout cas, madame Rioux, ça paraît qu'vous êtes habituée d'remplir le ventre des bûcheux ! la complimente l'un des invités.

– C'est ben vrai, j'vous dis que ça s'laisse manger ! » reprend un autre.

Quelques dames, le bec un peu pincé, s'offusquent d'entendre autant de compliments de la part des hommes. Mais la plupart n'en sont ni incommodées ni jalouses ; elles ne se privent d'ailleurs pas pour féliciter à leur tour la maîtresse de maison. Paula, orgueilleuse et fière, en profite pour faire claquer ses talons de souliers. Le repas terminé, les mêmes voisines dévouées qui ont fait le service offrent à Paula de laver la vaisselle et de tout ranger, afin de lui permettre de se joindre aux siens et de se rendre en même temps que les autres chez les Turgeon. La fatigue des derniers jours se faisant sentir, elle accepte et les remercie chaleureusement.

« Vous êtes ben smat, j'vas m'en souv'nir !

– C'est pas nécessaire, Paula. On l'fait parce qu'on veut ben.

– Marci pareil. »

Mais au lieu d'aller tout de suite auprès des invités, elle monte au deuxième étage et se rend dans une chambre. Elle ferme la porte et s'allonge sur le lit.

« Mon Dieu que mes jambes font mal ! » se plaint-elle en se les frottant de haut en bas.

La porte s'ouvre doucement. Claude qui aperçoit Paula couchée se tracasse un peu.

« I faut qu'tu soyes fatiquée en pas pour rire, ma femme, pour v'nir te coucher dans l'milieu d'la fête !

– Si j'tais pas aussi fière-pet, j'pourrais porter d'autres suyers. Ceux-là, i m'serrent ç'a pas d'bon sens !

– Pourtant, quand tu les as achetés, i étaient grands en masse.

– Oui, mais ça fait un boutte !

– Montre-moé donc ça, toé, c'tes jambes-là.

– Ben non. Viens-t'en avant qu'i s'aperçoivent qu'on est partis.

– T'es donc pressée, tout d'un coup ! Après les noces, on va aller voir le docteur.

– Que-cé qu'tu dis ? Voyons, chus correcte ! » réplique-t-elle en se dirigeant vers la porte avec lourdeur.

Il l'attrape par le bras.

« Si t'es correcte tant qu'ça, donne-moé un bec d'abord !

– Pouah ! Tu pues la boisson !

– J'en ai pris juste un peu. Essaye pas de t'en défaire, viens icitte. »

Claude ne lui laisse pas le temps de riposter et l'emprisonne dans ses bras.

« Sois raisonnable, lui commande-t-elle.

– Rien qu'un p'tit bec ! Après, j'te l'jure, on s'en va.

– Tu t'arranges toujours pour gagner, hein ?

– Si j'étais toé, j'parlerais pas d'même. J'pense que t'as gagné pas mal plus souvent qu'moé sus ben des points. »

Sachant bien qu'il a raison, Paula lui donne un baiser en vitesse.

« Wo ! mieux qu'ça !

– On a pas l'temps !

– Depuis l'temps qu'on parlemente, ça f'rait longtemps qu'on s'rait rendus en bas. »

Claude resserre son étreinte. Paula se laisse aller. Ils échangent alors un long et tendre baiser.

« Tu vois, quand tu veux, de quoi qu't'es capable ! Chus tout chaviré. Pis j'sens qu'mes culottes sont trop p'tites tout d'un coup.

– Que t'es fou ! Tu changeras jamais.

– Pourquoi que j'changerais ? Chus ben d'même.

– Ah oui ! Reste de même aussi ! conseille-t-elle en lui lançant un de ses regards qui le dépossèdent de tous ses moyens.

– Va ben falloir se faire une raison... » dit-il d'un ton résigné.

Lorsque le couple arrive en bas, la majorité des invités sont déjà partis chez les Turgeon. Ariane vient à leur rencontre.

« Ousséqu'vous étiez passés ? J'vous cherchais partout !

– Toé, aujourd'hui, j't'ai dit de pas te faire de problèmes », grogne Paula.

Chapitre 34

Chez les Turgeon, l'ambiance est à la fête.

« Ouais ! Onisphore, t'as pas manqué ton coup. Le campe est grand en masse, commente Gustave Labrie, qui a pris un verre de trop.

– J'ai pas pensé à mon affaire comme i faut. Amanda pis moé, on a décidé de l'rap'tisser pour l'hiver prochain.

– Ça doit être ta femme qui voulait une grande cabane de même, dit l'homme en titubant. J'pense qu'elle a les idées larges pas mal.

– On était d'accord tous les deux. C'est juste que dans les gros frettes, c'est dur à chauffer.

– R'garde-le prendre la défense de sa créature. On dirait que des fois, t'as peur d'elle. Une vraie poule mouillée ! Avez-vous entendu ? Turgeon, c'est pas lui qui porte la culotte dans sa maison. Ha ! ha ! ha !

– Ça, c'est pas d'tes affaires ! Pis si t'es pas capable de boire comme du monde, ben arrête ! réplique Onisphore qui est maintenant en colère.

– I a peur d'une femme pis i veut faire face à un homme. Aïe ! les gars, êtes-vous sourds ? Réagissez, baptême ! »

L'homme saoul cherche manifestement le trouble et essaie d'entraîner quelqu'un avec lui. Onisphore Turgeon aime bien fêter, mais il déteste la bagarre. Jetant un œil du côté d'Amanda, il voit bien que sa femme s'inquiète de la tournure des événements. Il se doit donc de mettre un terme à cette conversation désagréable, qui a d'ailleurs créé un malaise parmi les invités.

« Là, Labrie, ça va faire ! Me semble que chus encore chez nous icitte. Ça fait que tu fermes ta grande gueule, tu greyes tes p'tits pis tu sacres ton camp !

– Si tu me mets à porte, tu vas le r'gretter ! » menace l'homme.

Sa femme lui saisit le bras.

« Viens-t'en ! Tu pourras dire que t'as encore réussi à gâcher la fête, pis du même coup, à briser le plaisir que j'avais. C'est pourtant pas nouveau, j'sais pas quand est-ce que j'vas comprendre pis rester à maison.

– Toé, la femme, farme ta gueule ! Tu m'as jamais dit quoi faire pis c'est pas aujourd'hui que ça va commencer, ajoute Gustave Labrie en repoussant brusquement son épouse.

– C'est assez ! Toé, va cuver ton vin ! Tu peux t'compter chanceux d'avoir une femme comme elle. Au lieu d'faire ton fanfaron, tu devrais l'écouter. Au moins, elle, a l'a d'l'allure, s'écrie Amanda, fâchée.

– Écoutez la *boss* qui vient d'parler ! »

Onisphore n'en peut plus de tolérer sous son toit un pareil indésirable. D'un geste rapide, il fait signe à son gendre de mettre l'individu à la porte.

« Bon, ben, ça suffit ! T'es dur de comprenure, Labrie. Monsieur Turgeon t'a clairement dit de t'en aller. Tu sors tu seul ou faut-tu qu'on t'sorte ?

– Yolande, tu peux rester, toé, si tu veux, propose Amanda.

– T'es ben smat, Amanda, mais c'est plus chanceux pour moé de partir avec lui. »

Cette dernière phrase, Yolande l'a presque chuchotée à l'oreille de son amie.

« Que-cé qu'tu dis ? Vas-tu commencer à placoter dans mon dos ? Les femmes, astheure, ça s'pense tout permis. Va falloir y songer pis, avec des vrais hommes, les r'mette à leur place.

– Arrête de dire des niaiseries pis viens-t'en, somme-t-elle son mari.

– Lâche-moé ! Chus capable de marcher tu seul ! »

Dès que le couple Labrie a quitté les lieux, des soupirs de soulagement se font entendre. Ariane regarde Gérard d'un drôle d'air.

« Que-cé qu't'as ? Files-tu mal ?

– Non, la boisson, que-cé qu'ça peut faire ! Pauvre femme... J'sais pas comment qu'a fait pour toffer.

– Ouais ! Pis comment qu'ça s'fait qu'i est aussi chaud juste dans l'milieu de l'après-midi ? se questionne Baptiste.

– Ben moé, j'ai vu qu'i avait un dix-onces dans ses poches, révèle l'un des convives.

– Ça doit être d'la bagosse. I en fait dans son grenier pis i en vend en plus », confie Gérard.

Claude devine les pensées de sa fille. Celle-ci s'inquiète sûrement pour son mari qui a déjà eu lui aussi des problèmes d'alcool.

« Aïe ! On va-tu laisser un énergumène de même briser les noces ? » lance-t-il pour dissiper le malaise qui sévit et raviver la fête.

Onisphore le rejoint et attrape Amanda au passage.

« T'as plus que raison, mon Claude ! Y a-tu des musiciens icitte ? Si oui, grouillez-vous ! On a des frémilles dans les jambes.

– Envoyez, les jeunesses ! Les créatures attendent juste que vous alliez les chercher. »

Et la fête continue. Vers le milieu de l'après-midi, des femmes font circuler des assiettes remplies de sucre à la crème, de bonbons patate et de petits biscuits fins.

« Où qu'vous avez pu avoir c'qu'i faut pour faire tout ça ?

– Y a un boutte qu'on s'prépare. Y en a qui se sont privés pour nous aider », avoue Amanda.

Une fois le souper terminé, quelques-uns vont prendre l'air, d'autres sortent les jeux de cartes. Les enfants s'amusent autant dehors qu'à l'intérieur. Les nouveaux mariés sont montés dans leur chambre respective pour se détendre un peu et changer de vêtements pour la soirée.

« Si on s'couchait un p'tit brin, ma femme...

– C'est ben trop vrai : chus ta femme ! Madame Gérard Turgeon... Ouais ! Ça s'dit pas si pire.

– Comment, pas si pire ? J'trouve, moé, que c'est ben correct de même !

– On est mariés, me semble que ça s'peut pas...

– I va falloir que tu t'fasses une raison, ma femme, ma belle femme », la complimente-t-il en lui baisant la joue.

Ariane se sent fondre au contact de ses lèvres si chaudes, ces lèvres qu'elle a tant désirées, le soir, dans la noirceur de sa chambre. Combien de fois a-t-elle rêvé à ce moment ?

« On a pus besoin de s'cacher astheure. Not'permis, monsieur l'curé nous l'a donné.

– Oui, Gérard, pis chus contente. Mais pour le moment, i faut que j'me change. Si on reste trop longtemps en haut, va falloir faire face aux taquineries. C'est sûr qu'y en a qui vont en profiter.

– C'est parce qu'i sont jaloux ! Y en a pas un qui a une belle créature comme moé.

– Essayerais-tu de m'faire comprendre de quoi, coudon ?

– Fais pas exprès parce que tu vas le r'gretter. On entend pas grand bruit de l'autre côté... Marie-Paule pis Baptiste, i se s'raient-tu endormis, tu penses ?

– Ben voyons ! C'est plutôt qu'eux autres, i ont été raisonnables pis i sont r'descendus.

– Dépêche-toé d'abord, change de robe !

– Ben...

– Quoi ? Dis-moé pas qu't'es gênée de te changer en avant d'moé ?

– Ouais, un brin. I fait clair pas mal.

– I va falloir que tu t'habitues, parce que moé, j'veux te voir toute nue. Pis pas dans cinq ans.

– Ça s'ra pas si long, mais pour aujourd'hui...

– Oké, j'vas t'donner une chance. »

La jeune femme est mal à l'aise. Elle connaît bien son mari et sait qu'il peut se retourner à n'importe quel moment pour la taquiner.

« Achèves-tu ?

– Oui, oui.

– J'ai oublié de t'dire... Fais attention pour pas toucher au lite. M'man l'a peinturé juste hier, i est pas tout sec.

– Ah ben ! i est trop tard. J'viens juste de mettre ma robe sus l'bord. »

Oubliant complètement sa promesse, Gérard se retourne brusquement et se précipite vers le lit afin d'y enlever la robe. Mais il est en effet trop tard, le mal est fait.

« Sapristi ! T'as une plaque de peinture juste en arrière.

– T'es fou, fais pas d'farces de même !

– Chus ben sérieux, r'garde !

– C't'idée aussi de peinturer un lite rouge. »

Ariane se met vitement la main sur la bouche, se rendant bien compte qu'elle vient presque de faire un blâme à la mère de Gérard.

« J'voulais pas dire... Que-cé que j'vas faire astheure ? se demande la jeune femme.

– C'est rien, la mère l'a peinturé un peu trop à dernière minute. A voulait ben faire.

– Chus pas ben fine ! Une chance que ma robe est foncée, ça paraît juste un peu. I faut s'dépêcher, i vont penser qu'on a faite des affaires.

– I penseront ben c'qu'i voudront ! Mais là, si tu t'habilles pas, i vont avoir raison parce que moé, j'tofferai pas ben longtemps à te r'garder d'même sans rien faire. Ouf ! J'en ai des chaleurs ! »

Gérard lui donne à nouveau un baiser et en profite pour poser ses mains sur les seins d'Ariane, qu'il sent se raffermir à son contact.

« Si on peut être capables de v'nir se coucher pas trop tard toujours... » laisse-t-il échapper, plein d'envie.

Un long murmure se fait entendre à mesure que les deux jeunes mariés descendent l'escalier.

« Ça vous en a pris du temps, les jeunes ! fait remarquer un des invités.

– Ouais ! Ça forçait trop pour attendre à soir... » commente à son tour Maurice.

Gérard ne fait que sourire aux remarques. Mais Ariane, ravissante dans sa superbe robe de taffetas mauve à manches bouffantes, se sent rougir.

« Faut pas te gêner, ma belle fille ! C'est normal. Astheure, on peut pus rien dire. Vous l'avez vot'licence ! reprend Claude pour les défendre.

– Vous avez pus besoin de vous cacher en arrière des chousses... » glisse malicieusement Maurice.

Les amoureux échangent un regard surpris. Jamais ils n'auraient pensé qu'on les observait le jour de leur « promenade » en forêt. La chance ne leur est pas fournie de répliquer, et les éclats de rire fusent de partout.

Vers dix heures, les invités se préparent à s'en aller. Un grand ami de Gérard prend la parole :

« Gérard, vu qu'on a bûché souvent ensemble, j'voulais faire ma part pour tes noces. J'ai d'mandé à ma mère pis on a préparé une belle chambre pour vot'nuit d'noces.

– T'es ben smat, mais la mienne, a l'a faite la même chose. J'pense que j'ai plus confiance en elle qu'en toé, mon tabarnouche !

– Comment ? Penses-tu que j'pourrais vous jouer des tours ? Un chum comme toé !

– C'est ben ça, j'mettrais pas ma main dans l'feu !

– En tout cas, si vous changez d'idée, j'laisse la porte débarrée.

– Marci ben pareil, mais j'pense qu'on va rester icitte. Que-cé qu't'en dit, Ariane ?

– Oui, oui, attends-nous pas. »

L'ami parti, Amanda s'approche des jeunes mariés et leur fait part de ses inquiétudes :

« J'avais peur que vous acceptiez !

– Pourquoi ?

– I avait attaché des cannes en d'ssous du lite. Comme ça, à chaque fois que vous auriez grouillé... Tu t'imagines le train !

– J'me doutais, c'tait un peu trop smat. Laisse-le faire, lui ! I va s'marier un jour. Môman, dites-i pas que vous m'avez tout conté.

– T'as pas besoin d'avoir peur, i l'mérite, i est assez ratoureux. Pour changer d'sujet, Ariane, ta mère avait l'air ben fatiguée à soir.

– Vous savez, madame Turgeon, môman, j'pense qu'a nous cache sa maladie. Chus pas mal inquiète par rapport à elle.

– Tracasse-toé pas trop, c'est p'tête le surmenage. En marier deux en même temps, c'est quèque chose à voir. Allez vous coucher, mes enfants. La journée a été longue pis fatigante. Demain, c'est dimanche. Faut aller à la messe. J'ai dans mon idée qu'on va avoir encore de la visite. Bonne nuite. Ah ! pis t'avais une belle robe à soir !

– Bonne nuite, môman ! dit Gérard en se dirigeant vers l'escalier.

– Bonne nuite, madame ! Vous aussi, monsieur Turgeon !

– C'est ça, bonne nuite ! Pis donnez-vous pas trop d'misère, les jeunes ! leur conseille ce dernier sur un ton coquin.

– Veux-tu ben les laisser tranquilles ? Vous autres, les hommes, on dirait que vous pouvez pas vous empêcher d'étriver les autres.

– Voyons, sa mère ! I faut qu'i s'en rappellent. On s'marie rien qu'une fois.

– C'est pas nous autres qui arrangent ça. C'est l'bon Dieu ! Pis en parlant d'lui, viens-t'en. I faut dire le chapelet avant de s'coucher.

– Pas à soir, pour une fois.

– Non, non. Tu t'coucheras pas sans faire ta prière.

– Donne-nous un lousse. On pourrait faire une autre sorte de chapelet, hein ?

– R'garde si i est pas vicieux ! La boisson pis les jeunes, ça t'excite donc ben ! Après la prière, on verra... »

Marie-Paule et Baptiste décident de passer leur première nuit de noces à leur camp, tout heureux de pouvoir profiter immédiatement de l'intimité de leur nouvelle demeure. Baptiste, plus âgé que Gérard, a déjà fréquenté quelques femmes avant son épouse. Une jolie dame mariée lui a même, à l'occasion, fait vivre certaines expériences. Le jeune homme sait donc user de beaucoup de délicatesse et de doigté pour satisfaire sa belle épouse.

Mais il en est tout autrement avec Gérard qui, lui, en est à sa toute première expérience. Il se montre fougueux, maladroit, pressé.

Ariane, qui a longtemps rêvé de ses baisers, de ses caresses, de sa tendresse, se voit très déçue. Elle s'attendait à tout autre chose de sa première nuit passée avec l'homme qu'elle aime tant. Tout va trop vite et elle n'a même pas l'occasion de participer activement à leurs ébats. Perdue dans ses pensées, elle ne fait que subir les assauts de son mari en se demandant si elle ne se serait pas trompée à son sujet. Elle le sent maintenant s'approcher pour pénétrer en elle. Une panique l'envahit, son corps se met à trembler sans qu'elle n'y puisse rien.

Gérard interprète cette réaction comme un élan de désir et décide de se faire encore plus ardent. Mais il se joue un drôle de tour... Comme la première fois, il n'a pas le temps de se rendre à destination. Il sent tout son être vibrer et atteindre l'extase.

« Maudit ! Que-cé qu'j'ai encore fait ? »

De très mauvaise humeur, il se laisse glisser à côté de la jeune femme qui ne comprend pas très bien ce qui vient d'arriver. Déçue, le cœur meurtri, Ariane ne peut retenir ses larmes. Gérard l'entend qui renifle et se redresse en vitesse pour tenter de la consoler.

« Chus rien qu'un maudit niaiseux ! J'ai la plus belle femme du monde pis...

— C'est pas grave, dit-elle sans conviction.

— T'es trop ben faite aussi. Quand j't'ai vue dans mon lite à côté d'moé, chus v'nu à moitié fou.

— Ça doit être de ma faute, j'cré ben. Tu vas finir par t'habituer. Pis qu't'es v'nu, j'te cré... parce que moé, là, chus toute collante ! Trouve-moé d'quoi pour m'essuyer au moins.

— Attends un peu... J'm'aguis assez !

— C'est rien, mais penses-tu être bon pour faire des enfants un jour ? dit-elle en riant.

— Si j'tais à ta place, j'trouverais pas ça drôle. J's'rais assez enragée.

— Que-cé qu'ça m'donnerait ? On va se r'prendre. Ça devrait être mieux la prochaine fois.

— J'te l'jure que ça va être mieux ! Attends demain, tu vas voir.

— C'est sûr que j'vas attendre, parce que pour à soir, j'veux dormir.

– I est minuit, sapristi ! I faut se l'ver encore de bonne heure demain.

– Voyons ! Que-cé qui t'prend ? I faut toujours se l'ver à l'heure des poules.

– Fais pas attention à moé, j'sais pus c'que j'dis. Bonne nuite, ma chérie !

– Bonne nuite ! »

« Hé ! batêche ! Y a du monde fripé icitte à matin !

– L'père, j'ai pas l'goût d'entendre vos farces plates, tranche Gérard, visiblement frustré.

– Ouais... »

L'homme jette un œil du côté de sa bru. Il n'insiste plus. Rien qu'à voir leur mine, il comprend bien que tout ne s'est pas déroulé comme prévu. Gérard sort de la maison. Onisphore le suit, pensant que, peut-être, il pourrait être de bon conseil.

« Dis-moé donc, mon garçon, à te voir la face, j'dirais plus que t'arrives d'un enterrement que d'une noce.

– J'viens juste de vous dire que j'voulais pas entendre de farces plates à matin, reprend Gérard d'un ton qui ne plaît guère à son père.

– Holà ! D'abord, t'as pas d'affaire à être polisson. Tu parles à ton père. M'as te laisser jongler un brin. Si jamais j'peux t'aider, tu m'f'ras signe.

– Attendez, p'pa !

– Oui ?

– C'est pas contre vous que chus en maudit, c'est contre moé.

– C'est quoi qui marche pas à ton goût ?

– J'pense que chus bon à rien avec les femmes.

– À cause ?

– Ben... c'est que moé pis Ariane, ça fait deux fois qu'on essaye de faire de quoi... pis... ben, vous comprenez pas ?

– I faudrait que tu soyes un peu plus clair. J'peux pas diviner, moé. Tu dis que ça fait deux fois, mais tu t'es marié juste hier. Ç'a pas été si pire pour une première nuite. À moins qu'avant d'vous marier...

– Laissez faire les détails, son père.

– Que-cé qu'tu veux savoir au juste ?

– Tabarnouche que c'est gênant !

– Si tu veux attendre un autre tantôt...

– Non ! I faut que j'règle ça tusuite, parce que j's'rai pus capable de r'garder ma femme en face.

– Ouais ! C'est grave ! T'as pas été capable de satisfaire ta créature, si j'me trompe pas.

– C'est pire que ça.

– Ben, la première fois, tu sais, une femme, ça peut i faire mal un peu... Mais si t'es pas trop maladroit, à t'en gardera pas rancune.

– A l'a pas eu mal pantoute !

– Hein ? T'étais pas l'premier ?

– P'pa, arrêtez donc de m'couper la parole tout l'temps !

– T'as raison. Pour te chicoter d'même, ça presse que tu règles.

– C'est que j'ai pas pu...

– T'as pas pu quoi ?

– Ben... j'ai pas pu m'rendre, osti ! Me semble que c'est pas si dur à comprendre ! » s'écrie Gérard, irrité.

Onisphore se met à rire aux éclats. Il ne peut plus s'arrêter.

« J'sais pas c'qui m'a pris d'en jaser avec vous. Vous autres, les vieux, vous êtes encore plus niaiseux qu'nous autres », conclut le jeune homme en se levant d'un bond.

Onisphore lui attrape l'épaule pour l'empêcher de s'en aller. Avec grande peine, il essaie de maîtriser son fou rire et parvient finalement à prononcer quelques mots.

« Choque-toé pas !

– C'est sérieux, ça fait deux fois que ça m'arrive ! Si ça continue, c't'assez pour faire annuler un mariage. Pourtant, me semble que je l'aime... Est trop attirante aussi ! J'vois pas c'que vous trouvez de si drôle là-d'dans.

— J'aurais dû y penser quand j't'ai vu l'allure. Fais-toé-z-en pas, mon gars. T'es pas l'premier à qui ça arrive. J'te défends ben de l'dire à ta femme, mais moé-même, j'ai passé par là. C'est juste que t'es trop pressé. Prends ton temps pis tu le r'grett'ras pas.

— Vous, p'pa ? J'en sus tout r'tourné ! Marci, ça reste entre nos deux.

— Chus certain qu'à soir, tu f'ras pas patate. »

Les deux hommes reviennent à la maison en ricanant, ce qui laisse Ariane perplexe. Amanda, elle, se réjouit de voir la complicité qui les unit. À voir l'allure de son fils ce matin, elle a très tôt compris ce qui s'était passé. Une petite anecdote lui est vite revenue à la mémoire. Sauf que son beau-père avait été moins compréhensif envers Onisphore. Il lui avait même dit d'un ton sévère : « Si tu peux pas combler ta créature, c'est que t'étais pas prêt à t'marier ! »

Les jeunes mariés appréciaient l'hospitalité d'Amanda et d'Onisphore, mais ils sont bien heureux d'être enfin seuls et de construire juste pour eux leur petit nid d'amour. Le logis est plutôt modeste, mais quand même confortable. Quelques meubles sont dispersés ici et là dans les deux petites pièces qui le constituent : une table et six chaises que Claude a fabriquées de ses mains, deux berçantes et un poêle que Gérard a acheté à Rimouski avec, comme conditions de paiement, deux dollars par mois. Au beau milieu de la chambre trône un lit juste assez grand pour deux sur lequel on a jeté une épaisse paillasse. Des draps de laine grise et quelques catalognes qu'Emma leur a données en cadeau de noces les tiendront au chaud cet hiver. Pas de bureau, seulement quelques tablettes suspendues au mur. Derrière la porte, Gérard a planté des clous pour accrocher les vêtements que l'on ne peut plier. Bref, la demeure est sobre et même pauvrement aménagée, mais une chaleur enveloppe tous ceux qui y pénètrent. Non pas celle du poêle à bois que Gérard attise régulièrement, mais plutôt celle de l'amour qui y règne. Ariane en a fait un foyer invitant et douillet. Elle s'applique à faire de la broderie durant ses longues périodes de temps libres afin d'orner les murs de petites fantaisies qui apportent un certain plaisir à l'œil.

« Quand j'pense que moé, Ariane Rioux, j'vas avoir un p'tit bébé, ça s'peut-tu ! » s'émerveille-t-elle en posant ses mains sur son petit ventre arrondi.

Soudain, elle pense à l'attitude de sa mère à l'égard de ses frères, Victor et Édouard.

« J'te l'jure, mon bébé, que j'vas toujours prendre soin de toé. Pis quand même j'en aurais vingt, j'vas tous vous aimer pareil. J't'ai pas encore vu, mais j't'aime déjà. C'est ça, tu bouges, hein ? Tu comprends que j't'aime plus que tout. J'ai ben hâte de t'voir ! »

Sur ses joues coulent des larmes de bonheur.

« Bonjour ! Ben voyons, tu pleures, ma femme ?

– Chus assez heureuse, ça s'peut pas ! »

Ariane se jette dans les bras de son mari et continue de pleurer. Hébété, Gérard ne sait plus quoi dire.

« Viens icitte un peu. »

S'installant sur l'autre berçante, il lui fait signe de s'asseoir sur ses genoux.

« J'peux-tu te dire un secret ?

– Ben sûr !

– Moé itou chus heureux. Des fois, i faut que j'me pince pour être certain que chus ben vivant pis que c't'à moé qu'ça arrive. »

Ils restent un bon moment à se bercer doucement. Plus besoin de mots pour savourer cet instant. Le dîner peut bien brûler, ils ne s'en apercevront même pas !

Chapitre 35

$\mathcal{D}$ix-huit mai 1943, deux heures du matin.

« Gérard, réveille-toé ! J'pense que c'est l'temps.

– Hein ? Que-cé qui s'passe ?

– Le bébé s'en vient, va chercher la garde.

– Ouais ! ouais ! Peux-tu rester tu seule ?

– Arrête le dire à ta mère en passant.

– C'est pourtant vrai, a l'a dit de l'avertir quand ça s'rait l'temps. J'vas m'dépêcher. »

Il essaie de se vêtir, mais en vain.

« Veux-tu ben arrêter de t'énerver d'même ? Ça fait trois fois que tu prends ta ch'mise pis tu l'as pas encore mise.

– C'est facile à dire !

– On dirait que c'est toé qui va l'avoir, ce bébé-là.

– Ça s'rait pas pire. »

Gérard se dirige vers la cuisine en sautillant, son pantalon à moitié monté.

« Ayoille, simonaque ! C'est pas l'temps de m'casser un orteil », se dit-il après s'être cogné le pied contre une chaise.

Ariane, dont les contractions ne sont pas trop fortes encore, ne peut s'empêcher de rire, un peu nerveusement, il faut bien le dire.

« Viens donc te coucher, mon mari ! J'vas y aller à ta place.

– Toé, reste là, lui ordonne-t-il en se rendant bien compte qu'il est en train de se couvrir de ridicule.

– Prends un peu plus ton temps pis r'garde c'que tu fais. Tu vas voir, ça va aller plus vite.

– On sait ben, toé, on dirait qu'y a rien qui t'énerve ! N'empêche que t'as raison : j'vas essayer d'faire le plus vite que j'peux pis en même temps d'ben faire. À betôt, pis j't'aime, déclare-t-il à sa femme en lui donnant un baiser sur le front.

– Moé au... ssi », dit-elle entre deux contractions.

Une fois seule, Ariane se lève, allume un lampion qu'elle avait réservé pour l'événement et s'agenouille près de la statue de la Vierge.

« Vous, Marie, qui avez eu un enfant pis pas n'importe lequel, exaucez ma prière. Intercédez auprès de votre fils pour que j'aie un enfant en bonne santé. Un garçon ou une fille, pour moé, ç'a pas d'importance. Ouf ! Ça commence à faire mal ; aidez-moé, j'vous en prie. J'sais qu'y a plein de femmes qui meurent en couche, avec leur p'tit. J'voudrais pas que ça arrive. Veillez sur nous, marci ! Je vous salue, Marie, pleine de grâces... »

La jeune femme a à peine le temps de terminer sa prière qu'on frappe à la porte.

« Entrez, madame Turgeon, vous êtes donc ben fine de v'nir me voir !

– C'est juste normal, ma fille, répond la femme en déposant une pile de draps blancs sur la table. Comment ça va ?

– Comme ça doit, j'imagine... J'en ai préparé, des draps. Môman m'en a donné.

– J'm'en doutais un brin, mais j'ai pas pris d'chance. De même, on va être sûres de pas en manquer. J'ai aussi des langes pour le bébé. Gérard a-tu fait du feu avant de partir ?

– J'ai pas eu connaissance, i était assez nerveux !

– I sont tous pareils, surtout pour le premier. I devrait pas r'tarder, son père est allé avec lui.

– Belle-môman, j'peux-tu vous d'mander d'quoi ?

– Vas-y !

– Vos accouchements, ç'a-tu été ben dur ?

– Des fois oui, des fois non. C'est pas l'temps de te tracasser.

– En avez-vous perdu plusieurs ?

– Ma parole, tu y tiens ! Quèques-uns. T'es une femme en bonne santé. Tu vas voir, ça va ben aller.

– Marci. Môman, elle, a n'en a pas perdu à naissance. J'ai p'tête des chances que ça soye pareil pour moé.

– Bon, tu vois ! T'as pas raison de t'en faire. J'pense que j'entends du train. Pour moé, i arrivent. »

Gérard pénètre dans la maison mais il est seul. Amanda s'empresse de sortir de la chambre, perplexe. Elle rejoint son fils et le questionne à voix basse.

« La garde, a rentre pas ?

– A pouvait pas v'nir tusuite, a l'est su Baptiste. Ça fait que chus allé dire à p'pa qu'i aille chercher madame Proulx.

– T'as ben faite ! Mais coudon, Marie-Paule est-tu malade ?

– Ben... Baptiste, i m'a dit comme ça : " Ma femme, a va acheter dans quèques menutes. La garde pourra pas aller chez vous dret-là, c'est certain. "

– C'tait pas prévu pour astheure. Que-cé qui s'passe ?

– Je l'sais pas, i m'a pas dit autre chose.

– Pauv'p'tite fille ! Moé, j'vas aller trouver Marie-Paule.

– J'peux pas vous blâmer, sa mère. Mais pouvez-vous m'dire si Ariane, c'est proche ou pas ?

– J'crairais pas, a n'a pour un boutte, surtout un premier. Quand c'est à terme, d'ordinaire, c'est long... »

Amanda reconduit son fils dehors. Les yeux pleins d'angoisse, Gérard lui dit :

« M'man, Marie-Paule a criait comme une pardue. C'tait épouvantable à entendre ! Baptiste, lui, i pleurait comme un enfant. Pourvu qu'a meure pas...

– Tais-toé ! Dis pas d'affaires de même ! Devant ta femme, fais attention. Est déjà pas mal inquiète. Viens, on va aller la rassurer, a doit s'demander que-cé qu'on fait à jacasser icitte. »

Ariane se berce près de la fenêtre.

« J'te pensais couchée, lui dit son mari en entrant dans la cuisine.

– Ça vient fatiquant à longue. J'ai en masse le temps. Pourquoi qu'la garde est pas avec vous autres ?

– A pouvait pas, a l'était su...

227

– Su les nouveaux arrivés, la femme attendait un p'tit elle aussi, s'empresse d'expliquer Amanda.

– Vous aviez l'air inquiets. J'pensais qu'a l'était su quequ'un qu'on connaît.

– Moé j'l'ai jamais vue, reprend Gérard. J'en ai juste entendu parler. C'est pas son premier certain.

– Oh non ! précise Amanda, ça doit être son quinze ou seizième. Y a pas grand monde qui la connaît, a met jamais l'nez dehors. »

Ariane prend le temps de masser légèrement le bas de son dos avant d'ajouter :

« Encore une autre qui fait juste c'que son mari dit, j'suppose...

– Pour astheure, ma belle, occupe-toé de ton p'tit qui s'en vient. Fais-toé pas d'bile pour les autres », lui conseille sa belle-mère.

« Si ça fait autant de bébés qu'a met au monde c'te femme-là, ça s'ra pas trop long que Jeanne va arriver », se dit Ariane.

« On va prendre ça comme ça va v'nir. C'est la meilleure chose à faire. J'prendrais ben une bonne tasse de thé, par exemple, ajoute Gérard.

– Parle pour toé, mon garçon. Ariane, j'vas i donner un bon p'tit breuvage qui va i faire ben plus de bien.

– C'est quoi, belle-môman ?

– Une bonne tisane de tilleul, ça calme les narfs.

– Dans c'cas-là, madame Turgeon, c't'à vot'garçon que vous devriez en donner. C'est ben simple, juste à l'voir aller, i m'énarve !

– Laisse donc faire, toé ! La tisane, c'est rien qu'bon pour les femmes. Nous autres, les hommes, on est capables d'en prendre des situations d'même », lance le futur père.

Essayant de ne pas trop penser à sa fille qui accouche en douleurs, Amanda taquine un peu son fils.

« T'as ben raison, mon homme ! Ça paraît que tu contrôles la situation : ça fait à peu près sept fois que tu changes de chaise dans l'espace de quinze menutes, lui dit-elle avec un petit sourire en coin.

– Ça adonne de même, pis c'est tout.

– Holà ! *Mon-sieur* est ordilleux pas juste un peu !

– Bon oké, c'est-tu d'ma faute, moé, si chus inquiet ?

– Bon, parle-moé d'ça, mon mari, un homme qui est capable de montrer ses vrais sentiments ! Viens icitte que j't'embrasse. »

Amanda se dirige vers la fenêtre pour faire le guet.

« V'là ton père qui arrive avec madame Rioux pour me remplacer. J'vas aller m'reposer un brin. »

Gérard et Amanda jouent tellement bien leur jeu qu'Ariane ne se doute pas que la mère de Gérard s'en va chez sa belle-sœur, Marie-Paule.

« Ça va ben aller, Ariane, tu vas voir ! Y a rien qui peut remplacer une mère dans c'temps-là pour aider, lui dit sa belle-mère, à voix douce, pour la rassurer.

– J'vous r'mercie ben gros, madame Turgeon. »

Amanda semble pressée tout à coup, et c'est d'un pas plus rapide qu'elle passe le seuil de la porte et rejoint Onisphore dans la voiture.

« Bonté divine que j'avais hâte que t'arrives ! J'essayais de calmer Gérard pis Ariane, pis ça prenait toute mon p'tit change pour me contrôler moé-même. Dépêche-toé ! Mon Dieu, j'espère que ma fille va pas plus mal », souhaite-t-elle, les larmes aux yeux.

Onisphore se rend compte de son émoi. Il lui passe son bras autour des épaules et la serre contre lui. Ne résistant aucunement à ce réconfort, elle s'abandonne, laissant échapper ainsi une grande partie de la tension accumulée depuis quelques heures déjà. Tous les deux restent appuyés l'un contre l'autre tout le long du trajet. Nul besoin de paroles. Comme elle s'apprête à descendre de voiture, Amanda sent une main lui glisser lentement dans le dos. Surprise, elle se retourne :

« Que-cé qu'y a, mon mari ?

– Comment qu'ça fait de temps, ma femme, que j't'ai pas dit que j't'aime ?

– C'est pas ben ben l'moment, mais j'pense quand même que j'me rappelle pus de la dernière fois.

– D'abord, aujourd'hui, j'te l'dis : j't'aime, pis pas rien qu'un peu. C'est drôle... Des choses importantes de même... pis on oublie de s'les dire. Bon courage, ma femme adorée ! Si y a des choses qui vont pas, fais-moé-lé savoir pis j'accours aussi vite que j'peux. »

Malgré le temps qui file, Amanda remonte dans la voiture et donne un baiser à son époux.

« Moé itou j't'aime, même si on a souvent des différends. Si j'avais à choisir, aujourd'hui ou demain, c'est encore toé que je choisirais. Tracasse-toé pas pis va te r'poser, mais si tu vois Gérard, fais attention de pas nous déclarer. Ariane est pas au courant pour Marie-Paule, ça donne rien de l'inquiéter en plus.

– T'as donc ben fait de parler, j'tais pas au courant de vos manigances. À jongler un peu, j'aurais pu y penser tu seul. À plus tard !

– C'est ça. »

À grands pas, Amanda se rend à la maison. À quelques pieds de l'escalier, elle entend un cri épouvantable qui la fait tressaillir de tout son être. Elle reste quelques instants immobile puis, reprenant son courage à deux mains, fait une courte prière avant d'aller auprès de sa fille :

« Mon Dieu, aidez-moé, prenez soin d'elle et de son bébé. Fautu en avoir d'la misère des fois pour arriver dans c'bas monde ! »

En ouvrant la porte, elle aperçoit Jeanne, l'infirmière, avec l'enfant dans ses bras. Baptiste, appuyé contre la fenêtre, pleure à chaudes larmes.

« I est arrivé, comment ça va ?

– Pas diable, madame Turgeon. Voulez-vous en prendre soin ? Il est petit sans bon sens. Baptiste, faudrait que tu aides ta belle-mère. »

Le jeune père parvient à sortir de sa torpeur et rejoint Amanda, presque en titubant, comme s'il avait pris un peu trop de boisson.

« Voyons, mon garçon ! C'est pas encore le temps de fêter. La boisson, ça pressait pas à c'point-là.

– Vous m'offensez, madame Turgeon. J'ai rien pris pantoute. Que-cé qu'vous pensez, dans un moment pareil !

– Excuse-moé, mon gendre. J'vois ben, là. Les émotions, que-cé qu'ça peut faire...

– J'ai eu assez peur de perdre ma Marie-Paule, c'est comme si j'étais pus là. On aurait dit que j'étais rendu dans un autre monde, explique-t-il d'une voix brisée par l'angoisse.

– C'est des coups durs. Demande à ton ange gardien de t'aider. Tu vas voir, après ça va aller mieux. Pour le moment, allume le poêle pis essaye de m'trouver une p'tite boîte.

– Pourquoi ? Le bébé est pas mort toujours ? s'inquiète-t-il.

– Voyons, prends sus toé un peu ! Pense pas toujours au pire ! C'est juste pour coucher le p'tit dedans. J'vas le placer sur la palette du fourneau. Ça va i prendre ben gros de chaleur.

– Vous avez raison, chus là à m'lamenter. J'pourrais-tu l'voir rien qu'un peu ?

– Va chercher ta boîte. Durant c'temps-là, j'vas l'nettoyer pis le langer. Tu pourras y jeter un œil en vitesse. Faut s'dépêcher de l'abriller ! Si i prend du frette, ça pourrait i donner son coup d'mort.

– J'me dépêche de trouver ça pis je r'viens ! »

Son gendre parti, Amanda prête une oreille attentive vers la chambre. Comme elle n'entend aucun bruit, elle ose entrouvrir la porte et s'y pointer le bout du nez. L'infirmière ne se doute aucunement qu'elle est observée, tout occupée qu'elle est à essayer de libérer sa patiente d'un placenta qui ne veut pas sortir. Une énorme quantité de sang s'écoule des entrailles de la jeune mère qui gît, à demi consciente. Marie-Paule, dont le visage est d'un blanc immaculé, n'a même plus la force de se plaindre. Jeanne tressaille malgré elle en entendant la voix d'Amanda.

« Bonté divine ! On dirait qu'est morte !

– Ben non, madame Turgeon. Mais j'vous jure qu'est pas forte..., précise l'infirmière qui s'est approchée d'elle. J'pense que j'ai réussi à arrêter c'te mosusse d'hémorragie-là. Restez pas icitte avec le bébé. Au fait, je l'ai pas entendu pleurer, à part un faible cri après sa naissance...

– I fait pas grand bruit, mais i a l'air correct. I a une bonne couleur.

– Tant mieux. Baptiste est-tu parti ?

– Je l'ai envoyé faire une commission, i devrait pus tarder.

– Quand i va r'venir, si i se sent assez fort, j'aimerais qu'i vienne parler un peu à sa femme. Même si a l'a pas l'air de comprendre, j'ai dans mon idée que c'est juste qu'a l'a pus de forces pour réagir. Un brin d'encouragement, ça s'rait d'adon.

– J'pense justement que je l'entends. J'vous l'envoie tusuite. Si i veut pas, j'installe l'enfant pis je r'viens. »

Au même instant, la jeune femme laisse entendre un léger murmure et tourne la tête. L'infirmière se précipite à son chevet.

« Hé ! ma p'tite, i faut lutter ! Y a un beau p'tit garçon qui a besoin de toé. »

Marie-Paule fait un effort suprême pour ouvrir les yeux et réussit à faire signe de la tête.

« Mon bébé..., dit-elle en entrouvrant faiblement les lèvres.

– A réagit. Ça y est, on va la sauver ! se réjouit l'infirmière.

– Je te laisse te reposer, ma belle. J'vas voir comment ça va à la cuisine.

– I faut donc travailler fort des fois, commente l'infirmière en s'approchant d'Amanda.

– C'est justement c'que j'me disais betôt. J'sais pas si vous avez oublié, mais c'est loin d'être fini pour vous. Ma bru est en ch'min pour débouler elle itou. J'vas dire à Baptiste d'atteler vot'joual. Vu que le p'tit est tranquille ben à chaleur, j'vas vous préparer un pot de thé avec une beurrée de cortons.

– J'accepterais volontiers. Ça commence à gargouiller pas mal ! Avec une bonne cigarette, j'vas être prête pour une autre journée. À votre idée, pour Ariane, le travail est-tu ben avancé ?

– Ça m'surprendrait étant donné qu'est à terme. Comme je disais betôt, un premier, d'ordinaire, c'est long. Si i s'était passé d'quoi, sûrement qu'on aurait vu r'ssoudre mon mari. »

Après avoir jeté un dernier coup d'œil à sa patiente, Jeanne prend sa trousse et s'apprête à partir.

« J'vas r'passer demain. Si entre-temps y a quèque chose qui va pas, vous savez où me trouver. À soir, faites-i un bon bouillon de poulet.

— Merci ben gros, ma p'tite garde ! Si vous auriez pas été là, ça aurait sûrement pas été drôle, soutient Amanda.

— Faut pas penser à ça. Pour le moment, ça va ben. Pour le bébé, j'ai pas de conseils à vous donner. Je suppose que vous vous y connaissez plus que moé. Bonjour pis bonne chance !

— Bonne fin de journée à vous aussi. Si vous avez une chance, dites à Gérard que j'pense ben fort à eux autres.

— J'vas faire vot'commission, soyez sans crainte, madame Turgeon ! »

L'infirmière saute dans sa voiture et entreprend le trajet qui doit la conduire auprès de sa seconde patiente.

« Bonté que ça fait du bien ! J'pouvais ben me sentir faible pis fatiguée. Pourvu que ça soye pas aussi ardu avec Ariane. Ben non, ça s'peut pas, deux aussi dures la même journée. Veux-tu ben m'dire, Seigneur, que-cé que moé, Jeanne Beaulieu, j'fais dans c'trou perdu ? J'aurais pu si j'avais voulu faire la grosse vie en ville avec l'homme que mon père m'avait choisi. »

Garde Beaulieu se fait bien songeuse...

« Pauv'papa va ! T'en as ben trop espéré pour ta fille... I en fallait pas plus pour qu'elle déguerpisse les pattes aux fesses. »

Elle continue de guider machinalement son cheval pendant que dans sa tête, un bout de sa vie qu'elle croyait oublié refait surface. Certains événements pénibles, encore douloureux même après six ans, reviennent à sa mémoire.

« Benoît, mon beau Benoît, ce que tu as pu me faire vibrer avec ton physique et tes paroles ! Même la plus indépendante des femmes y aurait succombé... »

Mais son père, maître Beaulieu, avocat réputé de la région de Montréal et fils de notable bien nanti et sans scandales, apparents du moins, s'évertuait à trouver pour ses filles des maris qui comblaient ses propres espérances. Par ailleurs, il attendait de ses filles qu'elles se conduisent comme sa femme l'avait toujours fait : soumise, toujours d'accord en principe avec son époux. Mais à cinquante-deux ans, madame Beaulieu n'en pouvait plus et avait sombré dans une douce folie. Elle s'était retirée dans un petit monde à l'espace très restreint, repoussant tout ce qui pouvait la contraindre. Ce n'est que lorsque ses enfants allaient la voir, séparément, qu'elle manifestait un peu d'intérêt, donnant quelques caresses avec une extrême douceur. Quant à son mari, c'était tout autre chose ! Elle ne le voyait pas, n'entendait rien et murmurait en sa présence des paroles incohérentes, essayant de démontrer une grande sénilité.

À sa façon, maître Beaulieu aimait cette femme. Elle avait été pour lui tout ce qu'il avait espéré d'une épouse. Mais il ne comprenait rien à ce qui lui arrivait. Il avait fait aménager, juste pour elle, des appartements où elle était confinée à vivre avec une bonne en permanence. Pas question qu'on la voie dans cet état. Quel déshonneur pour lui : une folle dans sa maison.

« Ah ! maman ! Si j'peux ramasser assez d'argent, j'vas aller te chercher ! Chus certaine que t'es pas aussi sénile que tu veux le laisser croire. C'est ta façon à toi de te protéger d'une vie dont tu n'avais aucunement imaginé la tournure et que tu ne pouvais plus supporter. Ça devrait pas être trop long : d'ici deux ans, j'pense que j'vas être bonne. Attends-moi, j't'en supplie ! »

Son père n'aurait jamais accepté qu'elle épouse son beau Benoît. Il lui avait choisi un autre parti. Aussi Jeanne avait-elle décidé de quitter en vitesse sa famille, voulant à tout prix connaître une autre vie que celle de sa mère.

« Bon là, c'est assez pour aujourd'hui, les idées noires ! Y a une p'tite vie en ch'min pis ça, pour moé, c'est très important. N'empêche, papa, que si tu voyais ta fille parler, agir pis s'habiller comme les colons qui te faisaient détourner la tête pour ne pas être obligé de leur dire bonjour, sûrement que t'aurais une crise cardiaque ! Mais moé, sans hésiter, j'peux te dire que j'aime pis j'admire ces colons-là. Me v'là rendue chez Gérard et Ariane ; me semble que le trajet a été moins long aujourd'hui... »

Chapitre 36

« *M*a sœur, comment qu'a va ? questionne Gérard en aidant l'infirmière à attacher son cheval.

— Là, mieux, mais j'te dis qu'a m'a fait travailler dur ! Le bébé est ben p'tit, pis la mère est pas forte... Si j'me fie à mon intuition, le pire est passé.

— Penses-tu qu'Ariane...

— Casse-toé pas la tête avant l'temps, Ariane est à terme. Elle a une meilleure santé que Marie-Paule. Avec c'te mosusse de grippe-là qu'elle a traînée tout l'hiver, elle a assez toussé pour que ça finisse de même. Bon là, faut y aller parce que tu sais, ta femme, elle a pas bon caractère ! Tu connais Ariane ; les affaires qui traînent, c'est pas son fort. »

Jeanne et Gérard ont à peine mis les pieds dans la maison que déjà Ariane les appelle :

« Que-cé qu'vous avez à jacasser ?

— On arrive !

— Si tu veux t'coucher, juste le temps d'installer mes affaires pis j'vas t'examiner. Après on verra. Gérard, fais-moé bouillir de l'eau pour désinfecter mes instruments. Détends-toé, Ariane, t'es toute crispée ! Replie tes jambes ; ça s'peut que j'te fasse mal un peu. J'ai pas le choix, i faut que j'aille voir. C'est le seul moyen de savoir où t'en es rendue. As-tu eu des grosses crampes ?

— Ça s'endure, mais torrieu qu'j'ai mal aux reins !

— Quand c'est qu'ç'a commencé ?

— I était à peu près deux heures la nuite passée.

— Deux heures. Bon là, on est rendus à neuf heures du soir. Ça pourrait être plus avancé, mon amie.

— T'es pas trop encourageante ! s'exclame la future mère.

— Un premier, des fois, c'est plus long.

– C'est justement c'que m'man me disait.

– On est dus pour une couple de tasses de café. J'ai entendu parler du café de ta mère. V'là l'occasion d'y goûter !

– A l'a justement apporté ses croûtes brûlées, pourquoi tu penses ?

– J'avais jamais entendu ça avant. Du pain brûlé pis du café. J'ai comme de la misère à m'imaginer quel goût qu'ça peut avoir.

– Moé, i veulent que j'boive rien que de la tisane.

– C'est dans l'parfait ! Si t'as l'goût de te lever, tu peux. Marcher, ça aide ben gros. »

Ariane se lève péniblement, apparemment fatiguée.

« Viens-t'en, ma grosse ! » invite garde Beaulieu pour faire rire sa compagne et ainsi détendre l'atmosphère.

Elle veut par tous les moyens soulager sa grande amie qui se tient maintenant le dos à deux mains.

« M'as t'en faire, ma grosse ! Tu vas voir quand ça va être ton tour..., réplique Ariane en esquissant un léger sourire.

– Ah ! ça, ma fille, j'cré ben que j'te donnerai jamais c'plaisir-là.

– T'es pas faite de fer ! Tu rencontreras ben l'tien un jour.

– C'est pas pour demain, tu peux être sûre. J'ai d'autres projets de plus importants en tête pour le moment. Viens, on va aller trouver ta mère pis Gérard dans la cuisine. I doivent se d'mander c'qui s'passe. »

Paula et Gérard se précipitent dès que la porte de la chambre s'ouvre. Apercevant les deux jeunes femmes bras dessus, bras dessous, ils se sentent rassurés.

« Pis, Jeanne ? s'informe le mari, toujours très nerveux.

– Elle en a pour une couple d'heures encore à mon avis. Mais comme chus pas le bon Dieu, ben j'peux m'tromper, comme de raison. Bonjour, madame Rioux ! Comment ça va ?

– Des jours, c'est bon, des jours, c'est moins bon. Vous êtes ben smat de vous occuper de ma santé.

– Vous savez, quand même j'aurais voulu choisir une paroisse précise, j'aurais pas fait mieux. J'vous dis pas que c'est toujours facile, oh non ! Mais malgré tout, la vie y est agréable. C'est plein de bon monde par icitte.

– Des fois, ça prend quequ'un d'en dehors pour nous faire apprécier c'qu'on a... » soupire Paula.

Ariane reprend :

« Mais toé, Jeanne, t'étais habituée à ben des commodités. T'as dû trouver ça épouvantable.

– J'vous cacherai pas que j'm'attendais pas à trouver autant de misère ni autant de courage, de partage et d'amour.

– T'as manqué ta profession, t'aurais dû faire une bonne sœur, commente Gérard, taquin.

– Pis j's'rais pas icitte, j'vous aurais pas connus. Non, j'pense que c'est ben correct de même. »

Soudain, d'un mouvement brusque, Ariane se lève :

« Môman ! C'est tout chaud sur mes jambes. On dirait que chus toute mouillée.

– C'est normal, Ariane ! Tes eaux viennent de crever, explique la mère.

– Ça en prend donc ben des affaires avant qu'i sortent, les bébés », se crispe Ariane qui frôle presque la panique.

Jeanne constate l'absurdité de la situation : Ariane n'est aucunement informée de la façon dont naît un enfant. L'infirmière regarde Paula qui n'a pas l'air étonnée. La situation n'est sûrement que la répétition de ce que madame Rioux a elle-même vécu jadis.

« Maudit que j'ai été innocente ! J'aurais pu m'en douter. Pauvre Ariane, elle est morte de peur », pense-t-elle.

« Viens, Ariane, viens te coucher, lui conseille la garde. T'es fatiguée. Ça va te faire du bien. »

Ariane fait des efforts pour arrêter de pleurer, mais n'y arrive pas. Machinalement, elle suit son amie. Depuis des jours, elle se demande comment l'événement se déroulera, mais n'ose poser la moindre question à qui que ce soit, même pas à Jeanne, sa meilleure amie, de peur de passer pour niaiseuse.

La tension et la fatigue semblent s'amoindrir peu à peu, mais reviennent au bout de quelques instants, accompagnées de contractions de plus en plus régulières et intenses. Jeanne, qui pensait avoir du temps pour lui fournir quelques explications avant la naissance, a maintenant trop à faire. Mais elle se promet bien de se reprendre au moment opportun.

« Ariane, ma belle Ariane, pourquoi que j'ai pas deviné tes tourments ? lui dit-elle en caressant son visage. Tu cachais bien ton jeu. Pour le moment, j'te demande rien qu'une chose : de me faire confiance. Madame Rioux, voulez-vous apporter d'autres draps ? Ç'a commencé lentement, mais depuis qu'les eaux sont crevées, y a du travail qui se fait.

– Que ça fait mal ! Gérard, où qu't'es ? J'veux que tu soyes avec moé.

– Oui, oui, ma femme, chus là ! Jeanne m'a permis de rester. J'vas au moins me sentir plus utile. »

L'infirmière lui tend un linge trempé d'eau froide.

« Tiens, mets-lui sur le front, ça va faire du bien », ordonne-t-elle au jeune homme.

Paula ne se sent pas très à l'aise en la présence de son gendre. Habituellement, durant les accouchements, les hommes attendent à l'extérieur de la chambre.

« Ariane, t'es sûre que tu veux que Gérard reste ? demande-t-elle à sa fille.

– Oui, mô... man, on l'a fait à deux, c'bébé-là. C'est normal qu'i soit là quand i va arriver. Donne-moé la main, Gérard. I faut que je serre quèque chose. Ah !... Ah !...

– Entre les douleurs, essaye de te reposer, insiste Jeanne.

– Est-tu bonne, elle ! J'sais pas comment qu'tu peux te r'poser quand tu sais qu'y a d'autre mal qui s'en vient, lance Gérard.

– Mes reins, Gérard, frotte-moé ! Attends, j'vas m'assir ; j'ai pus de positions.

– Si tu peux pas t'assir, tourne-toé un peu sur le côté... C'est ça », approuve garde Beaulieu.

Paula ne se sent pas bien. Elle décide de sortir. Jeanne, qui la voit, prend le risque de la suivre...

« Madame Rioux, ça va ?

– J'pense que c'est pas ma place.

– Vous êtes trop fatiguée. I va falloir qu'on pique une bonne jasette toutes les deux. Vous m'cachez encore de quoi, j'mettrais ma main au feu.

– C'est rien, c'est rien. Va, ma fille a plus besoin que moé.

– J'en sus pas si certaine. Mais j'vas y aller pareil. Prenez-vous une chaise pis attendez. Ça s'présente ben pour Ariane, ça devrait pus être long astheure.

– Jean... ne, dépêche-toé ! Que-cé qu'tu fais ? J'ai mal ! Pourquoi qu'ça fait autant mal ?

– Ça vient, Ariane. Prends courage. J'vois une belle p'tite tête. C'est ça, pousse, pousse, ma fille ! »

Ariane courbe le dos et, aidée de Gérard qui lui soutient les épaules, pousse de toutes ses forces Le jeune homme fait de son mieux, mais il se sent toujours aussi gauche et inutile devant tant de souffrances imposées à cette femme qu'il aime.

« I est-tu à veuille ? demande-t-il, presque épuisé.

– Encore quèques bonnes poussées pis ça va y être !

– Oh ! Oh ! Bébé, tu te fais attendre ! commente Ariane.

– C'est l'temps, sa tête va sortir. Pousse, pousse ! »

Dans une longue plainte, Ariane fait un effort suprême et sent un éclatement, une douleur épouvantable dans son dos, dans ses entrailles.

« La tête est sortie, ma femme. Tu vas l'avoir, t'es courageuse !

– Encore un effort, Ariane, pis ça va être fini. Ça y est, pousse et hop ! Voilà, une belle petite fille !

– Merci, mon Dieu ! C'est fini, enfin », souffle la jeune mère, exténuée.

L'enfant est née. Ariane pleure et pleure encore, épuisée mais malgré tout tellement heureuse, surtout lorsque Jeanne dépose sur son ventre ce petit être encore tout chaud et gluant.

« Que ça fait longtemps que j't'attends ! R'garde, Gérard, comme est belle. C'est not'p'tite fille à nous autres, rien qu'à nous autres.

– Ouais ! Mais ç'a pas d'bon sens de pâtir de même ! répond-il, heureux mais déconcerté par tant de souffrance.

– Oublie ça, mon mari ! Astheure, i faut juste penser à elle. Ayoille ! Que-cé qu'tu fais, Jeanne ? Dis-moé pas qu'y en a un autre ! »

L'infirmière se met à rire :

« Ben non. Ça s'peut que t'aies encore des douleurs. Les suites vont sortir betôt.

– Quoi ?

– La poche de sang qui nourrit ton bébé quand il est dans ton ventre.

– Hein ! J'pense que chus pas mal ignorante, hein Jeanne ? Toé, Gérard, le savais-tu ?

– Ben, oui pis non... Des fois, j'entends des femmes parler entre elles. Mais la menute qu'on arrive, i s'taisent.

– Ça force encore !

– Laisse-moé faire, j'vas r'garder.

– I vient de s'passer quèque chose, c'est certain. Mais c'est donc ben chaud ! » se plaint Ariane, affolée.

Jeanne se dépêche de vérifier ; elle s'inquiète de la réaction de son amie. Pendant un moment, elle a peur que la jeune mère ne saigne plus que la normale. Mais ce n'est que le placenta qui s'évacue.

« C'est ben correct, t'es délivrée de toute astheure. J'vas couper le cordon. Madame Rioux va nettoyer pis langer le bébé, si a veut ben entendu. J'vous laisse encore deux minutes tu seuls avec. Après, je l'amène dans la cuisine.

– Es-tu heureux, Gérard ? demande Ariane en se retournant vers son mari. C'est-tu le bonheur qui te fait pleurer ou si c'est parce que t'es déçu de moé ? ajoute-t-elle en voyant de grosses larmes couler sur les joues de son homme.

– Que-cé qu'tu vas penser là ? Jamais je s'rai déçu de toé, jamais ! T'es ma femme, t'es la plus belle pis j't'aime. J'sais pas si c'est ça le bonheur, mais j'ai mal icitte, dit-il en se frappant la poitrine.

– C'est sûrement ça, j'pense qu'on peut être heureux au point d'avoir mal. On va en prendre ben soin de not'p'tite fille, hein ? »

Ariane passe ses doigts partout dans la figure de l'enfant et n'en finit plus de lui donner des baisers.

Étant donné que Marie-Paule a accouché avant sa belle-sœur, et d'un garçon en plus, il va de soi que les parents de Baptiste soient parrain et marraine. Cela, contrairement à la tradition qui veut que pour la première fille, les parents de la mère soient compères. Cette fois, Amanda et Onisphore auront pour filleule la fille de leur fils.

« Comment vous l'appelez, c'te belle enfant-là ? s'informe Amanda.

— On arrive pas à se décider. Avez-vous une idée ?

— L'autre jour, j'lisais la gâzette pis y a un nom qui m'a ben plu. Mais j'garantis pas que tu vas l'aimer, Ariane.

— Dites toujours !

— C'est un nom connu, i est juste pas écrit comme d'habitude. Donne-moé un papier pis un crayon, tu vas voir mieux ce que j'veux dire. Ève-Lyne, que-cé qu't'en dis ?

— Ève-Lyne..., prononce lentement la jeune mère. Oui, j'pourrais pas dire pourquoi, mais j'aime ça ! Que-cé qu't'en dis, Gérard ?

— Me semble que ça sonne curieux, mais si t'aimes ça...

— Ève-Lyne, Ève-Lyne... À force de l'dire, on s'habitue. C'est pas pire pantoute ! »

Trois jours après la naissance de la jeune Ève-Lyne, toute la famille, excepté Ariane, naturellement, se retrouve à l'église pour la cérémonie du baptême.

« Madame Turgeon, c'est pas un nom à donner à une enfant, voyons donc !

— Monsieur l'curé, si j'l'ai vu de mes yeux vu, c'est qu'ça existe ! tempête la grand-mère.

– Ève, c't'un nom damné, un nom de pécheresse ! Oubliez-vous que c'est elle qui a tenté Adam ?

– Ben, monsieur l'curé, avec tout l'respect que j'vous dois... c'est pas parce qu'y en avait une qui était d'même que toutes les autres sont pareilles. Pis à part de ça, Adam, i a ben un p'tit peu fait sa part. I avait juste à pas succomber !

– Madame Turgeon ! Vous, une mère de famille, parler comme ça. Vous n'avez pas honte ? »

Observant la scène de loin, Onisphore et son fils ont bien envie de rire en entendant la discussion entre Amanda et le prêtre.

« Vous, messieurs, vous n'avez rien à dire ?

– Vous savez, monsieur l'curé, si les créatures ont décidé, c'est ben correct, lance Gérard.

– J'peux pas la baptiser. Ève, c'est un nom prédestiné aux péchés. Dans les registres de la paroisse, ce sera Marie-Line. Vous l'appellerez comme vous voudrez, ça, j'peux pas vous en empêcher. »

Chapitre 37

*P*artout dans le village, on ne parle que de guerre, de conscription, de prévôts.

« Ç'a pus d'bon sens, les M'pi sont partout ! se plaint Onisphore. I viennent chercher tous ceux qui se sont pas enrôlés de leur propre gré. »

Ariane, inquiète, prend la parole :

« J'espère qu'i ramassent juste les jeunesses.

— I d'mandent tous les hommes de seize à quarante-cinq ans. Ceux qui se sont pas présentés, c'est ben simple, c'est parce qu'i veulent pas y aller. Ça fait qu'i s'cachent où qu'i peuvent.

— Gérard, j'veux pas qu'tu y ailles !

— I devrait pas y avoir de danger pour lui pis Baptiste à cause des p'tits, la rassure Amanda.

— Si i faut, tu vas te cacher, toé itou.

— Crains pas, i faudrait d'abord qu'i m'attrapent. Au rang un, y en a qui ont fait des murs pis des plafonds doubles dans leurs maisons. Les prévôts les ont pas encore trouvés. On doit être capables de faire pareil. D'en par à soir, j'm'occupe de ça.

— Onisphore dit qu'hier, au lac des Aigles, y avait une soirée d'amateurs. En plein milieu de la soirée, les M'pi sont rentrés sans frapper avec les fusils dans les mains.

— Comment qu'ça s'fait, beau-pôpa, que vous êtes au courant de c't'histoire-là ? demande Ariane, curieuse.

— Ton frère Maurice avait organisé une gang pour y aller.

— Dites-moé pas que si vous êtes v'nus icitte pour nous rendre visite, c'est pour nous apporter des mauvaises nouvelles !

— Non, non, Ariane ! I en ont pris juste quèques-uns. Les autres sont v'nus à boutte de s'cacher ou de s'sauver.

– J'commençais à avoir les jambes molles en mosusse !

– C'est loin d'être fini parce que quand i sont partis, ç'a l'air qu'i criaient comme des fous : " On va r'venir avec des chiens. I vont vous faire sortir de vos cachettes, eux autres. "

– Que-cé qu'on va faire, bonté divine ? ajoute Amanda en se mettant les deux mains sur la figure. Nos jeunesses vont toutes aller s'faire tuer à guerre.

– Voyons, ma femme ! D'abord, i pourront jamais tous les pogner. Pis ceux qui y vont se font pas tous tuer. Faut pas voir aussi noir... »

Voyant que son épouse ne suit plus la conversation, Gérard la secoue un peu :

« Ariane, que-cé qu't'as, ma belle ?

– J'tais rendue pas mal loin, hein ? J'me d'mandais... mon frère Victor, ousséqu'i peut ben être. I est p'tête à la guerre, p'tête aussi qu'i est mort. I a pas d'cœur de jamais donner de nouvelles. Me semble que ça fait assez longtemps, i devrait pus avoir de rancune envers m'man. J'mettrais ma main au feu qu'a s'est rendue malade à force de s'faire des reproches. Ça m'rend tellement triste quand j'pense à lui pis à c'te maudite guerre-là qui finit pus !

– Voyons, ma bru, fais-toé pas de fausses idées sur la maladie de ta mère. Y a aucune raison spéciale à ça, on est malade, c'est toute, remords ou pas, l'encourage son beau-père.

– J'vous respecte ben gros, monsieur Turgeon, mais chus pas de votre avis. Moé, j'pense qu'à force de ronger son frein, on finit par être malade. Pis m'man, des bouttes, on dirait qu'a l'a même pus envie de vivre. Ça fait une bonne escousse à part de ça !

– À la voir, rien paraît, fait remarquer Amanda.

– Y a quasiment juste moé pis p'pa qui s'en aperçoivent. À part que quand est obligée, y a pus moyen de la sortir. »

Onisphore, qui veut aller dormir, se rend à la porte de la maison afin de presser Amanda.

« Viens, sa mère ! I passe neuf heures, c'est l'temps d'aller s'coucher.

— Ouais ! Avec la trâlée de jeunesses du moulin qui traînent à maison, faut y voir.

— Vous avez slacké les cordeaux, hein m'man ? J'me rappelle pour Emma, vous étiez pas mal plus de guette que vous l'êtes pour les p'tites dernières. A sait-tu ça, ma grande sœur ? ajoute Gérard, l'air coquin.

— J'sais pas si c'est la vieillesse qui nous ramollit, mais c'est vrai qu'on est moins sévères, ton père pis moé. T'es pas obligé d'aller raconter tout ça à ta sœur, espèce de fendant !

— Parle pour toé, sa mère. Moé j'ai jamais été sévère, rouspète Onisphore.

— On sait ben... »

Soudain, on entend du bruit à l'extérieur.

« Baptême ! Que-cé qui s'passe chez nous ? s'écrie Onisphore en se dépêchant de sortir du camp. Ah ben ! Bout d'bon yeu, les M'pi sont à maison ! I doivent encore chercher l'grand Laurent Ducas. C'est ben mon idée qu'i doit avoir flaillé, avec ses grands jarrets secs.

— Veux-tu ! T'es pas drôle. I doit être à dernière de ses peurs, réplique Amanda.

— N'empêche que t'es ben contente qu'i pensionne pus chez nous. Remarque qu'i se cache sûrement pas loin. I connaît ben les racoins autour d'la maison.

— Viens, on va aller aux sources. »

Près de la maison d'Onisphore Turgeon sont stationnées deux jeeps de l'armée. De nombreux soldats accompagnent les prévôts, cherchant partout dans les bâtiments et les champs avec de grosses lampes.

« Que-cé qu'vous êtes v'nus chercher icitte ? leur demande Onisphore.

— Laurent Ducas, ça fait longtemps qu'on court après. Y a eu un rapport comme de quoi qu'i s'tenait souvent chez vous. I doit s'être encore sauvé. Vous savez, monsieur Turgeon, si vous cachez des gars, vous êtes autant fautif.

« – Voyons voir, vous savez ben que jamais j'offenserais la loi. Cacher des déserteurs, pensez-y ! Faut qu'i défendent leur pays, c'est important. »

Le prévôt s'aperçoit bien que l'homme se paie sa gueule. Mais que peut-il faire ? Il ordonne simplement à ses hommes de continuer les recherches. Amanda et Onisphore retournent dans leur demeure. Gilberte, Éloïse et Laure pleurent, toutes recroquevillées l'une contre l'autre sous la table.

« M'man, p'pa, ç'a donc pris du temps avant que vous arriviez ! gémit la cadette.

– Calmez-vous ! Les p'tits gars, i sont où ? demande l'homme tout bas.

– J'sais pas. I ont disparu assez vite. Pourvu qu'i les attrapent pas !

– C'est Laurent Ducas qu'i veulent. I était-tu avec vous ?

– Oui. J'pense que lui, i a sauté au boutte de la galerie, déclare Gilberte.

– I a dû trouver ça haut ! Pour moé, i l'ont vu partir. I cherchent partout dans l'champ avec les *spots*. Une chance qu'i ont pas les chiens, i s'rait fait comme un rat, le grand Ducas », commente Amanda.

Après une heure trente de recherches infructueuses, le prévôt donne l'ordre à ses hommes de partir, non sans lancer un avertissement aux Turgeon.

« Réjouissez-vous pas trop vite, un jour, on va l'avoir lui aussi. Au rang un, les gars qui s'cachaient dans les murs pis les plafonds, les chiens les ont trouvés à matin. I sont pas mieux, la peine est plus sévère. I s'rait ben mieux de s'rendre tu seul : faites-i le message à vot'protégé.

– C'est pas mon protégé pantoute ! proteste Onisphore.

– Prenez-nous pas pour des fous en plus !

– Bon ben, si vous l'prenez sus c'ton-là, bonjour ! »

Dès que les jeeps se sont suffisamment éloignées, toute la famille se précipite dehors à vive allure.

« Laurent, Laurent, t'es où ?

« – Êtes-vous ben certain qu'i sont partis ?

– Oui, oui, tu peux sortir. Chanceux d'même, ça s'peut pas ! Ousséqu't'étais caché pour l'amour ? lui demande Onisphore.

– J'tais pas loin, juste dans l'bord du puisard.

– Y aurait pas un maudit chien qui s'rait allé te chercher là. Ha ! ha ! ha !

– J'cré ben, maudit qu'ça puait ! J'peux-tu vous dire que j'ai eu peur en pas pour rire. Avec les sapristis de *spots*, la lumière passait juste au-d'ssus d'moé. En passant, vot'galerie est haute en tit pépère. J't'ai pris la plus maudite fouille quand j'ai sauté. J'me sus même pas relevé, j'ai roulé jusqu'au trou pis j'ai pus r'grouillé.

– Va falloir que tu te tiennes loin d'icitte, c'est un rapport qu'i ont eu.

– Faites-vous-en pas, j'vas clairer la place. J'voudrais pas que vous ayez du trouble par rapporte à moé, monsieur Turgeon. I sont partout de c'temps icitte.

– En tout cas, ça porte fruit parce qu'i en ont ramassé une bonne gang.

– J'vas m'trouver un campe dans l'bois. Si ça peut finir un jour ! »

Dans la paroisse, tous sont sur le qui-vive. Des parents pleurent les fils partis à la guerre. Les jeunes épouses sans enfants pleurent les hommes qu'elles ont épousés en vitesse, croyant ainsi qu'ils seraient épargnés. Les fiancées, les petites amies, les frères, les sœurs, tous ont le cœur lourd et n'espèrent qu'une seule chose : que ça finisse enfin.

Malgré tout, il faut que la vie continue. C'est juillet, le temps de faire les jardins et d'entreposer la nourriture des animaux pour l'hiver. Chacun s'encourage en se disant que, peut-être, à l'automne, les hommes seront revenus, à part quelques exceptions évidemment. Mais personne n'y fait trop allusion...

Chapitre 38

$\mathcal{D}$eux heures du matin. Chez Gérard, on frappe très fort à la porte. Le couple se réveille en sursaut.

« Veux-tu ben m'dire c'est qui l'maudit fantasse qui peut v'nir déranger du monde aussi raide en plein milieu de la nuit ?

— Dépêche-toé, Gérard ! I vont réveiller la p'tite.

— Oui, si j'peux m'enculotter un peu. I fait assez noir icitte.

— J'vas t'allumer une chandelle.

— Arrêtez de cogner, bon yeu. J'arrive ! »

Il a à peine levé la clenche qu'on ouvre la porte avec grand fracas. Ariane, assise dans son lit, voit ce qui se passe dans la cuisine. Elle prend son enfant dans ses bras, se recroqueville au creux du lit, le bout du nez à peine découvert.

« J'cache personne, que-cé qu'vous voulez ?

— Toé ! répond un soldat.

— Comment ? J'ai été exempté !

— Exempté, y a pas d'raison. T'es jeune pis en santé, ça s'voit tusuite. Prends tes affaires, on est pressés.

— Vous pouvez pas, ma femme vient d'avoir un bébé. I a juste deux mois.

— Des excuses ! Sus not'papier, y a rien qui dit ça.

— Ben j'vous l'jure !

— Faut qu'on voie. »

Deux des militaires se dirigent de pied ferme, et sans le consentement de Gérard, vers la chambre, faisant claquer bruyamment leurs lourdes bottines sur le plancher de bois. Ils poussent avec force la porte à l'aide de leur fusil. De leurs yeux froids, ils scrutent Ariane, maintenant assise dans le lit. Dans son regard, une expression de détresse ne laisse planer aucun doute sur ce qu'elle ressent. La jeune mère serre bien fort contre elle son enfant. Un soldat approche afin de vérifier de plus près et fait un signe à son chef, signifiant que Gérard dit la vérité.

« Tu peux t'compter chanceux ! »

Les deux soldats sortent de la chambre sans saluer ni s'excuser et tous repartent avec autant de fracas que lorsqu'ils sont arrivés.

« I savent pas vivre ! » gueule Gérard, fâché.

Il s'empare de la bougie et retourne près d'Ariane en se mettant à trembler de tout son corps.

« J'ai frette ! »

Après avoir recouché le bébé, la jeune femme rejoint son mari.

« Moé aussi, dit-elle en se jetant dans ses bras. Que j'ai eu peur ! J'veux pas qu'i t'amènent, finit-elle par dire dans un profond sanglot.

— Moé non plus, avoue-t-il sans pouvoir retenir ses larmes. I devraient nous laisser tranquilles, astheure. »

Ariane et Gérard restent dans les bras l'un de l'autre, essayant de se consoler mutuellement.

« J'voudrais ben te dire d'arrêter de pleurer, mais j'en sus incapable moé-même.

— C'est normal après c'qu'on vient de vivre, pis y pas de honte à pleurer.

— On s'ra jamais capables de se rendormir.

— On peut occuper l'temps autrement..., propose malicieusement la jeune épouse.

— En as-tu envie après ça ?

— Plus que jamais, mon mari ! Je t'aime, lui souffle-t-elle à l'oreille en se rapprochant pour lui donner un baiser.

— Je t'aime aussi, Ariane. »

Le couple se bécote gentiment. Rapidement, la fougue de l'amour les emporte dans un torrent de tendresse, leur permettant ainsi d'oublier les événements indésirables qui les ont tirés de leur sommeil.

Chapitre 39

*A*utomne 1945. Enfin, la guerre est finie. Tant bien que mal, la vie reprend son cours. Quelques familles ont de la difficulté à se remettre de la perte d'un être cher. Certains en ressortent avec une jambe ou un bras en moins. D'autres sont très secoués mentalement.

Les Rioux n'ont toujours pas de nouvelles de Victor. Tous espéraient tant que quelqu'un, parmi ces soldats voyageurs, le voie, lui parle ou même rapporte une lettre laissant savoir qu'il était toujours vivant. Mais rien. Une fois de plus, il faut continuer d'espérer. Un jour, peut-être...

Ariane et Gérard vivent un bonheur paisible avec leur petite fille aux grands yeux bleus comme le ciel. Ève-Lyne a des cheveux dorés comme les champs de blé à l'automne. Quelle adorable enfant !

« Viens, viens voir ta maman ! »

Ariane cajole et embrasse son enfant qui est maintenant âgée de dix-huit mois. Elle constate avec grand bonheur que son cœur ne cesse de déborder d'amour pour sa fillette.

Inévitablement, involontairement, ses pensées se dirigent à nouveau vers sa mère.

« J'arrive pas à m'imaginer... »

Collant le corps de son bébé tout chaud contre le sien, Ariane lui parle doucement :

« Je t'aimerai toujours et j'laisserai personne te faire du mal. Je t'en fais la promesse », dit-elle en laissant couler des larmes sur ses joues.

La petite se débat de tous ses membres, n'appréciant guère se sentir aussi prise.

« Pauv'p'tite, maman te serre ben trop fort, hein ? C'est comme ça quand on aime autant. Viens, on va aller voir papa. On va i apporter du bon gâteau pis du thé. »

Ariane traverse le champ, l'enfant sur la hanche droite et un sac contenant la collation ainsi que de l'eau fraîche dans la main gauche. La jeune femme est au comble du bonheur. Elle le manifeste bien en chantant tout le long du trajet.

« Bonjour, les femmes de ma vie ! Vous m'avez pas oublié à c'que j'vois.

– Comment tu penses qu'on pourrait ?

– Ben, on sait jamais... Des fois que t'en rencontrerais un plus beau pis plus smat que moé. Quoique ça s'rait assez dur de trouver mieux, dit Gérard, la figure éclairée d'un large sourire.

– Espèce de prétentieux ! » ajoute son épouse en se dirigeant vers lui afin de lui donner un baiser et de permettre à l'enfant d'en faire autant.

Gérard saisit Ève-Lyne de ses deux mains et la fait tourbillonner dans les airs.

« Fais attention, bon sens ! T'es pas raisonnable.

– Ben non, r'garde ! A l'aime ça, la p'tite torvisse. Ça s'ra pas une peureuse, j'te l'dis.

– Peureuse ou pas, chus loin d'aimer ça. Si i fallait que tu l'échappes, j'te l'pardonnerais pas », le menace Ariane en se retournant pour essayer de cacher ses larmes.

Mais Gérard n'est pas dupe.

« Hé ! ma femme ! T'es donc ben à prendre avec des pincettes, toé, aujourd'hui ! Tu sais ben que not'fille, j'voudrais jamais i faire de mal. Dis-moé donc, toé, tu changes depuis quèque temps, ça s'rait-tu... ? »

Levant vers lui ses beaux grands yeux pleins d'amour, elle confirme ce qu'il sait déjà.

« C'est ça, c'est ben ça ! s'exclame le jeune père.

– Mais j't'ai rien dit.

– T'as pas besoin ! Avec la brillance que t'as dans les yeux, c'est clair comme de l'eau de roche. »

Gérard attrape son épouse par la taille et ils se mettent à danser en tenant la petite.

« Ouais ! Comment j'vas faire moé astheure pour garder mes secrets ?

– T'es ma femme. Des secrets, t'es supposée de pus en avoir. Un garçon, ça s'rait-tu beau un peu ?

– Holà ! pas si vite ! Qui t'a dit que ça va être un garçon ?

– Ben oui, voyons ! I manque juste ça à not'bonheur. Après, on aura autant de gars ou de filles que l'bon Dieu voudra, ça m'dérangera pus.

– Que-cé qu'tu dirais si dimanche on allait voir Marie-Paule pis Baptiste pour voir comment i vont ? En même temps, on pourrait leur annoncer la nouvelle pis s'rendre avec eux autres su mes parents. Les tiens, vu qu'i sont proches, on peut y aller tusuite à soir.

– C'est ben correct, tout comme tu voudras. Au fait, t'as combien de temps ?

– Hier, Jeanne est v'nue. On a compté ça, mes quarante jours s'raient faites.

– J'comprends astheure vot'marmonnage sus la galerie. P'tite cachottière, maudit que j't'aime !

– Ça paraît pas ben ben.

– Veux-tu que j'te prouve ça tusuite ?

– Es-tu malade, faire ça devant la p'tite !

– J'blaguais, voyons donc ! Des affaires pour qu'a l'aye la peur de sa vie. »

Ariane s'en retourne à la maison. La réflexion que Gérard lui a faite la tracasse un peu. « Pourquoi que j'pourrais pus avoir mes p'tits secrets ? Me semble que c'est pas juste. »

Dans sa poitrine survient un malaise qu'elle ne connaît pas et qu'elle ne peut identifier. Elle s'empresse d'étouffer cette sensation de culpabilité qui la dérange.

Chapitre 40

Le dimanche suivant, après la messe, le jeune couple se rend chez Baptiste et Marie-Paule. Manifestement heureux de les voir arriver, Baptiste va à leur rencontre.

« La belle visite ! Quel bon vent vous amène ? Vous êtes plus vaillants que nous autres. T'as l'air en bonne santé, ma p'tite sœur. Marie-Paule va être contente de t'voir. Son moral est pas au plus fort de c'temps icitte. Faut dire que le jeune Guillaume laisse pas ben des heures de sommeil à ma femme. Ça fait qu'a l'a ben d'la misère à prendre le dessus.

— Tu parles juste d'elle. Toé, mon frère, aides-tu un brin toujours ?

— Ben... les enfants, à mon idée, c'est pas mal plus l'affaire des femmes. C'est pas que j'voudrais pas, j'cré que j'aurai jamais le tour pis la patience qu'i faut. »

Ariane, contrariée, reprend :

« Ah ça ! Tu sais, Baptiste, moé, me semble que si on veut, comme de raison, ben on peut !

— Ouais ! T'aurais fait une bonne maîtresse d'école. Pour donner des leçons, tu s'rais ben bonne.

— Veux-tu rire de moé ?

— Pantoute ! C'est que vois-tu, ma femme, son bébé, c'est pas facile de l'approcher. A le couve comme une vraie mère poule.

— J'vas i parler dret-là, j'vous laisse jaser entre hommes. Mais restez proches, j'essaye de la décider à embarquer avec nous autres pour aller voir les parents.

— T'as besoin de t'y prendre de bonne heure pour la faire sortir de la maison.

— On va voir c'qu'on va voir, prends-en ma parole !

— Bonne chance ! »

Ariane pénètre dans la maison à pas de loup.

« Marie-Paule, ousséque t'es passée ? »

Elle se rend jusqu'à la chambre pour y apercevoir la jeune femme étendue sur son lit. Les traits tirés, amaigrie et très pâle, Marie-Paule semble sommeiller, son bébé couché à ses côtés.

« Bonjour, belle-sœur !

— Ah ! c'est toé, Ariane. Bonté divine, que chus contente ! Ça fait donc du bien un peu de visite, ça change de la routine.

— Hé ! ma vieille, que-cé qui s'passe ? T'es donc ben blême ! »

Chancelante, Marie-Paule va à la rencontre d'Ariane, la prend dans ses bras et se met à pleurer.

« As-tu eu la visite de Jeanne dernièrement ?

— Oui, y a à peu près deux s'maines.

— Prends-tu un tonique, quèque chose pour te r'monter ? Tu peux pas rester d'même, Marie-Paule...

— C'est pas si pire que ça, r'viens-en.

— Pourquoi d'abord que tu peux pus t'arrêter de brailler ?

— C'est juste que chus contente, c'est tout.

— Chus certaine que c'est pas rien que ça. Là, Gérard pis moé, on est v'nus vous chercher. On s'en va voir p'pa pis m'man.

— Un autre jour.

— Baptiste m'avait avertie que j'aurais d'la misère à t'sortir. Mais tu fais pas ni un ni deux. J'habille Guillaume, tu t'occupes de toé pis on y va. Faut te forcer un peu ! Si on te laisse faire, ma grande foi du bon Dieu, tu vas te laisser mourir, c'est vrai.

— Tu trouves pas que tu vas un peu loin ?

— Comment ça fait de temps que tu t'es pas r'gardée dans l'miroir, Marie-Paule ?

— J'sais pus.

— Tu l'sais ben trop ! Guillaume, lui, i est-tu malade ?

— Non, non. I grossit pas vite, mais j'pense qu'i est en bonne santé. C'est du moins c'que dit Jeanne. C'est sûr qu'un enfant étant pas à terme, i traîne d'la patte plus longtemps. J'trouve qu'i mange souvent sans bon sens.

– À l'âge qu'i est rendu, me semble que tu pourrais i donner du lait de vache. Ça t'aiderait à r'monter la pente.

– Ça presse pas. Le lait maternel, c'est l'meilleur, encore plus pour lui. Pis j'veux pas prendre de chance de partir pour la famille astheure.

– Ouais ! C'est vrai que t'as mangé ça pas mal dur. J'te comprends. M'man vient-tu te voir de temps en temps ?

– Pas souvent. J'pense qu'a file pas beaucoup mieux que moé.

– T'es d'mon avis, toé aussi ? A sortait plus que ça. Les nouvelles se font rares pas ordinaire. Bon, t'es prête ?

– Ça prend ben juste toé pour me décider.

– I faut sortir de c'te sapré campe-là, voyons donc !

– Guillaume est fragile, j'ai toujours peur qu'i prenne du frette.

– Emmailloté comme i faut, y aura pas de danger, tu vas voir.

– Comme d'habitude, t'as raison. Rien que me forcer à grouiller, on dirait que ça m'fait du bien. »

Sur la galerie, Baptiste vient à la rencontre de sa douce moitié.

« Batêche, Marie-Paule, que-cé qu'a l'a ben pu t'dire pour que tu mettes le nez dehors ? J'vas faire brûler un lampion dimanche prochain, ça en vaut la peine !

– Pas grand-chose, Baptiste. J'i ai juste pas laissé le choix. J'ai tout décidé pis sans qu'a l'aye eu le temps d'y penser, ben nous v'là ! explique Ariane, fière de son coup.

– Tabarnouche que chus content !

– C'est vrai, i va falloir que j'te donne des leçons, mon grand frère. T'as pas l'tour p'tête ben.

– C'est ça, fais ta fraîche.

– Sois pas si ordilleux, pis dis-moé merci !

– Ah ! Ben certain pis en maudit à part de ça ! Tu vas voir, ma femme, c'est c'qui va te faire le plus de bien, de sentir l'air frais en même temps que la chaleur du soleil.

– Vous avez raison, reconnaît Marie-Paule. Juste de faire un effort, on dirait que j'me sens mieux. Toé, Ariane, j'sais pas c'que t'as de spécial, mais tu viens à boutte de toutes les situations.

– Fais-moé pas rougir. À force de m'faire dire des affaires de même, faites attention, j'peux m'en v'nir prétentieuse !

– Chus pas inquiète pantoute. C'est loin d'être ton genre. »

Gérard, qui n'a rien dit jusqu'à présent, se manifeste :

« Bon ben là, si vous arrêtez pas de placoter, c'est pas aujourd'hui qu'on va y aller su vos parents.

– V'là-tu pas que c'est l'*boss* qui vient d'parler ! Sais-tu, ça t'avient pas trop mal, mon grand frère, reprend Marie-Paule.

– R'gardez-la, elle ! Betôt a l'était à moitié morte, pis v'là qu'a s'mêle de m'étriver. »

Le joyeux quatuor éclate de rire.

Chemin faisant, Marie-Paule ne dit presque rien. Ses yeux n'en finissent plus d'admirer les beautés de la nature. C'est comme si elle se réveillait après de longues semaines de sommeil.

« Merci encore, Ariane. Bonyienne que c'est beau ! admire la jeune femme.

– Rien n'est changé, c'est juste que tu r'gardais pus. C'est l'grand temps que tu te r'ssaisisses pour ton p'tit bonhomme.

– A l'a-tu dit son nouveau, ma cachottière de sœur ? dit Baptiste en s'adressant à sa femme.

– Quel nouveau ?

– Tu t'en doutes pas un peu ? Chus partie pour la famille ! » annonce Ariane.

Marie-Paule devient livide et reste bouche bée. Ses trois compagnons se rendent bien compte de l'émoi que vit la jeune femme. Momentanément, ils redoutent qu'elle retourne dans la torpeur dans laquelle elle était plongée depuis la naissance de son fils. Ariane s'empresse de la faire réagir.

« Marie-Paule, reprends tes esprits ! C'est pas si pire que ça, voyons. C'est pas toé qui vas avoir un autre enfant, c'est moé, Ariane, ta belle-sœur. »

Secouée à nouveau par de violents sanglots, Marie-Paule se laisse glisser dans les bras de son mari, installé près d'elle dans la voiture.

« I faut pas m'en vouloir, Baptiste. J'voudrais pas que ça m'arrive astheure. J'en aurais pas la force.

– Ben non, tu l'sais, moé aussi chus loin d'être prêt. »

Elle le regarde et comprend bien que lui aussi a vécu des moments difficiles. Son front ridé et ses yeux tristes en témoignent. Le reste du parcours se fait en silence.

Au tournant de la route, Ariane distingue la maison de ses parents. Son père, affairé à fendre du bois de chauffage, ne les aperçoit qu'au moment où la voiture pénètre dans la cour.

« Hé, pôpa ! Vous êtes donc ben rendu indépendant ! Vous saluez même pus vos enfants !

– Sapristi ! La belle visite ! Ça va faire un peu de vie dans la maison. Vu que ta mère file pas yâbe, on va pus ben loin.

– Vous pouvez l'dire ! Ça fait au moins un mois qu'on vous a pas vus. La distance est pourtant pas si grande.

– Attendez un peu icitte, ta mère veut pas que personne la surprenne couchée en plein jour.

– Quand est-ce qu'a va s'décider d'aller voir les docteurs à Rimouski ? se fâche Baptiste.

– A veut rien savoir, a l'a pour son dire qu'a l'a juste c'qu'a mérite pis qu'y a rien à faire.

– Tu parles des idées. J'vous défends ben d'aller la prévenir. C'est moé qui y vas ; j'vas essayer de la raisonner encore une fois. Coudon, c'est ma journée de bonnes actions ! conclut Ariane.

– Bonne chance, ma fille ! Moé, j'essaye même pus. »

Ariane entre dans la maison et se dirige lentement vers la chambre de Paula. Le lit est vide. Elle fait le tour de la maison et décide d'aller voir dans les chambres du haut. Arrivée près de son ancienne chambre, elle croit entendre un chuchotement et s'arrête. Sa mère est agenouillée près d'un bureau où sont disposés un lampion et la statue de la Vierge. Ariane se refuse de la déranger, la sentant ancrée profondément dans ses pensées et sa piété. Elle tente de se retirer sans faire de bruit, mais Paula détecte sa présence et se retourne. Avec difficulté, elle se relève. Cette femme autrefois si forte, si énergique, a bien changé. Son corps semble lourd à porter. Paula semble avoir vieilli de plus en plus à chaque rencontre. Comme une automate, elle va vers sa fille.

« Bonjour, Ariane. Comment tu vas ?

– Moé, de première classe ! J'peux pas en dire autant de vous.

– À cause ?

– Essayez pus de m'cacher vot'maladie, môman. Pas à moé ! Voulez-vous, j'vas en parler à Jeanne, pis après, on va vous amener à l'hôpital.

– Pour y faire quoi de plus ?

– Ben, c't'affaire, pour que les docteurs vous examinent !

– Veux-tu m'laisser tranquille avec tes histoires de docteurs ? Tu t'en viens fatiquante à longue », réplique Paula, un brin d'impatience dans la voix.

Ariane s'approche et lui pose les mains sur les épaules :

« Voulez-vous arrêter de mentir à tout l'monde, à commencer par à vous-même ?

– Que-cé qu'tu veux dire ?

– J'me rappelle quand j'étais jeune pis que vous vouliez en arriver à vos fins. Avec pôpa, vous disiez exactement les même ripostes.

– Que-cé que tu t'rappelles tant qu'ça ?

– Môman, faites-moé pas dire de quoi que vous aimeriez pas entendre. Des souvenirs ben mauvais... Pis à ben y penser justement, si on en parlait, ça pourrait vous aider.

– J'ai pas besoin d'être aidée. I arrive rien que c'qui doit arriver, c'est tout.

– C'est correct, j'vous laisse tranquille d'abord. Si vous voulez pus parler de vous, ben on va parler d'moé. J'ai une nouvelle à vous apprendre : j'vas avoir un autre enfant.

– Si c'est c'que vous voulez, c'est tant mieux.

– Ben oui, c'est c'qu'on veut moé pis Gérard, avoir plusieurs enfants en bonne santé. M'man, pourquoi que vous essayez pas de vous vider l'cœur une bonne fois pour toutes ?

– Me semblait que tu t'en mêlais pus.

– Je l'sais, mais c'est plus fort que moé. J'sens que vous êtes pas heureuse pis ça m'dérange.

– Voyons voir, c'est-tu toé qui es malade ? »

Paula vient à l'instant de se trahir. Elle essaie bien de se reprendre, mais il est trop tard. Ariane est bien trop intelligente pour laisser passer cette occasion qu'elle attend depuis longtemps.

« Ah ben ! Le chat vient d'sortir du sac. Vos paroles sont allées plus vite que vot'pensée. I est trop tard astheure, i va falloir que vous me racontiez tout. J'me faisais pas d'idées, hein ? Vous êtes ben malade.

– Que c'est donc dur de lutter pis d'essayer de cacher des choses quand c'est rendu que tout l'monde te parle d'la même façon !

– C'est parce qu'on vous aime pis qu'on est inquiets. Pôpa a changé, c'est pus l'même depuis que vous vous renfermez comme ça. Pourquoi que vous voulez pas vous faire soigner ? Pourquoi, Seigneur ?

– Vois-tu, Ariane, j'ai ben d'la misère à m'imaginer que quequ'un peut m'aimer au point de s'inquiéter à mon sujet.

– Voyons, môman ! »

Paula met ses doigts sur la bouche de la jeune femme.

« Ariane, si tu veux que j'parle, i faut que tu m'laisses aller jusqu'au boutte. Si j'arrête, j'pourrai pas continuer, tu comprends ?

– J'vous jure, môman, que j'vas m'taire. Chus assez honorée que c'est moé que vous ayez choisie pour vous confier. Surtout que vous vous décidiez enfin. J'écoute pis j'dis pus un mot. Peut-être juste un : j'vous aime ben gros.

– Si c'est à toé que j'me confie, c'est que t'es la seule à vraiment insister. À part ton père, comme de raison. Mais vois-tu, cet homme-là, je l'ai fait souffrir. I a jamais mérité tous les tourments que j'i ai fait endurer. J'ai toujours mené la barque comme j'ai voulu, i a jamais eu grand-chose à dire. J'ai tout l'temps trouvé les moyens d'arriver à mes fins pis pas par des détours toujours corrects. Toé, t'as vu clair ben jeune dans mon jeu. Ça faisait pas mon affaire, ma p'tite rôdeuse. Y a même des fois que t'as fait dévier mes projets... J't'aurais tordu les pleumas. Ton père le savait, vous aviez rien à dire que vous pensiez les mêmes choses. Contre vous deux, je faisais pas l'poids. »

Paula s'interrompt quelques instants, pousse un grand soupir et reprend :

« Vois-tu, au contraire de c'que tu s'ras pour tes enfants, chus certaine que moé, j'ai pas toujours été correcte avec vous autres.

– Pourquoi tant vous accrocher au passé, môman ? »

Paula lève la main.

« Laisse-moé finir ! Y a pas de raison pour qu'une mère traite ses enfants différemment. Victor et Édouard, quand j'y pense, j'ai brisé la vie de ces enfants-là. Demande-moé pas pourquoi, j'pourrais même pas t'répondre. Des fois, j'me demandais comment que j'arrivais à faire des actes pareils. Ton père, oublie-le jamais, c'est un saint homme ; prends-en ma parole ! J'ai pu me reprendre un peu avec Édouard. Tant qu'à Victor, je sens que j'pourrai pas me racheter avant d'mourir parce que tu peux m'craire, Ariane, j'vas en mourir pis j'ferai rien pour empêcher la fin de v'nir. As-tu compris ? L'bon Dieu, i m'a enlevé Lucille ben jeune, c'était sûrement pour me faire comprendre. Mais c'était un peu tard, y avait déjà trop de mal de fait : mon garçon était parti. Tout c'que j'demande, c'est qu'i soye pas trop malheureux. Si j'peux pas i demander pardon avant de m'en aller, j'te confie à toé la mission quand i va rev'nir. »

Paula ne retient plus les larmes qui inondent maintenant son visage.

« J'espère qu'i va rev'nir un jour. I faut qu'i sache que j'regrette. Il le faut, tu m'entends, ma fille ? Je sais que j'me répète, mais j'le veux de tout mon cœur. Ton père serait si heureux. »

Se jetant dans les bras de sa fille, Paula pleure comme elle n'a jamais osé le faire. Ariane l'accueille et la serre très fortement contre elle.

« Me parle pus des docteurs, chus décidée d'accepter la volonté du bon Dieu. Tant qu'à vivre avec les remords qui m'rongent tout l'temps, j'aime autant m'en aller. Tout l'monde va s'en porter mieux, surtout ton père qui est en train de perdre sa belle joie de vivre. »

Elle prend dans sa poche un mouchoir, essuie le visage d'Ariane, et ensuite le sien.

« Pleure pus, ma fille. Tu peux être fière de toé ! Tu m'as apporté un grand soulagement. Tu vas donner beaucoup dans ta vie, mais je t'en prie, fais pas comme ton père qui a pas su séparer la bonté de la bonnasserie. Si i avait été capable de m'tasser dans un coin pis de m'dire " c'est assez ", peut-être que j'aurais essayé de réfléchir. Même avec ma tête de pioche !

– J'vas respecter vot'volonté. C'que vous venez de m'dire, faites-vous-en pas, j'vas le garder pour moé. »

Ariane lui donne un baiser et lui passe un bras autour des épaules.

« V'nez-vous-en, les autres vont s'demander c'qu'on fait. »

Plus d'une heure s'est écoulée. Claude, Gérard et Baptiste ont préparé le souper. Voyant le visage de son épouse, Claude devine ce qui s'est passé. Paula tente de détendre l'atmosphère et s'approche des bébés.

« R'gardez-moé ces deux beaux enfants ! Marie-Paule, j'espère que toé, t'es pas partie pour la famille.

– Non, madame Rioux, j'serais ben contente d'attendre un boutte. Guillaume demande pas mal de soin. »

Paula regarde son garçon.

« Fais-i attention à c'te p'tite mère-là, Baptiste. Donnes-i une chance !

– Chus ben d'accord avec vous, môman. Après la naissance de Guillaume, Marie-Paule pis moé, on est allés voir monsieur l'curé pour qu'i nous donne la permission.

– Que-cé qu'i vous a dit ?

– Ben, c'est pas compliqué, i faut qu'on jeûne.

– Maudit que ça m'choque ! Que-cé que les curés ont d'affaire à v'nir se fourrer l'nez jusque dans nos chambres à coucher ?

– Voyons, ma femme, nous autres, not'temps est passé de s'casser la tête avec ça, corrige Claude qui sent la tension monter. Laissons les jeunes se débrouiller.

– T'as raison, mon vieux.

– Aïe ! Chus pas si vieux qu'ça !

– C'était juste pour t'étriver un peu. Toé, tu vieillis pas, t'es toujours aussi beau.

– Wo ! Wo ! les parents ! On serait-tu mieux de s'en aller ?

– Baptiste, fais pas ton niaiseux ! »

– Sa mère, ça arrive pas souvent qu'on vous entend faire des compliments au père.

– C'était juste en passant, faites-en pas toute une histoire ! »

Il ne sera plus jamais question de la santé de Paula. Tous s'aperçoivent qu'elle décline lentement, mais ils respecteront son choix.

Chapitre 41

$\mathcal{L}$e 21 avril 1946, Ariane accouche d'un garçon que l'on prénomme Victor. Un regain de vie se lit dans les yeux et les agissements de Paula. Elle se rend souvent chez sa fille afin de cajoler et de bercer l'enfant malgré une santé dépérissante. Il est clair qu'elle tente de se reprendre. Elle porte à ce nouveau-né une attention qu'elle n'a su donner à son Victor à elle.

« Mosusse de coqueluche, c'est loin d'être drôle de tousser de même ! Quand est-ce que ça va finir pour l'amour ? » se lamente Ariane.

La jeune mère qui ne dort presque plus est au bout de ses forces. Pour sa part, Gérard ne laisse plus la maison afin d'aider sa compagne. Les époux se relaient à tour de rôle auprès de leurs deux enfants malades.

La petite Ève-Lyne ne veut plus manger. Elle pleure chaque fois et se met à tousser jusqu'à faire des efforts pour restituer les quelques miettes d'aliments que sa mère a réussi à lui faire prendre. Dès que la quinte de toux est terminée, l'enfant s'endort dans les bras de sa mère.

« Va te coucher un peu, Gérard, dit Ariane. J'irai après.

– T'es sûre, ma femme ? J'peux attendre, t'es aussi fatiguée que moé.

– Oui, oui, vas-y. D'abord i faut que je fasse manger Victor. Pourvu qu'i soit capable sans se mettre à tousser pis à tout renvoyer encore. Pauv'p'tits enfants, malades de même à c't'âge-là. Si j'pouvais, tu sais, j'changerais de place avec eux autres.

– Ça, t'as pas besoin de l'dire. J'ferais la même chose moé itou. J'vas m'allonger, mais promets-moé que dans une heure, tu vas v'nir me réveiller pour que je prenne la relève.

– Fais-toé-z-en pas, tu peux être sur que j'vas t'réveiller. J'pourrais pas toffer plus longtemps. »

Gérard lui donne un baiser sur la joue. Elle répond en lui caressant le visage du revers de la main.

« À tantôt, mon mari.

– Même fatiguée, t'es toujours aussi belle. »

Gérard se dirige vers le lit et s'y laisse tomber sans même enlever de vêtements. Il sombre rapidement dans un lourd sommeil, tant l'épuisement est grand. Après s'être fait une tasse de thé, Ariane s'assoit dans la berçante près du poêle et donne la tétée à son petit garçon de trois mois. Elle le regarde boire et lui parle en caressant son doux visage.

« J'peux-tu t'dire que j't'aime, toé aussi, autant que j'peux aimer ta sœur. Merci, mon Dieu, pour les beaux enfants que vous nous donnez. »

L'enfant mange bien, pas de quinte de toux ne le trouble cette fois. Ariane décide donc de le porter à son berceau près de son lit. Elle s'allonge ensuite contre son mari en se disant qu'elle peut attendre encore un peu avant de le réveiller, vu que les enfants dorment bien. Mais la tranquillité et la fatigue ont tôt fait de la gagner et la voilà qui glisse elle aussi dans le sommeil. Soudain, elle se réveille en sursaut et regarde l'heure : il est deux heures du matin. La lampe à huile ne jette qu'une petite lueur, le carburant ayant de beaucoup diminué.

« Gérard, Gérard, veux-tu aller mettre de l'huile dans la lampe pis faire un feu avant qu'les enfants se réveillent ? L'humidité est en train de nous gagner même si on est en plein été. »

Les yeux bouffis de sommeil, Gérard se lève brusquement.

« Bonté divine, j't'avais dit de m'réveiller au boutte d'une heure. T'es pas raisonnable, i faut que tu te r'poses toé aussi.

– Ben, j'voulais t'réveiller pis j'me sus endormie avant. C'est surprenant, les p'tits ont pas toussé ni un ni l'autre. Faut craire que ça commence à aller mieux.

– C'est ben tant mieux. J'vas faire du feu, après tu te r'coucheras, j'vas continuer de veiller.

– C'est correct. Je vérifie les p'tits avant. »

Ève-Lyne dort paisiblement, couchée sur le ventre. Ariane re-monte sa couverture et lui donne un baiser sur la joue en veillant à ne pas la réveiller.

De retour près de son lit, elle se penche afin de vérifier si Victor est bien couvert. En passant sa main sur le front de son fils, elle est saisie par sa froideur.

« Mon p'tit homme, maman va t'cacher, t'es g'lé. »

Soudain, fronçant les sourcils, elle se raidit.

« T'es g'lé, mais ça s'peut pas avoir frette de même. »

L'inquiétude l'envahit lentement.

« Bébé, bébé ! »

L'horreur de la situation se présente à elle. Un cri à faire éclater les vitres retentit dans la maison. Ève-Lyne se réveille en sursaut. Ne comprenant rien à ce qui se passe, elle pleure. En quelques enjambées, Gérard se retrouve près du berceau.

« Veux-tu m'dire pourquoi que tu cries d'même ? Fais-tu des cauchemars réveillée astheure ? »

Penchée au-dessus du berceau, la jeune mère secoue son enfant.

« Réveille-toé, Victor ! Réveille-toé, mon bébé ! »

Ariane prend le petit dans ses bras et le colle contre son cœur. Elle essaie de lui donner le sein, le masse vigoureusement, lui parle avec tendresse. Mais rien n'y fait. L'enfant est bleu. L'enfant est mort.

Gérard comprend maintenant ce qui se passe. Médusé, il reste figé sur place. Ariane, dévorée par le chagrin, se jette dans ses bras. Pendant un long moment, le couple reste accroché, uni dans la douleur.

Quel chemin peut-on prendre pour se rendre à l'évidence qu'un enfant, que son tout petit enfant vient de laisser la vie ici-bas ? Pour le paradis, dit-on. Quel paradis ?

Il y a maintenant deux mois que Victor est parti. Les jeunes parents ont bien de la difficulté à accepter le deuil. Gérard ne sait plus quoi dire pour consoler Ariane et tente, par le fait même, de trouver un peu de réconfort pour lui aussi. Il se retrouve plus souvent qu'autrement dehors, passant parfois des heures assis sur le seuil de la porte arrière de l'écurie de ses parents. C'est l'endroit où il est à peu près certain que personne ne le dérangera.

Amanda l'a entrevu à quelques reprises se diriger vers les bâtiments. Elle se décide un bon jour à le rejoindre pour tenter de le consoler et de lui faire comprendre qu'il vaut mieux en parler, vider sa peine.

« Tu devrais, mon garçon, ça allégit l'cœur de s'confier de temps en temps.

— Vous comprendrez pas, môman.

— Tu sais pas, reprend Amanda les larmes aux yeux. J'en ai perdu des enfants en bas âge. Ç'a été très dur pour nous autres aussi. Que ce soit dans vot'temps ou dans le nôtre, la peine est toujours la même, tu sais. Faut ben survivre... la vie, c'est ça, que-cé qu'tu veux !

— C'est mal faite en osti !

— Blasphème pas, Gérard, j'comprends que t'as d'la rage au cœur, mais ça va passer. Donne-toé du temps.

— Moé, si j'm'en sors pas, c'est pas grave, dit-il, éclatant en larmes. Mais Ariane, elle, i faut qu'a passe au travers. Est ben plus importante que moé, est si bonne. Une personne comme elle s'rait pas supposée d'avoir autant d'peine.

— Le bon Dieu éprouve ceux qu'i aime.

— Lâchez-moé avec ça ! »

Amanda pose doucement sa main sur l'épaule de son fils.

« T'es ben pogné, mon homme.

— Pouvez-vous aller voir ma femme ? Chus même pus capable d'i dire un mot. Quand j'viens pour parler, j'ai c'te maudit motton qui m'étouffe.

– J'vas faire mon possible. Moé, à ta place, je me f'rais pas mourir d'inquiétude. L'bon Dieu va i donner la force à ta femme. Toé aussi, j'pense que t'en as autant besoin.

– J'cré ben que vous avez raison. Excusez-moé pour betôt.

– Tu sais, la peine, mon garçon, ça fait dire des choses qu'on voudrait pas tout l'temps. I faut pas que vous oubliiez que vous avez une belle petite fille qui a ben besoin de vous autres. C'est sûrement pas fini, vous allez en avoir d'autres.

– Ouais ! dit Gérard, songeur. Merci, môman, même si je voulais voir personne. Vous avez ben fait de v'nir me jaser, me semble que c'est moins lourd.

– T'as pas à me r'mercier. Quand mes enfants ont d'la peine, j'en ai aussi.

– Vous autres, les mères, que vous avez donc un grand cœur ! »

Le jeune homme s'approche de sa mère et lui donne un baiser sur la joue. Une gêne s'empare de son être. Il recule d'un pas vif, scrutant aux alentours afin de s'assurer que personne ne l'ait vu.

Chapitre 42

$\mathcal{P}$aula, qui semblait avoir repris vie après la naissance du petit Victor, est vite retombée dans l'isolement après le décès du bambin. La vie lui paraît à présent de plus en plus insensée et pesante.

« Tiens, Paula, un bouillon de poulet. Fais attention, c'est un brin chaud.

— Pourquoi que tu t'donnes du trouble pour moé ?

— Tu parles d'une question ! Quand je t'ai mariée, c'était pour le meilleur pis pour le pire.

— J'en vaux même pas la peine. À part que l'pire, j't'ai pas donné grand-chose..., fait observer Paula, rongée par les remords.

— Mais voyons, les idées sont noires en pas pour rire à matin. »

Paula pleure encore. Claude s'assoit sur le bord du lit, épuisé. Il cherche en lui la force pour l'encourager, mais à bout de ressources, il ne trouve rien à dire. Il prend sa femme doucement dans ses bras et se contente de l'accompagner dans sa douleur. L'homme caresse la chevelure de son épouse en attendant avec patience qu'elle se calme.

« Pauvre femme, que ton cœur est lourd !

— Comment tu fais pour deviner c'que j'ressens ? J'ai jamais compris.

— Tu sais, Paula, malgré l'écorce dure qui t'enveloppe, moé, je sais qu'y a un grand cœur en d'dans.

— Toé, Claude Rioux, tu me dis à moé, Paula Proulx, que j'ai du cœur ! J'en r'viens pas. Tu m'trouves encore des qualités après tout c'que j't'ai fait endurer. Mon Dieu, dites-moé que j'rêve ! »

Claude la prend par les épaules et la secoue un peu. Il plonge son regard dans celui de son épouse, mais n'y voit plus la petite flamme qui scintillait toujours autrefois. Il reste si peu de cette femme qu'il a tant aimée.

« Paula, bon sens, que-cé qu'i t'arrive ? Brasse-toé un peu ! Si tu fais pas d'efforts, bonté divine, tu vas mourir.

– Si j'te disais que c'est juste c'que j'veux... Mourir, doux Jésus que je s'rais ben ! C'est certain que j'vas aller en enfer, mais je s'rai p'tête pas tu seule à brûler. »

Claude se sent dépassé par les paroles que vient de prononcer Paula, sa Paula. Il se lève et se promène de long en large dans la chambre. Plus aucun son ne sort de sa bouche.

« Viens icitte, mon mari ! Tracasse-toé pas trop. J'dois être après v'nir folle.

– Oh non ! T'es pas folle pantoute, pis tu l'as jamais été. Essaye pas de m'en faire accraire, pas à moé ! Tu vas m'arrêter ça, ces idées-là, pis demain, ça va aller mieux, tu vas voir !

– Ça s'peut. Là, chus fatiguée.

– R'pose-toé. J'vas aller faire un tour, j's'rai pas long.

– Claude, tu dis rien aux enfants. I va juste arriver c'qui doit arriver. La Providence, on peut rien contre ça. Tu me l'promets ? dit-elle, s'accrochant à lui.

– Oui, oui, tu peux compter sus moé, même si chus pas d'ton avis. »

Pour la première fois depuis des années, Claude prend réellement conscience du piètre état de santé de son épouse. Paula, jadis si belle, est devenue presque méconnaissable. Son corps bouffi, ses yeux cernés, ses cheveux ternes et emmêlés, tout chez elle trahit sa mauvaise santé.

Ne pouvant retenir plus longtemps l'émotion qui l'étouffe, il se précipite à l'extérieur. Un soleil splendide brille dans un ciel d'un bleu exceptionnel, sans aucun nuage à l'horizon. Claude, lui, n'y voit rien. Dans sa tête, une seule chose est évidente : sa femme va mourir. Elle se sent mourir. Elle veut mourir.

Pendant plusieurs heures, il arpente son terrain, se perdant dans ses pensées. Il revoit en images couleur la partie de sa vie passée auprès de son épouse adorée.

« J'devrais p'tête en glisser un mot à Ariane... Non, j'ai promis. Mais pour la garde, par exemple, demain, j'vas aller la voir. Pour astheure, j'vas préparer de quoi manger. »

Lorsque Paula aperçoit l'infirmière, elle regarde son mari d'un air furieux :

« J't'avais dit... »

Levant la main, il reprend :

« T'avais dit les enfants.

— Maudite tête dure ! Laissez-moé tranquille ! J'veux pus voir personne, c'est-tu assez clair ? Pis si tu continues de m'trahir, ça va être la même chose pour toé, Claude, as-tu compris ?

— Calme-toé un peu, voyons voir. La p'tite garde passait par là. Est juste v'nue demander de tes nouvelles. »

Manifestement, Paula ne croit rien de ce qu'il lui dit. Ses forces décroissantes ne lui permettent cependant plus de riposter. Voyant sa grande faiblesse, Jeanne approche :

« Vous êtes pas raisonnable, madame Rioux. Faudrait voir les docteurs.

— Non.

— Pourquoi ?

— Parce que si chus pour mourir, c'est aussi ben que ça se fasse tusuite.

— Mais si c'est pas l'temps, vous allez souffrir pour rien.

— Moé, j'pense que c'est l'temps. Tant qu'à faire, j'aime mieux payer pour mes fautes tusuite qu'après.

— J'vas vous donner des médicaments pour vous soulager un peu au moins.

— Y a pas de pelules pour c'que j'ai.

— Où avez-vous mal ?

— J'ai mal à tout c'qui fait partie d'moé. Mais ça se soigne pas.

— Comme quoi ? Pouvez-vous me donner une idée ?

— C'est trop compliqué, vous pouvez pas comprendre. Y en a juste trois qui peuvent, déclare-t-elle en levant les yeux vers Claude. Le bon Dieu, Ariane pis mon mari. À eux autres, j'peux rien cacher. Y aurait p'tête juste une chose qui pourrait faire que j'irais un peu mieux, mais c'est pas possible.

– C'est quoi, madame Rioux ?

– La réparation.

– Par rapport à quoi ?

– Vous, vous l'avez pas connu, Victor. Pas celui à Ariane, le mien. Peut-être que vous êtes au courant...

– Oui, un peu, par Ariane justement.

– Elle a dû vous en raconter des pas trop belles.

– Non. Vous savez, vot'fille, c'est pas dans ses habitudes de dire des choses pas correctes sur les autres.

– Pour ça, vous avez ben raison. Est pareille comme son père, trop bonne », précise Paula en se retournant vers Claude qui n'est pas encore intervenu dans la discussion.

L'homme se tient en silence dans un coin de la pièce depuis un bon moment. Il baisse la tête afin de pouvoir cacher son émotion. Malgré le regard éteint de Paula, il y sent encore beaucoup d'amour. De cela, il n'en a jamais douté. Pour sa part, Paula répète encore une fois ce à quoi elle attribue sa torture.

« Je reviens à mon garçon : i est parti ben jeune, juste par ma faute. Je l'aimais, mais pas d'la bonne manière. Y a rien qu'une chose que j'demande à Dieu, c'est de pouvoir i d'mander pardon avant d'mourir. Chus pas sûre d'être exaucée par exemple. Le Tout-Puissant, I doit avoir ben trop d'ouvrage ! Y en a des ben meilleures que moé à satisfaire.

– Dites pas ça, madame Rioux !

– J'ai perdu une fille aussi. Est morte à quatorze ans. Elle, c'est pas pareil. Je l'ai peut-être trop aimée, même un p'tit peu plus que les autres. Comme j'ai toujours dit, faut pas m'demander pourquoi. J'pense que l'Seigneur a commencé à me faire payer là. I est venu la chercher. Pis c'était la même maladie que moé. Les docteurs ont pas pu rien faire pour la sauver. Voyez-vous pourquoi que je dis que ça donne rien ? En plus, à mon âge !

– La médecine a fait beaucoup de progrès.

– J'veux pus en entendre parler.

– C'est vous qui décidez », conclut l'infirmière, résignée.

Chapitre 43

$\mathcal{D}$epuis un mois, Paula reste alitée et refuse de s'alimenter. Jeanne et Ariane lui font sa toilette tous les jours et lui prodiguent tous les soins nécessaires. Mais Paula ne réagit plus à rien, sauf lorsque Claude vient la voir. Il s'assoit alors sur le rebord du lit et lui prend la main. Elle répond en serrant faiblement.

Un après-midi, alors que les deux jeunes femmes sont occupées à l'installer plus confortablement, Paula s'assoit d'un bond dans son lit et pousse un cri rauque.

« Claude, Claude ! »

Celui-ci se berce tranquillement dans la cuisine en fumant sa pipe. Il se lève de sa chaise et accourt dans la petite chambre.

« C'est ben elle qui a parlé ? demande-t-il, étonné.

— Regarde, regarde, dit-elle en fixant le mur avec un grand sourire.

— Où ça ? J'vois rien.

— Là, en avant du mur. Tu le r'connais pas ? C'est Victor, not'garçon. I est revenu à temps. Pardon, Victor, pardon ! Je t'aime, sois heureux ! »

Puis elle retombe sur le lit aussi vite et reste les yeux ouverts. Plus aucun son ne sort de sa bouche. Le pli depuis longtemps gravé sur son front est disparu. On dirait même qu'un sourire orne son visage. L'infirmière ausculte Paula, lève la tête vers Ariane, et d'un signe, indique qu'il n'y a plus rien à faire. Tout est fini. Paula vient de rendre son dernier souffle.

Ariane se dirige près de son père agenouillé, la tête appuyée sur le bras de son épouse. Il pousse un profond gémissement, laissant ainsi passer tout ce qu'il retenait en lui depuis des années. À lui, on n'a nul besoin de dire que c'est fini, il le savait depuis plusieurs jours.

Au bout d'une heure, voyant que son père ne se décide pas à se lever et à quitter la chambre, Ariane lui met la main sur l'épaule.

« V'nez, pôpa.

– Quoi, où ça ? Où ça ? fait-il en levant la tête, perdu.

– V'nez avec moé, j'vas vous faire une bonne tasse de thé en attendant monsieur l'curé.

– I est v'nu hier, ta mère a d'mandé les derniers sacrements.

– Pourquoi, p'pa, que vous avez rien dit ? Ça aurait été ben moins dur.

– A me l'avait fait promettre, pis j'ai respecté ça.

– Vous êtes trop bon, ça vous joue des tours des fois.

– Comme toé, ma fille, comme toé. Que-çé qu'on va faire astheure ?

– I faut continuer... La vie, c'est ça, i paraît : les joies, les peines. Vos enfants ont besoin de vous, vos p'tits-enfants aussi. Pis y en a un icitte, dit-elle en se posant la main sur le ventre. J'vous dis qu'i donne pas sa place. I fait savoir qu'i est là. On vous laissera pas tu seul. Après l'enterrement, on en reparlera. »

Par amour pour son père, Ariane se sent obligée d'être forte. Mais que d'efforts il faudra pour y arriver ! Et voilà qu'avec la mort de cette femme, Paula Proulx, quarante-sept ans, se glisse dans le temps une histoire tourmentée. Sa mort marque la fin d'une époque, d'une vie acharnée.

Paula était une femme habitée de sentiments d'amour, de haine, d'ambition. Une femme torturée par le désir d'avoir des enfants, mais pas trop. Une femme voulant aussi accomplir autre chose que de donner la vie. Après sa mort, que dira-t-on d'elle ? Qu'elle n'avait pas de cœur ? Qu'elle n'aimait pas les enfants ? Qu'elle était égoïste ? Que seule sa petite personne comptait ? Personne, non, personne ne peut rien dire. La souffrance qui l'habitait à chaque instant, entre le bien et le mal, entre l'amour et l'ambition, elle seule pourrait la crier. Mais elle n'y est plus...

Que seront les descendants de cette Paula aux idées contradictoires, trop contradictoires pour son époque ? Laissera-t-elle des traces ? Sûrement, car Ariane nous laisse avec ce goût de savoir ce qu'elle a ressenti lorsque Gérard lui a mentionné qu'elle ne devait plus avoir de secrets pour lui. Apprendrons-nous ce qu'est devenu Victor ? Gérard restera-t-il sobre malgré les épreuves difficiles ? L'avenir, seul l'avenir pourra nous le confirmer. Le suspense nous attend au détour. À bientôt !

Lexique

A

Abriller = couvrir
Accraire = accroire
Acheter = accoucher
Affadie = fatiguer
Assis = asseoir
Astiner = obstiner
Arriérage = arrérage
Âvri = avril

B

Bagosse = boisson maison
Barda = soigner les animaux
Barder = brasser
Barratte = fournaise
Bâtisse = habitation
Bed = lit
Betôt = bientôt
Boutte = bout
Braque = débile
Brailler = pleurer
Braillard = pleurnicher
Bretter = niaiser

C

Campe = camp
Canter = coucher
Capot = manteau
Catin = poupée
Chevreux = chevreuil
Cheyère = chaudière
Chiar = hachis
Chibagne = gang ou groupe
Chicoter = achaler
Chaud-boy = aide de camp
Chousse = souche
Clairer = s'en aller
Clancher = partir vite
Clock = manteau
Comé-ha = langage pour chevaux
Cook = cuisinier
Cookerie = cuisine
Cookie = l'aide à la cuisine
Cookroom = cafétéria
Corton = creton
Craire = croire
Crayabe = croyable
Cré = chercher quelqu'un

D

Débouler = accoucher
Décamper = partir vite
Décoller = avorter
Dégrailler = dévêtir
Diviner = deviner

Dré-là = tout de suite

Drette = droit

E

Équarriture = musclé

Escouer = secouer

Escousse = secousse

Extropiage = extropier

F

Fafinage = lambiner

Fale = estomac

Fanfarluche =fanfreluche

Fantasse = impoli

Fatiquer = fatiguer

Fière-pet = s'en faire à croire

Flatter = caresser

Frémille = fourmis

Frette = froid

G

Grobe = nourriture

Gued-up = langage pour chevaux

H

Harser = herser

Hâvel = bâtiments pour chevaux

Horseleur = l'homme qui prend soin des chevaux

Hue = langage pour chevaux

I

Icitte = ici

Itou = aussi

J

Jaquette = robe de nuit

Jarnigoine = intelligence

Jinguer = jouer

Jobber = sous-contracteur

Jouaux = chevaux

Jueux = cheveux

L

Laite = laid

Litte = lit

Lousse = répit

M

Maganer = épuiser

Maline = maligne

Marci = merci

Marde = merde

Masse (en) = beaucoup

Menute = minute

Minoune = chatte

Motton = boule

M'pi = homme d'armée

N

Neyer = noyer

Nananne = bonbon

Narf = nerf

Natcher = préparation à l'abattage d'un arbre

Nuitte = nuit

O

Oeuff = oeuf

Ordilleux = orgueilleux

P

Packsack = sac à dos

Pacter = saoul

Par rapporte que = rapport que / rapport à

Paré = prêt

Parmis = permis

Pelule = pilule

Pétaque = patate

Peumonie = pneumonie

Pissous = peureux

Pleumas (tordre les) = bras

Pogner = angoisser

Pogner = attapper

Potte = vase de nuit

Q

Quart = tonneau

Quiens = tiens

R

Ransis = défraîchi

Ratoureux = taquineux

Ride = balade

Remmieuté = amélioré

Reinqué = rein

Ronner = commander

S

Sacrer = partir ou blasphémer

Saprer = partir ou laisser tranquille

Slacher = diminuer

Suyer = soulier

Swampeux = débroussailleux

V

Varnousser = occuper

W

Washroom = chambre de lavage

Watch out = avertissement

Watcher = surveiller

Who = langage pour chevaux

Waguine = voiture à chevaux

Y

Yâbe = diable

Expression

Faire le train = soigner les animaux

Avoir les oreilles dans le crin =
   avoir les oreilles couchées vers l'arrière

Patois

Bonyeu ou bongyeu

Batêche

Torrieu

Québec, Canada
1999